D1931112

TELLE

ACKE

⑭ HLYNS BARACKE
⑮ H.O.S AUTOWERKSTATT
⑯ KARI-WEIDE
⑰ HÖSKIS UND SAEUNNS BARACKE
⑱ TOMMIS KOLONIALWARENLADEN
⑲ MILCHLADEN

Einar Kárason   Die Teufelsinsel

DIE ANDERE BIBLIOTHEK

Herausgegeben

von Hans Magnus Enzensberger

Einar Kárason

DIE TEUFELS-INSEL

Aus dem Isländischen
von Marita Bergsson

Eichborn Verlag
Frankfurt am Main 1993

© für die deutsche Ausgabe:
Vito von Eichborn GmbH & Co. Verlag KG,
Frankfurt am Main, 1993.

Diese Geschichte ist nicht erlogen,
obwohl Ereignisse und Personen erfunden sind.

Ich widme dieses Werk meinem Freund
Thorarin Oskar Thorarinsson.

— Here is another fine mess
you've gotten me into, Aggi boy —

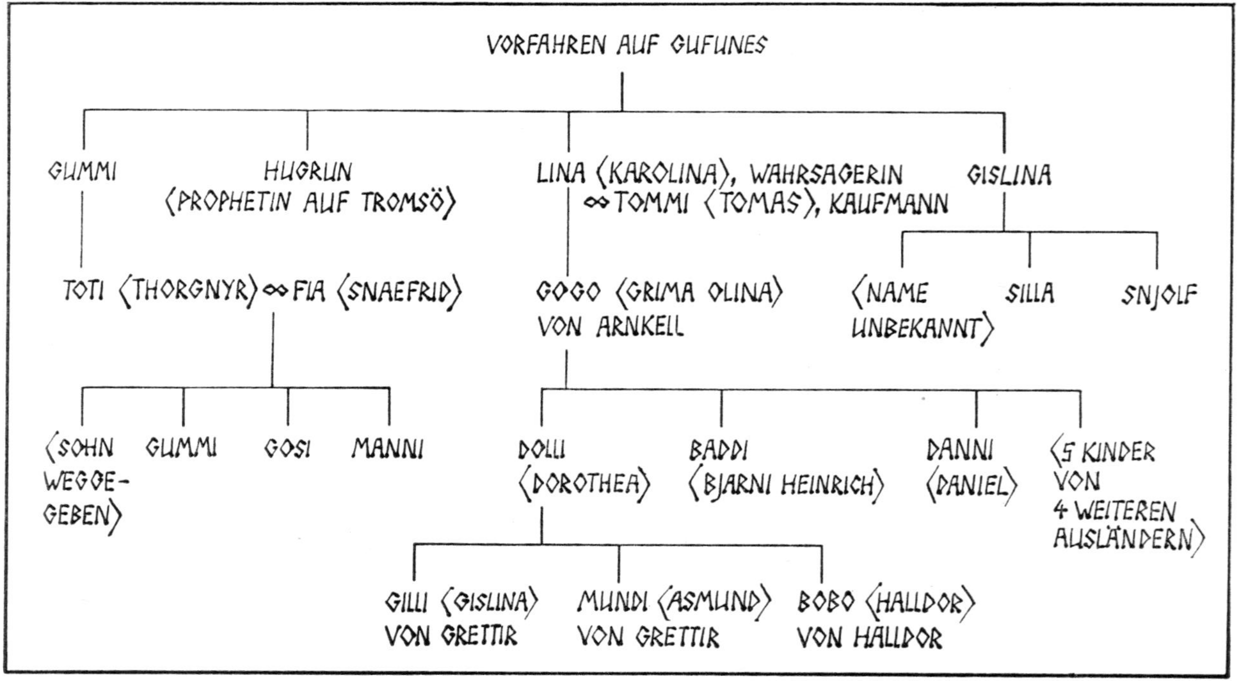
VORFAHREN AUF GUFUNES
GUMMI
HUGRUN ⟨PROPHETIN AUF TROMSÖ⟩
LINA ⟨KAROLINA⟩, WAHRSAGERIN ∞ TOMMI ⟨TOMAS⟩, KAUFMANN
GISLINA
TOTI ⟨THORGNYR⟩ ∞ FIA ⟨SNAEFRID⟩
GOGO ⟨GRIMA OLINA⟩ VON ARNKELL
⟨NAME UNBEKANNT⟩
SILLA
SNJOLF
⟨SOHN WEGGE-GEBEN⟩
GUMMI
GOSI
MANNI
DOLLI ⟨DOROTHEA⟩
BADDI ⟨BJARNI HEINRICH⟩
DANNI ⟨DANIEL⟩
⟨5 KINDER VON 4 WEITEREN AUSLÄNDERN⟩
GILLI ⟨GISLINA⟩ VON GRETTIR
MUNDI ⟨ASMUND⟩ VON GRETTIR
BOBO ⟨HALLDOR⟩ VON HALLDOR

Licht in der Finsternis

Beim ersten Weihnachtsfest im Alten Haus verlor die Familie jede Orientierung. Bis dahin hatte Weihnachten allenfalls aus ein paar Kerzen bestanden, einem Kartenspiel und ein paar zusätzlichen Happen Gesäuertem zum Abendbrot, irgendwo in einem Torfkotten oder einer feuchten Hütte; so war es gewesen seit Menschengedenken, ein Jahrhundert nach dem anderen, länger als tausend Jahre, von der Zeit an, als der erste Landnehmer vom Kurs abgekommen und an dieser Insel gestrandet war. Die Ahnmutter im Haus, die Wahrsagerin Karolina, hatte es dank ihrer Gerissenheit und ihrer Kungelei mit der weltlichen Obrigkeit verschiedener Güteklassen geschafft, nie ohne ein Dach über dem Kopf dazustehen oder Hungers zu sterben während eines jener Polarwinter, mit denen der HErr dieses Land beglückte; und wenn man Weihnachten zum Angedenken an den feiern sollte, der das Leben schenkt, dann war das in den Augen der Wahrsagerin nichts als ein schlechter Witz. Hahaha! Oder Tomas, der als Ernährer der Familie galt: schon immer pflegte er sich Weihnachten vollaufen zu lassen. Das kam von dem unsteten Leben in seiner Jugend und den Fahrten über die sieben Weltmeere, und auch aus dem Gefühl der Einsamkeit, das sich am ehesten an Weihnachten rührt, wenn einer keinen Menschen hat außer vielleicht andere Einsame, welche die Reederei für dasselbe Schiff angeheuert hat. Und in all diesen Jahren, seit er sich an Land niedergelassen und Lina aufgehört hatte, in den morastigen Straßen der Hauptstadt herumzustreunen, und sie heirateten, war Weihnachten eine fast peinliche Angelegenheit, denn beide waren sie über die Maßen hochfahrend; entweder alles oder nichts sollte es sein; und in ihrer kleinen dunklen Hütte gab es nie etwas anderes als einen Haufen Kinder, dazu noch nicht einmal alles eigene; die Kinder hinterließ Linas Schwester, die nicht so gerissen mit der Obrigkeit hatte umgehen und kungeln können und sich von diesem Jammertal und ihrer vaterlosen Brut verabschiedet hatte. Nur eins der Kinder gehörte Lina selbst, die Gogo, aber sie wurde geboren, lange bevor Tommi ins Spiel kam.

Jedoch waren die heute längst keine Kinder mehr; inzwischen zählten zur Familie die Kinder, die Gogo während der letzten sechzehn Jahre von verschiedenen Ausländern bekommen hatte; drei der am Leben gebliebenen wohnten bei Lina und Tommi und nannten sie Oma und Papa. Dolli war die Älteste, schon eine junge Dame mit einem Verehrer an der Hand. Dann die beiden Jungen: Baddi, der Augenstern aller, elf Jahre alt, dunkel, ein lebhafter Kerl mit sprühenden Augen, und die älteren Weiber sahen in ihm schon den kommenden Herzensbrecher. Und Danni; neun Jahre, große Füße, Einzelgänger. Ein Griesgram, sagten viele. Danni hieß oft bloß: *Der Andere*. – Was für ein goldiger Kerl, der Baddi, sagten die Leute. Und die kinderlieben unter ihnen fügten nach einer kurzen Pause hinzu: – Der andere ist wohl mehr in sich gekehrt.

Lina und Tommi hatten keine gemeinsamen Kinder und beklagten sich nicht darüber, daß sie Gogos gottgesegnete Brut aufzogen, derweil sie sich weiterhin mit den Ausländern amüsieren konnte. Und jetzt hatte es sich gar so ergeben, daß sie einen Ausländer heiratete, einen Sohn des reichsten Landes der Erde. Darunter tat sie es nicht. Offenbar ruhte Gottes Auge wohlgefällig auf den Amerikanern, denn ihnen fiel alles zu; und die Güte des Herrn war so unermeßlich, daß die Sonne seiner Gnade Linas und Tommis Dasein erleuchtete, als Gogo den Ami heiratete. So gründlich, daß sie diesmal Weihnachten im neuen, eigenen Haus feierten.

Jeder trug seinen Sonntagsstaat. Auf dem Weihnachtstisch prangte ein amerikanischer Truthahn und drinnen in der Stube der schönste künstliche Weihnachtsbaum des Landes, silberfarben, von oben bis unten mit Lametta und Flitter behängt. Kistenweise wurde der Weihnachtsschmuck ins Haus geschleppt, und in jeder Ecke stapelten sich die Geschenke. Für Tommi war es die höchste Stufe irdischen Glücks, an einem solchen Feiertag in seinem eigenen Haus sitzen zu können, im Sonntagsanzug und mit einer Zigarre. In diesem Stil lebten die Edlen des Landes, und zu denen rechnete Tommi sich nicht und würde nach seinem Dafürhalten auch weiterhin nicht dazu gehören. Doch an diesem Abend saß der alte Recke in einem braungestreiften Ministeranzug drinnen in der Stube im Lehnstuhl und öffnete das Geschenk seiner Stieftochter Gogo; in dem Päckchen war eine ganze Kiste großer schwarzer Zigarren. Als Tommi die erste davon anzündete, erschauerte er in einem wundersamen Glücksgefühl und wurde sich bewußt, was hier geschah. Den Rest des Abends saß er schweigend, lächtelte kindisch und qualmte; die Rauchwolke war so dicht, daß man kaum die Wand gegenüber erkennen konnte, aber der edle Herr paffte weiter; er schluckte den Rauch, und fast schluckte er die Zigarre dazu, und als er gegen Mitternacht aufstand, wurde ihm schwarz vor Augen, und schwankend schaffte er es gerade noch bis ins Bett, wo er die nächsten Stunden zubrachte mit Schüttelfrost wegen der Nikotinvergiftung. Auch Dolli erkrankte in dieser Weihnachtsnacht, litt unter fürchterlichen Magenkrämpfen; der Doktor meinte, sie hätte vor lauter Aufregung Verdauungsschwierigkeiten bekommen. Der jungen Dame wurde Rizinusöl verordnet. Und wie sie sich schämte! Die alte Lina hatte immer für Glitzer und farbenfrohe Kleider geschwärmt, obwohl es nie zu mehr gereicht hatte als zu naturfarbener Schafwolle. Jetzt hatte sie von Gogo ein Kleid mit großen Rosen bekommen und eine Perlenkette und ein Armband, und diese weltgewandte Frau fiel in Trance, stand nur vor dem Spiegel und erblickte darin Königin Viktoria von England in vollem Ornat. Sie versuchte es mit noch mehr Schmuck, hängte sich Christbaumkugeln in die Ohren, drehte sich Lametta um den Kopf, steckte sich Bethlehemssterne und farbige Vögel an, und als der Arzt, der wegen Dolli kam, die Wahrsagerin so sah, glaubte er, eine Verrückte vor sich zu haben, und traute sich kaum ins Haus. Die Jungen bekamen Boxhandschuhe geschenkt und droschen immer wilder aufeinander ein, je mehr es in die Nacht ging. Keiner dachte an die Kerzen, die überall in der Stube brannten, und als alle eingeschlafen waren, fing der Tisch vor dem Sofa Feuer und dann die Kiste mit dem bunten Papierabfall, und die Stube war schon voll Flammen und Rauch, als Baddi zum Glück wach wurde, weil er aufs Klo mußte, und Oma und Papa wecken konnte. Tommi langte nach einem halbvollen Abfalleimer unter dem Waschbecken, hielt ihn unter den Kaltwasserhahn und schüttete das Ganze über die Flammen, rannte dann in die Küche, um den Eimer wieder zu füllen, doch unterdessen war Lina in die Waschküche gelaufen, wo in einem großen Bottich mit Wasser ein paar Schürzen zum Einweichen lagen. Mühelos stemmte sie den Bottich hinüber in die Stube und leerte ihn über dem Feuer aus, das zischend und rauchend erlosch. Später sollten die Jungen diesen Bottich in der Waschküche noch oft vollaufen lassen und versuchen, ihn hochzuwuchten, doch das war unmöglich zu schaffen, denn voll wog er mehr als hundert Kilo, und es schien übernatürlich, daß Lina ihn gehoben haben sollte. Sie baten die Alte, ihren Kraftakt zu wiederholen, aber die sagte nur püh und Jessesmaria und wollte nichts davon hören. Sie fragten Tommi, ob es wahr sei, und dessen Blick verlor sich in der Ferne, er massierte seine Geheimratsecken und meinte: – Ja, *damals* hat sie uns gerettet, Mensch. Die Hütte wäre zu Schutt und Asche verbrannt! Doch ansonsten, sagte Tommi, wolle er am liebsten nicht weiter daran denken: Er bekäme sonst nur Angst vor der Dunkelheit.

Und seitdem wurde im Hause nicht mal mehr ein Kerzenstummel angezündet, Kerzen waren verfemt und verbannt, waren *Höllenwerkzeug*. Einmal kamen Leute, die Kerzen zugunsten von Witwen und Waisen verkaufen wollten und Lina ihre Ware anboten, doch sie beschimpfte diese wohltätigen Menschen als *Brandstifter* und ließ sie mit Steinwürfen aus dem Viertel vertreiben.

Das erste Weihnachtsfest war verdorben; Abfall, triefende Überbleibsel und Ruß in der guten Stube, und die ganzen nächsten Tage lief die Familie wie verkatert herum. Hinterher durfte man kaum an das Spektakel erinnern; von da an war Weihnachten die ruhigste Zeit des Jahres, ein wahres Fest des Friedens und der Freude. Ein Licht in der Finsternis.

Ein Licht in der Finsternis.

Das Alte Haus war umgeben von Baracken.

Ein Licht ...

... entflammt in der Dunkelheit, die wie ein pechschwarzer Schleier über der Zeit und der kalten Erde liegt.

Ein frostiger Windstoß vom Gipfel des Gletschers.

Die Wellen des Ozeans brechen sich dunkel brausend am Strand.

Und dort war das Licht: im Fenster jenes grauen Hauses, das bereits das *Alte Haus* hieß seit dem Tage, da es aus dem Kies emporwuchs.

Das Alte Haus sprühte vor Leben. Essensgeruch aus der Küche. Glühende Hitze vom Ofen. Der Familie schien nichts unerreichbar, denn sie betrachtete die Welt als ihre Heimat; fuhr riesige chromglänzende Straßenkreuzer, welche als größte Leistung westlicher Industrieproduktion galten. Und die vom Alten Haus setzten sich in Flugzeuge, in donnernde glitzernde Stahlvögel, die die Dunkelheit über dem Meer spalteten und ihren Weg fanden zu anderen Lichtquellen, Zeugen eines Lebens irgendwo auf den Ebenen der Kontinente. Und selbstverständlich führten alle Wege wieder zum Alten Haus zurück, das von Stimmen und Tönen schwirrte: in der Küche gemurmelte Weissagungen und Zaubersprüche. In der einen Stube über dem dampfenden Kaffee ein fröhlicher Harmonikawalzer. Jemand erzählte mit unsicherer Stimme Lügengeschichten. Kinder sangen, weinten und lachten, und flotte Burschen mit Schmalzlocke und Sonnenbrille schnipsten mit den Fingern im Takt des kernigen Rock 'n' Roll.

– Geht die Welt unter? fragte man.

Wie dem auch sei; einmal stirbt jeder, und eines dunklen Tages wurde sogar das Alte Haus ausradiert. Dennoch gelang es jemandem, das Licht zu retten und es aus den Ruinen mit sich zu tragen . . .

Eigenartig.

Was war so eigenartig an dieser Familie? Lag es vielleicht an der Herrscherin selbst, Karolina der Wahrsagerin, die seit der Zeit, als sie in den morastigen Straßen der Hauptstadt herumgestreunt war und die Bewohner der Häuser mit ihrem Keifen in Angst und Schrecken versetzt hatte, in dem Ruf stand, wunderlich zu sein?

Damals hatte sie ihre Gogo bei sich, das einzige Kind, das sie je in ihrem Leben bekommen sollte; Gogo, das Fundament der gesamten Großfamilie. Der Großmacht. Gogo glich ihrer Mutter vielleicht im Aussehen, doch ansonsten war sie anders als die meisten in dieser trübsinnigen Stadt, da sie immerzu lächelte, und die Lebensfreude in ihrem Blick erhellte ihre Umgebung. Eigenartig. Denn Karolina die Wahrsagerin war nun weiß Gott beinhart — nie sah jemand sie lächeln —, laut und nörglerisch, und darüber hinaus galt sie als verdammt kundig in Schwarzer Magie. Es grenzte an Zauberei und Wunderwerk, wie sie es schaffte, am Leben zu bleiben, nur mit ihrem Kind und völlig alleinstehend, nachdem sie ihre nächsten Verwandten verloren hatte, Mutter und Schwestern, die ihr nichts hinterließen als Kinder. Allein zog sie herum, mit Gogo und all diesen hageren Waisenkindern, und es war allgemein bekannt, daß sie über lange Zeiten hinweg weder Essen noch Geld noch ein Dach über dem Kopf hatte, selbst als Epidemien und Wetterkatastrophen das Land heimsuchten und die Welt im Feuer des großen Krieges loderte.

Doch wann beginnt nun die Geschichte der Familie? Vielleicht mit Karolinas eigener Geburt, denn sie war die Älteste. Falls man überhaupt davon sprechen kann, jemand sei die Älteste in einer Familie: Natürlich hatten auch die Eltern von Lina ihre eigene Geschichte und deren Eltern vor ihnen und so fort und fort. Nein, näher läge es, die Geschichte damit beginnen zu lassen, wie Lina Tomas heiratete, der ebenfalls allein in der Welt stand, jedoch alles auf die leichte Schulter nahm, wie Männer eben werden, wenn sie über Jahre hinweg die sieben Weltmeere befahren und dabei kein anderes Ziel im Leben kennen, als es sich auch den folgenden Tag möglichst gutgehen zu lassen. Als Tommi heimkam, verlieh er der Stadt einen gewissen Glanz, als geschickter Tänzer und anständiger Ringer. Die beiden fanden einander. Er und diese Frau mit einem so zweifelhaften Ruf, daß man Tommi wegen dieser Heirat seine feine Stellung aufkündigte: Verkäufer im Schuhgeschäft.

Dann fing er an, als fliegender Händler für diesen und jenen Geschäftsmann Waren zu verkaufen, und zog mit einem Pferdewagen durch die Stadt, was man als unerhört und fast grotesk ansah. Und eine Weile schien es Tommi selbst grotesk, aber er fand keinen Ausweg aus diesem Dilemma und ging schlicht saufen; Tommis Zechtouren müssen reichlich lang und ausschweifend gewesen sein, und jedesmal versammelte sich um ihn eine Horde fröhlicher Männer, alle kamen mit ihm nach Hause, wo Lina sie mit Verwünschungen begrüßte, denn sie glaubte, daß einer, der trinkt, von bösen Geistern besessen ist, und es gab Tumult und Schlägerei in der Hütte, wo sie in jenen Tagen hausten. Und wenn Lina der Party ein Ende gemacht hatte, belegte sie die Saufkumpane mit einem Fluch; angeblich sollte dieser Fluch sehr wirkungsvoll sein, und die Kumpane versuchten, dem zu entkommen, doch Lina verfolgte sie mit ihren Verwünschungen und Bannsprüchen, und schließlich wagte keiner mehr, mit Tommi zu saufen, geschweige denn mit ihm heimzugehen, und er streifte allein umher, betrunken und verzweifelt. Erst in den Jahren der Weltwirtschaftskrise minderte sich seine Einsamkeit beim Trinken. Obwohl man behauptet, es habe weniger an der Krise gelegen, daß die Kumpane wieder mit Tommi auf Tour zogen, sondern vielmehr an den Mädchen in seinem Haushalt, die inzwischen zu jungen Damen herangewachsen waren, vielversprechende und gefällige junge Damen, hübsch und freigebig mit ihrer Gunst; vielleicht erhofften Tommis Zechgenossen, als Draufgabe zur Festivität ein junges Mädchen ins Bett zu kriegen. Unter Umständen kam das auch so, und böse Zungen deuteten an, daß Lina jetzt nicht mehr in gleichem Maße gegen die Lustbarkeiten anging, weil diesen Ehrenmännern in Gegenwart leichtbekleideter junger Mädchen das Geld locker saß, ebenso wie andere wertvolle Dinge, die der Haushalt während der mageren Jahre dringend benötigte.

Ja, man hielt sie für begehrenswert, diese jungen Damen, Linas Nichten; indes galt Gogo als eine Besondere, und mancher bot für sie seine gesamte Habe. Aber Gogo war wählerisch, und als sie ein Kind bekam, stammte es nicht etwa von irgendeinem Tölpel in Stiefeln und Schlupfmütze. O nein, das Kind war von einem italienischen Fliegerhelden, der nahe der Stadt zwischenlandete. Und das Kind, ein Mädchen, erhielt einen italienischen Namen: Dorothea *Guiccardini*. Das war also Dolli, und anscheinend reichte ihre Vaterlandsliebe weiter als die ihrer Mutter, denn sie benutzte diesen italienischen Namen nie, lernte nicht einmal, ihn auszusprechen.

Gogo hielt sich weiter an die Ausländer: Ein Mädchen, das bei der Geburt starb, wurde einem finnischen Sportler zugeschrieben. Danach verlobte sie sich mit einem jungen Dänen von einem Schulschiff, und lange nachdem es mit geblähten Segeln abgefahren war, gebar Dolli ein winziges und kränkliches Mädchen, das in der Nottaufe den Namen Ulla erhielt, doch gleichwohl überlebte.

Gogo war voller Mutterliebe zu ihren Kleinen; trotzdem ließ sie sich durch deren Krankheit und Tod nicht aus dem Gleichgewicht bringen, sie blieb lebensfroh und locker und scheute sich nicht, weitere halbausländische Kinder in die Welt zu setzen: Einige Monate vor der Besetzung durch die Alliierten ging sie mit ihrem ersten Sohn schwanger, Baddi, der ihrer Meinung nach von einem deutschen Dirigenten stammte, einem hochgebildeten Mann. Und der Sohn erhielt dessen germanischen Namen: Bjarni Heinrich Kreutzhage.

In diesen Jahren existierte das Alte Haus noch nicht. Die gesamte Großfamilie wohnte in einer miesen Hütte, später »Alte« Hütte genannt, weil sie nach dem Abriß des Alten Hauses in die »Neue« Hütte zogen ... Baddi nannte die Hütte nachher Auschwitz, und Tommi sagte, sie hätte ursprünglich als Nebengebäude zu einem Bauernhof namens Kleinkotten gehört, der seinen Namen zu Recht trug. Außerdem wurde Tommi eines schönen Tages Abstinenzler und hörte auf, die paar Kronen zu versaufen, die der Haushalt ergatterte. Dennoch gab es nach wie vor viel Armut bei ihnen, genau wie in den umliegenden Hütten. Wie ein eigenes Dorf lagen sie außerhalb des eigentlichen Stadtgebietes draußen auf den Moorwiesen. Langsam aber sicher kroch die Stadt auf diesen Häuserhaufen zu, der Namen und Nummern bekam wie andere Stadtviertel auch, und demnach wohnte die Familie von Lina und Tommi in Kleinkotten 7c. Als die Bebauung schließlich das Viertel um Kleinkotten erreichte, brachte sie die große Welt im Gefolge mit: Die Besatzungstruppen der Alliierten ließen sich in nächster Nähe nieder, errichteten Kasernen, ihre *barracks,* was die Isländer bald zu *Baracken* veränderten, und die wie Tonnen aussahen, auf der Seite liegend und halb in der Erde vergraben. Die alliierten Truppen fuhren Jeeps und redeten in Sprachen, die kaum jemand verstand, mit Ausnahme einiger Weltbürger wie zum Beispiel Tomas, der Jarl von 7c; der schob abends mit den Händen in den Hosentaschen ins Camp Thule, um mit den *Englishmen* über solche großartigen Handels- und Hafenstädte wie Cardiff oder Aberdeen zu plaudern, da wo er jede Hafenkneipe noch aus der Zeit des ersten Weltkriegs kannte. Lina äußerte sich eher abschätzig über die Alliierten: – Wieso haben die überhaupt ihren fetten Arsch bewegt und reißen jetzt hier das Maul auf?! fragte sie. – Der polnische Korridor gehört den Deutschen! Die Damen im Hause hielten wahrscheinlich zu den Engländern, da sie häufig zu Visiten in die Kasernen gingen — womöglich um Fragen der Weltpolitik zu diskutieren —, oder die Soldaten kamen auf Besuch in die Alte Hütte, zeitweise wurde ein Zelt draußen auf der Wiese aufgeschlagen, und später sagte Dolli, Tommi habe jedenfalls nicht an Schlafstörungen gelitten: Während der Kriegsjahre schlief und schnarchte er, obwohl in jedem Bett ringsum das Liebesgetümmel wogte.

Dann kamen die Amis, die Taschen überquellend von Dollars, und mit einem von ihnen bekam Gogo ihr fünftes Kind, Danni, der den Namen seines Vaters erhielt: Frank Daniel Levine, später Tomasson.

Gogo ließ die Zeit nicht ungenutzt; gerade 26 Jahre alt, war sie Mutter von fünf Kindern, und gegen Kriegsende fügte sie noch eine Tochter hinzu. Doch die Geschichte endete tragisch, denn als die Kleine gerade einen Monat alt war, wurde auch die Hütte von einer Epidemie heimgesucht, und das Kind starb, ebenso wie die kleine Ulla, die immer so schwächlich gewesen war.

»Es gibt Samen, die niemals Blumen werden . . .«

Die Baracken waren eigenartige Bauten, obwohl angeblich das Ergebnis intensivster Anstrengungen der talentiertesten Architekten in Europa. Spottbillig und einfach aufzustellen. Zwei Halbkreise aus Holz als Giebelwände und dazwischen ein wellblechverkleidetes Gerüst. Drinnen auf dem gletschergeschliffenen Erdboden Reykjaviks eine Schicht Holzplanken. Ein Kohleofen, ein Schornstein oder auch nur ein Ofenrohr durchs Dach.

Während der Kriegsjahre strömten die Menschen in die Hauptstadt, denn bei den Alliierten gab es Arbeit für alle. Unter anderem beim Aufbau dieser Baracken. Ganze Stadtviertel wucherten über die Kiesflächen, aus der Ferne betrachtet wie die Zeltstadt bei der Tausendjahrfeier des Althing. Die größten Viertel waren jedoch viel mehr als nur Provisorien: gewaltige Militärlager mit Munitions- und Warendepots, Luftschutzkellern und unterirdischen Gängen. Auch ein Gefängnis gab es dort, Kantine, Kino, Clubs und Geschäfte.

Doch in den Baracken wohnten nur Soldaten. Die einheimischen Arbeiter wanderten ruhelos von einem Kellerloch zum nächsten, die Familien schliefen in Torfhütten oder Zelten. Kinder wurden in Ställen geboren.

Die Glücklicheren unter ihnen besaßen genug, um eine immense Miete zu bezahlen. Andere blieben draußen im Dreck. Arbeiter mit einem Haufen Kinder und kranken Frauen. Alleinstehende Mütter standen nicht eben in hohem Ansehen, am allerwenigsten, wenn ihre Kinder von Ausländern stammten. Patriotische und progressive Zeitungen berichteten stolz, daß isländische Bürger Vereine gründeten mit dem Ziel, diejenigen Mädchen zu ächten, denen man Umgang mit Soldaten nachsagte: keine Einladungen zum Tanz mit Harmonikamusik. Viele Arbeiter gingen vor die Hunde, versoffen ihren ganzen Lohn, sogar ihre gesamte Habe. Andere wurden bei Arbeitsunfällen zu Invaliden oder erkrankten an Lungenentzündung, TBC und ähnlichen Folgen von Kälte und Feuchtigkeit. Familien lösten sich auf. Seeleute kamen um in den Orkanen und Torpedoangriffen auf dem Meer und ließen ihre Witwen und Waisen mittellos und unversorgt an Land zurück. Mit Schaudern betrachteten die ehrenhaften Bürger diese Heerschar von Armen, welche die Straßen der Stadt füllte. Doch draußen in der Welt geschah es, daß die Deutschen im Krieg mattgesetzt wurden; somit konnten die Alliierten ihre Besatzung aufheben und sich verabschieden. Zurück blieben die Baracken. Wohnung für die Armen.

Tralleluja!

Wer soll ein kleines Land in einer Welt voller Gefahren behüten? Die Amerikaner betrachteten solches als ihre Pflicht und boten militärischen Schutz für die nächsten hundert Jahre, sogar bis in alle Ewigkeit; sie holten sich jedoch eine höfliche Abfuhr. Gogo mangelte es an einem Ehemann, und sie suchte ihn unter den Amerikanern, allerdings nicht gerade zu einem günstigen Zeitpunkt, weil alle das Land verlassen sollten. Indes: das Militär ging die Sache gemächlich an und bekam für den Flugplatz in Keflavik ein mittelfristiges Nutzungsrecht auf sechs Jahre.

Während dieser Nachkriegsjahre verbrachte Gogo lange Stunden bei Fest und Gesang unten auf dem Flughafen, und dort traf sie schließlich den Richtigen, fast sechs Jahre nach dem Fall Berlins. Einige Monate später wurde der Vertrag über die Militärbasis erweitert, verbessert und auf unbestimmte Zeit verlängert, und somit traf es sich gut, daß die Amerikaner in der Zwischenzeit einiges unternommen hatten, um sich häuslich einzurichten, Techniker und Unternehmer hingeschickt hatten, und einer von ihnen war Gogos Ehemann in spe: ein gemütlicher, wohlhabender Bulldozerfahrer um die Vierzig mit Namen Charlie Brown.

Sie kam heim und präsentierte ihren Zukünftigen; Charlie war die Freundlichkeit in Person. Die beiden brachten für jeden ein Geschenk mit, und drei Wochen später richteten Lina und Tommi nach der Hochzeitszeremonie in Kleinkotten 7c eine Feier aus für die beiden.

In der Hütte gab es keinen Festsaal, doch das alte Paar tat sein Bestes, schrubbte alles von oben bis unten, und die Wahrsagerin buk Flachbrot und schmierte es mit Leberwurst und kochte den honigsüßen Milchkaffee gleich kannenweise. Außerdem lud man Gäste, hauptsächlich Nachbarn aus dem Kleinkotten-Viertel; die waren auf den Ami gespannt und erschienen vollzählig. Viel zu früh, traten von einem Fuß auf den anderen, als ob sie nicht zu bleiben gedächten, aber schließlich und endlich verteilten sich die Männer auf die Stühle und Sessel, ließen die Schnupftabaksdosen kreisen, und dann wurde geächzt, gestöhnt und gefurzt. Die Frauen sammelten sich in einer Ecke der Küche und redeten über Teuerung und Essensmarken. Alte Kerle, junge Burschen, Hausfrauen und junge Mädchen — alle waren sie gleich gekleidet: kurze Gummistiefel, Felljacke mit Kapuze und Fäustlinge mit einem zweiten angestrickten Daumen.

In diese Gesellschaft brachen die Amis ein wie Wesen von einem anderen Stern, Charlie und zwei seiner besten Freunde von der Airbase. Sie kamen in einem schwarzen Lincoln, modischen Anzügen, weißen Socken, hochglänzenden Mokassinschuhen, sonnengebräunt, mit Bürstenhaarschnitt und nach Old Spice duftend. Und die Braut erregte nicht weniger Aufsehen, geschminkt, die Haare hochgetürmt und in einem amerikanischen Brautkleid, schneeweiß und enganliegend. Sie trug einen langen weißen Schleier, den Dolli und ihre Freundinnen hochhalten sollten, aber da sie ihn nicht sorgsam behandelten und es überdies an jenem Tag in Strömen goß, schleifte der Schleier durch den Morast auf dem Vorplatz, als man ins Haus ging. Gogo lachte nur und küßte die Mädchen auf die Wangen, knüllte den Schleier zusammen und warf ihn in eine Ecke.

Ein frischer Wind folgte diesen Menschen, und da zogen die Isländer sich in ihr Schneckenhaus zurück, hockten schweigend herum, als fege ein kalter Nordsturm über sie hinweg. Doch die Amis hatten den Kofferraum voller Bier und Schnaps und einen Plattenspieler dabei, und bald dröhnten die Songs von Bing und Frankie und den anderen Stars aus Hollywood durch die Hütte. Tommi konnte zwar Englisch, wußte jedoch wenig mit diesen Westländern anzufangen, die noch nie in Cardiff oder Aberdeen oder überhaupt in Britannien gewesen waren. Mit Ausnahme von Gogo sprach keiner von den anderen Englisch, und viele hatten das Gefühl, daß die Amis sich über die Gäste lustig machten, wie sie so grinsend und lärmend dasaßen, wild gestikulierten und kurz und männlich lachten. Hahaha! Baddi war damals elf und der einzige, der sich den Ausländern zu nähern wagte, sich zu ihnen setzte und alles genau verfolgte; Charlie war regelrecht begeistert von seinem neuen Stiefsohn und stellte ihn den beiden anderen Amis vor:

– *This is Badie.*

– *Badie ?!* wiederholten die lachend. – *Hey, Badie, you must be a bad boy, havin' that name.* Hahaha!

– *There is nothing against being a bad boy at your age, we've all been bad boys, haven't we Charlie?!*

– *We sure have!*

– Hahaha!

Charlie am nächsten saß sein Freund Bob, ein Bursche um die Zwanzig. Er war bereits angeheitert und machte Dolli schöne Augen. Sie lächelte zurück, sechzehn Jahre, schüchtern und errötend.

Danni dagegen hielt sich in angemessener Entfernung, und in seiner Erinnerung blieb das Fest als schwarzer Tag haften. Hin und wieder schaute er mit sorgenvoll gefurchter Stirn um die Ecke, und als Charlie versuchte, mit ihm zu plaudern, dem Jungen Süßigkeiten oder Geld zu geben, riß er sich los und lief hinaus. Erst am Abend fand man ihn, völlig verweint, im Stall des Bauernhofes. Er weigerte sich mitzugehen und schlug brüllend um sich, bis der alte Tommi kam und den Sohn seiner Stieftochter in den Arm nahm, ihm die Wangen streichelte und murmelte:

– Mein lieber kleiner Junge. Mein lieber kleiner Junge.

Das Fest in der Hütte dauerte den ganzen Nachmittag, und der Alkohol floß in Strömen. Allmählich tauten die Isländer ein wenig auf, obwohl die meisten immer noch bloß dasaßen und sich hin und her wiegten. Die Amis fingen an zu tanzen: Charlie tanzte mit Gogo und Bob mit Dolli, und das versprach Unheil, denn sie war mit dem ältesten Sohn auf dem Hof zu jener Zeit so gut wie verlobt. Dieser war ein schlaksiger Junge namens Gretar, mit Sommersprossen, hellrotem Haar und erstem Bartflaum. Gretar beobachtete den Tanz ziemlich finsteren Blickes und sah keinen anderen Ausweg aus der Lage, als sich zu besaufen. Dolli kehrte ihm den Rücken zu und tat, als sähe sie ihn nicht.

Gegen Ende des Festes holte Bob alle auf den Hofplatz und arrangierte sie zu einer Gruppe. Er wollte das Brautpaar und die Gäste photographieren. In der Mitte die Neuvermählten, Charlie in seinem brandneuen amerikanischen Anzug und Gogo im Brautkleid, auf dem Bild beide lächelnd und glücklich. Neben ihnen das alte Paar und Dolli und Baddi. Dann die Nachbarn und Verwandten hinter und neben ihnen; es nieselte, und alle trugen ihre Felljacken, Handschuhe und Stiefel. Die Isländer betrachteten den Photographen mit düsterer Miene.

Links auf dem Bild sieht man einen Misthaufen, einen Ford-Laster Modell 1922, einen altmodischen Heuwender und eine Scheune aus verrostetem Wellblech. Rechts sieht man Charlies Lincoln von hinten. Daran ein Schild mit der Aufschrift: JUST MARRIED.

Charlie hatte auf der Airbase eine Wohnung, und dort wollten er und Gogo vorläufig wohnen. Gegen Abend verabschiedeten sich das Brautpaar und die beiden anderen Amis. Bob hatte mit Dolli beim *Good-bye* etwas zu tuscheln, und das war mehr, als Gretar ertrug, er stürzte sich auf Bob, nahm ihn in den Schwitzkasten und schleuderte ihn mit einem Hüftwurf in den Dreck. Dolli kreischte, und Bob sprang auf die Beine, die Fäuste zum Boxen erhoben, doch Charlie packte ihn, flüsterte ihm etwas zu und schaffte schließlich den tobenden Freund in den Wagen, der den Kies aufwirbelte und vom Hof schoß. Baddi schaute dem Straßenkreuzer verzückt hinterher.

Was für ein gewaltiger Idiot Gretar war. Hatte er etwa geglaubt, jemand würde sagen, in diesem Kerl steckt doch eine gehörige Portion Kraft? Den Soldaten einfach hinzulegen! Da hatte er sich verrechnet. Die meisten fanden die Sache eher peinlich. So auf einen gutgekleideten Jungen loszugehen! Allerdings wurde die Angelegenheit von einem neuen Skandal in den Schatten gestellt; dem Ehestreit, der gleichzeitig mit dem Verschwinden des Lincoln losbrach. In der Hütte hörte man es krachen und splittern. Fia und Toti zankten sich.

Seltsames Volk, Fia und Toti. Snaefrid und Thorgnyr. Sehr seltsam, nicht zuletzt deshalb, weil das die Verwandten waren, mit denen die Familie von Lina und Tommi am meisten verkehrte. Kein Fest oder Kaffeeklatsch, bei dem Fia und Toti gefehlt hätten. Wenn man über Verwandtschaft oder Familie sprach, galt das Fia und Toti.

Die beiden wohnten stets in der Nachbarschaft von Lina und Tommi. Toti war der Neffe der Wahrsagerin, und trotz des jahrelangen Umgangs miteinander schien es, als schäme sich jede Familie der anderen.

Alle kannten die Geschichte von Fias und Totis erster Begegnung; Lina hatte sie oft in ihrer eigenen Version erzählt, und gerade an diesem Hochzeitsfest war Toti angeheitert genug gewesen, die ungewöhnliche Historie seiner eigenen Ehe zum besten zu geben.

Fia war damals zu einem Schlachtfest mit Tanz erschienen, das in einem alten Lagerschuppen abgehalten wurde; eine Bauerntochter von der Südhalbinsel und zum ersten Mal in der Hauptstadt. Ein pummeliges Heimchen vom Herd. Durfte in einem Lastwagen mitfahren, der Lämmer zum Schlachthof brachte, und abends nahm man sie mit auf diesen Ball, der zumeist von Landleuten besucht wurde, die in der Stadt zu tun hatten. Auf dem Podium quetschte eine Stimmungskanone aus Ostisland die Harmonika, und die Gäste tanzten Polka und Ländler. Fia konnte man kaum als hübsch bezeichnen; während der Heumahd saßen die Leute vom Lande nicht gerade vor dem Spiegel und pflegten sich. In ihren aschblonden Haaren fanden sich Spuren vom Melken und anderer Stallarbeit. Ihre Arbeitsklamotten ließen erkennen, daß zeitiger am Tag im Schlachthaus Blut geflossen war.

Totis Arme hingen wie zwei tote Haie von seinen Schultern herab. Er trug Stiefel, war schüchtern und eher tolpatschig, soff sich voll und vertrug wenig. Drehte halb durch, und wenn er den Mädchen schöne Augen machte, schien es ihnen, als wolle er sie vergewaltigen. Deswegen wurden ihm oft die Füße unter dem Leib weggetreten von den Kavalieren, die die

Ehre ihrer Damen verteidigten. Und schließlich trafen die beiden zusammen, Toti und Fia; sie war bis dahin von keinem aufgefordert worden, und im Handumdrehen wälzten sich die zwei hinter einem Stapel Tonnen in der Toreinfahrt. Toti wurde das Gerangel schließlich zu strapazös, und sie ließ ihn, schnarchend, auf dem Kies zurück.

Als Folge davon wurde Fia schwanger, und was sie betraf, gab es keinen Zweifel an der Vaterschaft. Sie hatte sich auf dem Ball erkundigt und erfahren, wer dieser junge Herr war, der da schnarchend hinter den Tonnen lag, und nun fuhr sie in Begleitung ihres Vaters, des Bauern, nach Reykjavik, wo man Toti aufsuchte.

Toti leugnete alles; der Alkohol vernebelte seine Erinnerung an das Geknuddel draußen in der Toreinfahrt, aber er mutmaßte, die junge Dame hätte es Tag und Nacht in der Scheune mit Stallknechten getrieben, die ebensogut als Erzeuger in Frage kämen. Er war nicht zu bewegen. – Toti ist oft genauso starrköpfig wie sein bescheuerter Vater, sagte Lina häufig; und als das Kind geboren war, ein kräftiger und hübscher Junge, wurde es an ein kinderloses Ehepaar in Reykjavik weggegeben.

Drei Monate nach der Geburt des Kindes, ein Jahr nachdem Fia und Toti sich zum ersten Mal begegnet waren, hatte sie wieder in der Stadt zu tun. Abends ein Ball am gleichen Ort. Die Stimmungskanone spielte auf. Toti war ebenfalls da und betrunken. Er und Fia reden miteinander und landen draußen in der

Toreinfahrt. Und das Erstaunliche geschieht: Sie ist wieder schwanger.

Wie das so geht.

– Und dann habt ihr geheiratet? fragte einer der Hochzeitsgäste, und Toti konnte das gerade noch bestätigen, da kam Fia zu ihm hinaus, wo er stand; sie warf ihm einen gestrengen Blick zu und bedeutete ihm, ihr nach drinnen zu folgen, und wahrscheinlich hatte er noch nicht genug getrunken, denn er gehorchte mit gesenktem Kopf. Mittlerweile war Toti Fia gegenüber meist fügsam; anfangs, nachdem er sich zu dem zweiten Kind bekannt und seinen Abschied von der See genommen hatte und die beiden sich in der Stadt niederließen, war das anders. In jenen Jahren war er häufig besoffen, und dann behandelte er Fia schlimm, suchte Händel. Doch resolut und hart wie wie war, bekam sie den Kerl allmählich in den Griff. Zu Hause wurde er ihr gegenüber scheu und unterwürfig, das ganze Jahr über, bis auf zwei oder drei Tage, da kippte er sich zu, und damit schwollen ihm Mundwerk, Mut und Dreistigkeit, Fia holte sich ein blaues Auge, und die Möbel gingen zu Bruch. Er lehrte sein Haus Mores, solange er noch das Feld beherrschte; endlich übermannte ihn der Schlaf, und er sank in sich zusammen, vielleicht nach zwei vollen Tagen Ausnahmezustand. Wenn er erwachte, waren Leib und Seele wie ein betautes Röslein auf der Heiden, das Panzer und Bulldozer von allen Seiten auf sich zurollen sieht; er wandte sich nicht einmal an Gott, sondern flehte bloß um Gnade, während Fia am Bett stand und mit einem nassen Scheuerlappen im Takt auf ihn einschlug und ihm alle Untaten aufzählte, die er auf dem Gewissen hatte. Und am Ende einigten sie sich, daß dergleichen nicht wieder vorkommen sollte.

Wahrscheinlich hatte Toti dort auf dem Hochzeitsfest nicht sonderlich viel getrunken, denn der Streit endete ohne Prügelei, und nachdem Fia sich bekreuzigt und mehrfach Jessesmaria geseufzt hatte, nahm sie ihren Toti am Arm und führte ihn mit sich heim.

Vielleicht lag der Grund für Totis Fügsamkeit aber auch woanders; Fia hatte ein neues und unerwartetes Druckmittel in der Hand: Sie war auf dem besten Wege, zum Krösus der Familie zu werden. Der Landbesitz ihrer Väter draußen auf der Südhalbinsel lag schon lange verlassen. Nachdem sie in die Stadt gezogen war, gaben ihre Eltern die Wirtschaft auf und starben wenig später, und keiner war da, der den Hof übernahm; sie hatte nur einen Bruder namens Gosi, und der kränkelte, ertrug das harte Landleben nicht und wohnte in Njardvik. Und der alte Besitz, das meiste davon unverkäufliches Lavagebiet, lag da — verlassen und niemandem zu Nutze.

Indes: es geschehen immer noch Zeichen und Wunder, und irgendwie kam heraus, daß Army und Nato seit langem dort zugange waren und etwas planten, das den Geschwistern eine immense Summe einbringen konnte, eine wahnwitzige Summe — ein astronomischer Betrag nach den Maßstäben von Kleinkotten.

Als sie sich nach dem Fest und dem Krach verabschiedeten, stand Tommi und schaute ihnen nach: Fia, klein und fett, in einem alten Männeranorak, wie sie Toti führte, ehedem ein hochgewachsener junger Mann, doch im Laufe der Zeit gedrückt und krumm geworden.

– Da laufen sie, die Geldsäcke, murmelte Tommi und schüttelte den Kopf.

Ist das dein oder mein Süd-wester?

Immer stehen die Paläste
genau gegenüber den Baracken.
Tomas Jonsson

Gogo unterstützte das alte Paar auch weiterhin. Nichts brauchten sie mehr selbst zu kaufen. Alles strömte von der Militärbasis ins Haus. Karolina die Wahrsagerin bekam eine schwere Küchenmaschine, einen elektrischen Dosenöffner, Sahnequirl, Kartoffelschäler, Eierkocher und eine Apfelsinenpresse auf den Tisch des Hauses neben den Koksofen. Eines Tages kam ein Staubsauger von der Größe einer Öltonne in die Hütte, die die längste Zeit einen Lehmboden gehabt hatte. Dann folgten ein Radio, und Möbel: eine riesengroße Eckgarnitur, Sofas, Lehnstühle, eine chromglänzende Eßecke und ein Schlafzimmer mit getrennten Betten und einem Nachttisch dazwischen. Gogo bestellte sogar Gartengeräte nach Katalog, eine Heckenschere, Schläuche und einen Rasenmäher, und schenkte alles der Familie. Und das, obwohl sie keinen Garten hatten! Weiter kam zweimal wöchentlich ein Kofferraum voll mit Konserven, Keks, Tütensuppen und Süßigkeiten. Das ganze Zeug drohte Kleinkotten 7c zu sprengen.

Es waren wundervolle Zeiten. Und damit sollten die Herrlichkeiten dieser Welt noch nicht zu Ende sein, denn eines Tages erwarteten Tommi nach Abschluß seiner Verkaufsrunde große Neuigkeiten.

Es geschah drei Wochen nach der Hochzeit; Tommi hatte seine tägliche Runde im Camp Thule begonnen, das zu den größten Barackensiedlungen zählte. Er kam morgens mit dem Pferdewagen an, beladen mit Luxusgütern und Lebensnotwendigkeiten aus dem »Kolonialwarenhandel Gundi & Gisli«. Lebensmittel Handschuhe Stiefel Süßigkeiten Petroleum Glühlampen und eine Blechkasse mit Wechselgeld.

Das Wetter war angenehm und der Alte wohlgelaunt und pfeifend, obwohl das Geschäft nicht so gut lief wie in den vornehmeren Vierteln, bevor dort eigene Geschäfte aufgemacht hatten. Inzwischen kam er schon so lange täglich ins Thulecamp, daß er nicht mehr zwischen den Baracken zu rufen und zu schreien brauchte, um auf sich aufmerksam zu machen; statt dessen konnte er sich in aller Ruhe mitten im Camp aufstellen, eine Zigarrette rauchen und auf Kundschaft warten. Zudem wohnte er fast nebenan und kannte praktisch alle. Manche waren richtige Berühmtheiten, Hreggvid der Kugelstoßer erschien häufig auf den Sportseiten der Zeitungen, einer der besten Werfer des Landes. Gleichgültig ob Kugel, Diskus oder Hammer, alles schleuderte er über riesige Entfernungen. Am ehesten hatte er noch Schwierigkeiten mit dem Speer, der war einfach nicht handlich genug.

Hreggvid stand in dem Ruf, versoffen zu sein, und Tommi hatte ihn auf seinen Verkaufsrunden beobachtet; hatte den Kugelstoßer gesehen mit einer Flasche in der Hand, wie er lallend in die Türen der Baracken grölte:

Ist das dein oder mein Südwester,
Ist das dein oder mein Südwester?
Das ist meiner und nicht deiner.
Ja das ist mein und nicht dein Südwester
Südwester
Südwester
Südwester
Südweeeeeester!

Derweil stand Greta, seine kleine Frau, mit ihren zwei blassen und kränklichen Mädchen am Pferdewagen und brauchte meist so lange, sich zu entscheiden, was sie nun kaufen wollte, daß der Hüne entweder eingeschlafen oder verschwunden war, wenn Mutter und Töchter mit Roggenbrot und Garnrolle nach Hause zogen. Auf diese Weise gewann sie Zeit, ausführlich mit Tommi dem fliegenden Händler zu plaudern; sie redeten über andere Einwohner des Viertels und tauschten Neuigkeiten aus. Drüben lief das hagere, angejahrte Schlitzohr mit dem zerschrundenen gelben Gesicht, einen Zahnstocher im Mundwinkel: Höskuld der Taxichauffeur, wahrlich berühmt für seinen Schnapsschmuggel und seine zweifelhaften Geldgeschäfte und mehrmals verhaftet, doch meist ohne Strafe davongekommen.

Dann kam eine gebeugte und hinfällige Frau an den Wagen, ihr Haar zeigte die ersten grauen Streifen, und sie fischte die Münzen mit blauen, verkrümmted Fingern aus der Börse. Die paar Öre reichten nicht aus, und sie bedankte sich scheu, als Tommi meinte, sie solle sich deswegen mal keine Sorgen machen, meine Liebe. Als sie gegangen war, sagte Greta:

– Stell dir vor, die Thorgunn ist noch keine dreißig!

– Ja, ein trauriger Anblick, sagte Tommi. Er wußte dies und jenes über Thorgunn, denn ihr ältester Sohn, Grjoni, war Baddis bester Freund.

Greta war immerhin mit einem landesweit bekannten Sportler verheiratet, und in ihren Augen stand Thorgunn so ziemlich auf der untersten Stufe der Gesellschaftsleiter: Thorgunn war eine schmalbrüstige Witwe mit vier Kindern; ihr Mann hatte auf einem der Trawler gearbeitet, die im Krieg versenkt wurden, und Thorgunn hatte niemanden mehr außer ihrem Vater, einem alten Witwer, der es schändlich fand, daß seine einzige Tochter nicht mehr Stolz besaß und in einer amerikanischen Armeebaracke hausen wollte. Thorgunn hockte allein in der kalten, feuchten Baracke und versuchte, sich und ihre vier Kinder mit Arbeit in der Fischfabrik durchzubringen, wenn sich die Gelegenheit bot und ihre Gesundheit es zuließ. Und ihre Kinder waren diese typischen Straßenkinder aus den Baracken; besonders der Jüngste, Diddi, galt als Sonderling, benahm sich merkwürdig und verkehrte mit niemandem: wechselte kaum je ein Wort mit irgendwem und kriegte ab und zu Wutanfälle.

– Die armen Kleinen, sagte Greta; wo die Thorgunn doch immer halb krank ist, und trotzdem versucht sie, was für sie zu nähen und so. Ich erinnere mich, als die Jungs im Herbst in die Schule kamen, da war ihr die hiesige Schule nicht gut genug, sie sollten da drüben eingeschult werden, angeblich ja was Vornehmeres! Die armen Burschen, sie marschierten so sauber und gekämmt weg; und Thorgunn hatte ihre Lumpen so gut es ging geflickt: Du hättest ihr Gesicht sehen sollen, als die Kinder mit diesen Schultaschen loszogen, die sie selbst genäht hatte, sie war so eingebildet und selbstzufrieden wegen ihrer Jungs. In die Schule kommen! Eine anständige Schule! Aber das Lachen sollte ihr am gleichen Tag noch vergehen, die Jungs kamen viel zu früh heim, zerfetzt, zerschlagen und blutend. Die anderen hatten sie wohl fürchterlich verdroschen. Der Kleine, der Diddi, heulte wie am Spieß. Und im Vertrauen gesagt, seitdem wollte er einfach nicht mehr zur Schule. Der ist schon komisch, irgendwas stimmt nicht mit dem, das sagen alle, ich finde ihn hinterhältig ...

– Aber der Grjoni kann nun ganz gut für sich einstehen, sagte Tommi.

– Ja, sagte Greta, aber er prügelt sich ständig und stellt immer irgendwas an, sogar die Polizei war schon wegen ihm da!

– Tja ... die Polizei, meinte Tommi und kratzte sich verlegen unter der Mütze. – Ich weiß ...

Als Tommi am späten Nachmittag mit dem halbleeren Pferdewagen hinunter zum Kolonialwarenhandel Gundi & Gisli kam, waren die beiden Inhaber unten im Lager und erwarteten ihn. Tommi rechnete gewissenhaft ab und gab zurück, was nicht verkauft war. Gundi, der Kaufmann mit den kurzen Beinen, vergrub die Hände in den Hosentaschen und grimassierte wild vor lauter Anstrengung, eine dicke lange Zigarre zwischen den Kiefern zu halten.

– Ist heute was dabei rumgekommen, Tommi?

– Je nun ...

– Alles läppisch, das mit dem Wagen, obwohl mir klar ist, daß nicht mal der Teufel persönlich noch mehr Zeugs bei den Leuten anbringen könnte als du.

– Danke ...

– Der Verkauf läuft nicht so wie früher, das müssen wir klar sehen, nichts im Vergleich zu den Kriegsjahren, seitdem hat alles nachgelassen, lohnt kaum noch, weder für dich noch für uns. Jetzt fehlt bloß, daß irgend so ein Satan im Barackenviertel einen Laden aufmacht, dann sind wir weg vom Fenster. Passé. Draußen erfroren, mein Lieber.

– Ja, das wär ...

– Was soll man da unternehmen, Tommi, verdammt noch mal, was können wir denn da machen?!

– Machen, tja ...

– Du hast wohl auch keinen Vorschlag; na, dann müssen wir uns zusammen was einfallen lassen, bevor wir auf der Straße landen, mit dem Hintern im Dreck.

Tommi mußte passen. Jahrelang war er mit seinem Pferdewagen durch die Stadt gezogen, hatte allen möglichen Kram verkauft, seiner riesengroßen Familie Butter aufs Brot verschafft, aber derart bombardiert mit Reden und Fragen, fehlten ihm die Worte. Gundi schwieg, schluckte in der Pause den Zigarrenrauch, paffte schwarze Gewitterwolken, grimassierend und aufgedunsen, mit tränenfeuchten Augen. Er hatte eine Hinterbacke auf die Tischecke gepflanzt und ließ das Bein kreisen in 78 Schlenkern. Der andere Kaufmann, Gisli, plazierte seine gestiefelten Beine oben aufs Regal, lehnte sich im Stuhl zurück, und sein grauer Tirolerhut hing ihm über die Augen. Er spielte mit einem Bleistift, als wolle er damit auf eine Zielscheibe werfen.

– Wir haben uns überlegt, Tommi, daß wir den anderen zuvorkommen und selbst eine Filiale im Thulecamp aufmachen wollen. Sie soll Tommis »Laden« heißen.

– Tommis Laden?

– Tommis Laden, mein Freund, du sollst Filialleiter werden. Hast für uns schon so lange gearbeitet.

Wie gefällt dir das? Tommis Laden natürlich; die Bande legt Wert drauf zu glauben, sie hätten es mit dem Kaufmann höchstpersönlich zu tun. Und dann wohnst du ja auch direkt nebendran und kennst die Bagage. Na, was meinst du?

Jetzt frag ich dich, Tommi, soll man es riskieren, dieser Bande Kredit zu geben? Wie stehen wir dazu?

– Ja, ich glaube . . .

– Das mußt du natürlich selbst entscheiden, aber als Filialleiter bist du uns gegenüber selbstverständlich verantwortlich undsoweiter.

Tommis Laden. Was noch alles? Der alte Recke als Boss im eigenen Laden. *Bye-bye* Pferdewagen. Da stand er unter den prüfenden Augen der beiden Kaufleute, in ausgebeulten Latzhosen, älter aussehend als er war, und stierte in einen raschelnden Baumwollsack, als wolle er enträtseln, ob der zwölf oder vierzehn Karat hätte.

– Die Leute aus den Baracken müssen natürlich irgendwo einkaufen wie andere auch, sagte er schließlich, und damit hatte er akzeptiert.

Am folgenden Tag gingen er und Gundi, der Kaufmann, ins Camp, um die Bedingungen zu prüfen. Baddi war dabei, er wollte einen alten Bekannten im Viertel besuchen. Er und Grjoni, der Sohn von Thorgunn, strolchten um Tommi herum, der sich nach diesem und jenem erkundigte.

– Wie hieß dein Vater, Grjoni?

– Trausti.

– Und wie heißt dein Bruder?

– Viking, wird aber Diddi gerufen.

– Wie alt ist er?

– Fast zehn.

– Warum nehmt ihr ihn nicht mit?

– Den Säugling!

– Er ist nur ein Jahr jünger als ihr.

– Ja, aber er will nie mit andern Jungs spielen.

Dann verschwanden die Kumpane zwischen den Baracken, die dickbäuchig auf dem Kies lagen. Aus den Schornsteinen Rauch vom Kohlefeuer. Tommi fiel ein, man könne sich in diesem großen Barackenviertel leicht verirren, es war wie ein Labyrinth, und alle Baracken sahen gleich aus.

Nach dem Krieg wurden viele Häuser umfunktioniert. Die Wohnbaracken blieben fast alle als Wohnbaracken bestehen, aber andere Häuser dienten jetzt neuen Zwecken. Aus dem alten Offiziersclub wurde eine Volksschule, das Gefängnis ein Milchladen, die Kantine der gewöhnlichen Soldaten eine Autoreparaturwerkstatt. Alles Schuppen aus billigem Holz. Das eine Steinhaus jedoch stand nach wie vor leer. Sie erhielten die Genehmigung, dort Tommis Laden zu eröffnen. Die Wände waren fast meterdick. Man vermutete da das frühere Militärdepot, wenn nicht sogar das Munitionslager. Darunter gab es einen Keller, von dem unterirdische Gänge wegführten.

Bevor sie an jenem Tag das Viertel verließen, drängte es Tommi, noch etwas mit Thorgunn zu bereden. Tat, als wolle er nach Baddi sehen. Sie sprachen über dies und jenes, und Tommi sah sich in der düsteren Baracke um; offenbar leckte das Dach, und Thorgunn hatte Lappen in die Ritzen gestopft. An manchen Stellen auch Säcke. Es war Spätwinter, Frost lag in der Luft, und der angegammelte Fußboden schien ebenfalls gefroren, außer rings um den Kohleofen. Tommi stellte scheinbar zufällig die ein oder andere Frage. – Woher stammst du? – Soso, dessen Tochter bist du. – Hab eine ungefähre Ahnung, wer das ist. Sie dagegen war eher wortkarg, gab jedoch Antwort, wenn sie gefragt wurde, und nähte dabei; sie war nicht immer kräftig genug, um in der Fischfabrik zu arbeiten, obwohl sie jetzt ein ganz anderes Leben hatte, nachdem die Jungs groß genug waren, daß sie sie allein lassen und arbeiten gehen konnte, wenn es denn sein mußte. Ihr Vater lebte im Altersheim; die erste Zeit nach Traustis Tod hatte er bei ihnen gewohnt, doch als sie ihre Wohnung am Nordmoos aufgeben mußten, wollte er nicht mit ihnen hierher umziehen.

– Wahrscheinlich ist so was auch wirklich nicht die passende Unterkunft für alte und kranke Leute, sagte Thorgunn, und Tommi griff das auf, heilfroh, dem diffizilen Gesprächsthema zu entrinnen, und sie lächelten beide und nickten einander zu und trennten sich in voller Übereinstimmung darüber, daß dergleichen nun wirklich keine passende Unterkunft für alte und kranke Leute sei, ohne allerdings weiter zu diskutieren, für wen denn überhaupt solche Wohnverhältnisse passen könnten; auf dem Heimweg gefror Tommis Abschiedslächeln auf seinem Gesicht und verblaßte, und er machte sich fast Vorwürfe, der Frau nicht angeboten zu haben, etwas für sie zu tun, überhaupt der Familie zu helfen; und als er dort in der Dunkelheit auf Grjoni stieß, nutzte er freudig seine Chance und fing an, mit dem Jungen zu plaudern, während ihm im Kopf herumging, was er ihm Gutes tun könne. Und bevor sie sich verabschiedeten, hatte Tommi dem Jungen beigebracht zu laufen wie Charlie Chaplin.

Als Tommi in die Hütte am Kleinkotten 7c zurückkam, saß Lina da und las niemand Geringerem als der Tochter des Bürgermeisters die Zukunft. Lina hatte die Ankunft der Amis im Traum vorausgesehen, und die Karten hatten ihr die Hochzeit und den Wohlstand prophezeit, und daß alles sich bewahrheitete, war ein untrügliches Zeichen für ihre hellseherischen Kräfte. Sie setzte eine Annonce in die Zeitung: »Wahrsagerin liest Ihre Zukunft . . .«, und es dauerte nicht lange, da strömten die Leute zur Hellseherin in die Hütte, erfuhren ihre Zukunft aus den Karten und kriegten als Zugabe noch die ein oder andere Weisheit verkündet über dieses elendige Leben und diesen Dschungel, wo alle gegen alle kämpfen. Der Name der geheimnisvollen Alten war in aller Munde, und es zirkulierten jede Menge Geschichten über ihre Zauberkünste, und eines Tages kam sogar ein Journalist in Begleitung eines Photographen und wollte sie interviewen, doch sie ließ sich nicht sehen und behauptete, bei den Zeitungen säßen sowieso nur *Verleumder*.

Eben diese Verleumder und Neidhammel verbreiteten auch Lügenmärchen über Lina, manche behaupteten zum Beispiel, sie sei steinreich, besäße Immobilien in der ganzen Stadt und hätte die Schubladen voller Geld, das sie mit Schwarzer Magie und den steuerfreien Einkünften aus ihrer Hellseherei zusammenraffte.

Natürlich war so was abwegig, allerdings hatte die Familie unleugbar mehr Geld zur Verfügung als früher. Tommis Einkommen wuchs, als der Laden in Schwung kam, dazu noch das Geld von der Wahrsagerei. Überdies waren weniger Menschen im Haushalt zu ernähren als je zuvor.

Als Ersatz für alle, die das Nest verlassen hatten oder verstorben waren, kam jemand Neues ins Haus: Dollis Verehrer. Nach dem Hochzeitsfest hatte sie Gretar, den Bauernsohn, links liegen lassen, indes lernte sie auf einer Tour mit dem Wanderverein einen kurz geratenen Mann vom Lande kennen, der in der Hauptstadt seine Lehre als Installateur machte. Er hieß Grettir, und Lina war von ihm nicht sonderlich begeistert:

– So ein verdammter Wurzelzwerg!

Kaum daß sie Grettir zu bemerken schien; wenn sie ihn unbedingt anreden mußte, nannte sie ihn Gretar, und das traf Dolli natürlich an empfindlichster Stelle, und sie korrigierte Lina ununterbrochen, auch wenn diese nur zögernd nachgab. – Ja gut, also Gretir, sagte sie, zu weiteren Zugeständnissen war sie nicht bereit.

Grettir zog auf der Stelle mit seinem gesamten Besitz in die Hütte ein: Gewehr, Schrotflinte und einem alten Nimbus-Motorroller. – Das scheint mir doch ein ganz passabler Junge, sagte Tommi, der Menschen gut leiden konnte, die sich nicht aus der Ruhe bringen ließen. Und Grettir ließ sich wahrhaftig nicht aus der Ruhe bringen, er fummelte ständig an seinen Gewehren herum, putzte sie, stellte sie neu ein oder bastelte am Motorroller. Allerdings hätte er auch keinen Grund gehabt, sich über irgendwas aufzuregen, alle konnten zufrieden sein, und niemand mußte arbeiten, weil Tommi genug verdiente; Grettir brauchte noch nicht mal seine Lehre als Installateur abzuschließen, frickelte nur herum und sprach wenig. Hatte anscheinend trotzdem Spaß dran, den Leuten zuzuhören, und sagte – Sakra! in die Gesprächspausen. Grettir schien nie aus dem Gleichgewicht zu geraten; Baddi spürte, daß Lina nicht viel für Grettir übrig hatte, und spielte ihm daher alle möglichen Streiche. – Tsüüh! Laß doch! brummte Grettir dann. Ein einziges Mal versuchte er zu brüllen, doch das mißlang ihm gründlich; statt einer Donnerstimme hörte man bloß ein Gequietsche und alles lachte. Also begnügte sich Grettir mit schlechter Laune.

– Hast du das mit der Installation aufgegeben? fragte Tommi eines Tages.

– Weißichnich, antwortete Grettir. – Ich war ja fast fertig!

– Kannst du Rohrleitungen in einem Haus verlegen? fragte Tommi, und dies war das erste Mal, daß die Sache mit dem Hausbau zur Sprache kam. Die ganze Familie saß in den amerikanischen Lehnstühlen, die sich in der Hütte so breitmachten, daß man kaum noch die Füße schräg auf den Boden setzen konnte. Die Familienmitglieder machten sich unverzüglich daran, in Gedanken wahre Schlösser zu errichten, während das alte Paar sich am nächsten Tag nach den notwendigen Formalitäten erkundigte.

Sie kannten so viele. Männer, die inzwischen Zimmerleute, Maurer, Elektriker oder Holzhändler geworden waren, hatten alle irgendwann eine Kleinigkeit aus Tommis Wagen auf Kredit bekommen. Lina wahrsagte dem Bankdirektor, der erfahren wollte, ob seine Frau ihm treu war; seine Frau kam ebenfalls, um herauszufinden, wieviel ihr Mann wußte. Durch die Bekanntschaft mit solchen Ehrenmenschen war es kein Problem, ein Darlehen zu erhalten. Alles ging nach Wunsch; das Haus stand in Rekordzeit. Nur zwei Monate nachdem die Sache zum ersten Mal erwähnt worden war, zog die Familie ein. Kleine Probleme ließ man eben nicht erst zu großen auswachsen.

Zum Beispiel hätte es Jahr und Tag und viel Bürokratie und Auseinandersetzungen gekostet, einen ausgewiesenen Baugrund zu finden. Manche bauten ohne Genehmigung, suchten sich bloß einen leeren Flecken außerhalb des Bebauungsplanes und legten los, hauptsächlich arme Leute, die vielleicht ein paar Balken besaßen, Bauholz aus Kistenbrettern oder ein transportables Sommerhaus. Bei der Suche nach einem Bauplatz fiel die Wahl häufig auf eine leere Stelle in einem der Barackenviertel. In der Stadtverwaltung glaubte man, das läge an bestimmten Voraussetzungen, die in diesen Vierteln existierten, wie zum Beispiel

Leitungen und Rohre. Für die Abwasserentsorgung hatte man meistens einfach zwischen den Baracken offene Gräben gezogen, durch welche die Jauche floß.

Mitten im Thulecamp gab es eine leere Stelle, fast ein Platz. Jemand behauptete, dort sei während der Kriegsjahre der Parkplatz für die Lastwagen gewesen. Höskuld der Taxichauffeur glaubte, die Briten hätten dort eine Prügelstange und Tribünen für die Zuschauer aufgestellt.

Auf diesem Platz hatte Tommi gewöhnlich seinen Pferdewagen geparkt. Und das hier schien ihm ein ausgezeichneter Baugrund. Aber er war ein gesetzestreuer Mensch und hätte vielleicht das Ganze aufgegeben, wenn es Lina nicht durch ihre Beziehungen bis hin zum Bürgermeister gelungen wäre, diesem mächtigen Mann ein beispielloses Dokument zu entringen, das später den Beamten noch viel Kopfschmerzen verursachen sollte: Mit eigener Hand schrieb der Bürgermeister, von seiner Seite aus bestünden keine Einwände, wenn sie dort ein Haus bauten.

Dann ging es um die Zeichnung, und Tommi gewann einen seiner Bekannten dazu, einen Handwerker und Saufbruder, der sowohl schon eine Kunstausstellung gemacht hatte als auch Gedichte geschrieben, die in den Zeitungen erschienen. Der nahm es auf sich, das Haus während einiger Tage Abstinenz zu entwerfen, gegen einen kleinen Schuldenerlaß in Tommis Laden.

Vielleicht war er krank oder hatte einen leichten Kater, jedenfalls war das Haus, so, wie es auf dem Papier stand, nicht eben eine Augenweide. Ein Kasten, keine Erker, das Dach steil ohne Überhang. Kleine Fenster, asymmetrisch angeordnet. Der Eingang: eine Tür ohne Füllung in einer Ecke, kein Fenster, und nach draußen aufgehend.

Allerdings war das Haus unglaublich geräumig, und das spielte die größte Rolle. Unten gab es eine Küche wie in einem Hotel, drei Zimmer und zusätzlich ein großes Zimmer, welches die Familie nach langem Palaver zum Telephonzimmer erklärte. Oben einen Flur und vier Schlafzimmer, eins für das alte Paar, eins für Dolli und Grettir, das dritte für Baddi und schließlich ein Gästezimmer, falls zum Beispiel Gogo und Charlie zufällig in die Stadt kämen. Überall riesige Wandschränke; der größte war eine fensterlose Kammer unterm Dach, und dort ließ Danni sich nieder.

Charlie kam angefahren mit einem Lastwagen voll Werkzeug und Türen und Fenstern und einer motorgetriebenen Betonmischmaschine auf der Ladefläche. Die Handwerker trafen ein mit Wasserwaage, Maurerkelle, Hammer und Stemmeisen, und dann ging es los. Das Fundament war kein Problem, der Boden bestand aus einem Fels, der schon ganze Eiszeitgletscher getragen hatte.

Die Nachbarn aus dem Viertel packten mit an, als der Lärm der Betonmischmaschine sich mit den Hammerschlägen der Zimmerleute vereinte. Hreggvid der Kugelstoßer kam aus der Baracke gegenüber und hantierte mit wuchtigen Balken und Brettern. Ersetzte Kräne und Seilzüge. Hreggvid lag natürlich daran, freundschaftliche Beziehungen zum Kaufmann des Viertels zu pflegen, aber darüber hinaus war er auch der Held der Szene. Von Zeit zu Zeit hielten die Männer bei der Arbeit inne und bewunderten seine Hünenkräfte.

Als die Mischmaschine kaputtging, holte man Hlyn den Automechaniker. Er war schwarz vor Schmieröl und so kurz und dünn, daß er sich in die Tiefen der Motoren hineinquetschen konnte, die sein ganzes Leben und seine Freude bedeuteten. Ein verständiger Mensch, arbeitete alle Tage in der Garage neben seiner Baracke, die sich »Autowerkstatt Hlyn Olafsson« nannte.

Höskuld der Taxichauffeur konnte immer das ein oder andere auftreiben, und er beschaffte billigen Schnaps zum Richtfest, sobald das Haus unter Dach war. Jener düstere Regentag, als das Alte Haus für wasserdicht erklärt wurde, galt als einer der hellsten in der Geschichte des Viertels. Gewöhnlich schmückte man beim Richtfest das Haus mit der Nationalflagge, und Tommi wollte da nicht zurückstehen; allerdings hatte er Schwierigkeiten, eine zu besorgen, weil nur reiche Leute eine solche Kostbarkeit ihr eigen nannten. Fast hatte er die Suche aufgegeben, da nahte Hilfe in letzter Minute: Charlie kriegte unten auf der Basis eine isländische Fahne geliehen.

Selbstverständlich nahmen alle Handwerker am Fest teil, ebenso die Nachbarn vom Camp und aus dem Kleinkotten-Viertel. Tommi machte die Runde und dankte den Männern und bot Zigaretten an, Keks und Essen aus Dosen. Alle konnten so viel trinken, wie sie wollten. Und auf dem Höhepunkt des Festes verkündeten Dolli und Grettir ihre Verlobung, er schenkte ihr einen Ring unter den Hochrufen der ganzen Gesellschaft. Gogo stellte die beiden neben der isländischen Fahne auf und knipste ein Bild mit ihrem neuen Fotokasten. Dolli lächelte bis über beide Ohren, während Grettir, innerlich recht zufrieden, sich auf die Zehenspitzen stellte, damit er gleich groß erschien wie seine Verlobte. Er war fünfundzwanzig und sie sechzehn, und es sollten elf Jahre vergehen, bevor sie sich aufrafften zu heiraten.

Natürlich kamen Fia und Toti ebenfalls zum Richtfest, gerade steinreich geworden, denn inzwischen hatten sie einen Vertrag in der Tasche über die Nutzung des Landbesitzes auf der Südhalbinsel und über die entsprechende Kaufsumme. Und damit verstärkte sich Fias Zugriff auf Vetter Toti; er war so fügsam geworden, daß er nach jeder Attacke mit dem Scheuerlappen als erstes in den Laden humpelte und einen neuen Scheuerlappen kaufte. Er schuftete, er malochte für das Elektrizitätswerk, meist bei Erdarbeiten. Auch noch nachdem er Millionär geworden war. Da stand er mit Spitzhacke und Schaufel im knietiefen Graben und pickte und kratzte im halbgefrorenen Morast für den niedrigsten Stundenlohn des Landes. Keiner konnte sich vorstellen, wie man von solchem Hungerlohn eine Familie ernähren sollte. Und trotzdem schafften sie es, einzig und allein davon zu leben, sich knapp über Wasser zu halten. Nicht ein Pfennig vom Kapital wurde angerührt. Das Geld lag in Wertbriefen und Immobilien fest, sogar auf ausländischen Konten; sie besaßen Millionen bei fremden Banken, diese isländischen Proletarier, geheime Konten wie die vornehmsten Leute der Welt. Ein Rechtsanwalt regelte ihre Angelegenheiten; selbst fuhr das Ehepaar nicht ins Ausland, fuhr nicht einmal über die Kreisgrenze hinaus. An Geld fehlte es nicht, aber nichts davon durfte *verschwendet* werden.

Toti und Fia sprachen mit angsterfüllter Verachtung von Leuten, die plötzlich und unerwartet reich geworden waren, sich überschätzten, ihr Urteilsvermögen einbüßten und alles durchbrachten und verplemperten, bis sie nach kurzer Zeit aus einem bösen Traum erwachten, mittellos und verhöhnt. Die Vorstellung, Geld für etwas Unnützes zu vergeuden, bedrückte Fia ungeheuer. Sie suchte Lina auf und erzählte von ihren Träumen; sie ängstigte sich oft, träumte, sie sähe ihre Scheine in die blaue Ferne dahinstieben oder behaarte Krallen im Geld wühlen, und manchmal wachte sie nachts schreiend und schluchzend auf.

– Ich hab ihr geraten, zum Doktor zu gehen, sagte Lina. – Aber sie will kein Geld dafür ausgeben.

Manchmal berichtete Fia erschüttert, sie habe Grund zu der Annahme, Toti und ihre Söhne brächten heimlich Geld durch. (– Gäääld, sagte Fia.) Eines Tages fand sie in einer Jackentasche bei Toti fünf Kronen, für die er keine Erklärung hatte. Und was sie am meisten fürchtete, war, daß die Jungs ihr Geld an leichtfertige Mädchen verschwendeten.

Die Jungs kamen mit zum Richtfest, bis auf den ältesten natürlich, der als Säugling weggegeben worden war, den sahen sie nie. Der um ein Jahr jüngere hieß Gummi, und er war Fia ähnlich.

Nun könnte man meinen, das Ehepaar wäre ungewöhnlich fruchtbar gewesen, nachdem bei den ersten zwei Begegnungen jedesmal ein Kind herausgekommen war. Doch es vergingen fünfzehn Jahre, bis sie ihr drittes Kind bekamen, wieder einen Sohn; er wurde auf den Namen Gosi getauft und war gleichaltrig mit Danni. Er war Fia nicht nur ähnlich, sondern sah schlicht und ergreifend aus wie eine männliche Version von ihr.

Gummi und Gosi; es war, als stünden die Brüder unter einem schlechten Stern. Sie galten früh als Einzelgänger, zurückgeblieben, Versager in der Schule; schlossen sich zu Hause ein und ließen verdrossen die Standpauken ihrer Mutter über sich ergehen. Später, als die beiden geheiratet hatten, waren ihre Frauen des öfteren Besucher auf der Unfallstation wegen Blessuren im Gesicht.

Der älteste Sohn dagegen, den Toti nicht hatte anerkennen wollen, war von anderem Schrot und Korn. Äußerlich glich er Toti, galt aber trotzdem als gutaussehender Bursche. Als Jugendlicher war er ein landesweit bekannter Sportsheld, ehrlich und höflich, Kapitän der Nationalmannschaft, und später ein Nationalheld als Kapitän bei der Küstenwache. Mit der Zeit bekannte Toti sich zu dem Jungen, prahlte mit ihm und versuchte, Kontakt aufzunehmen, aber der Sohn wollte von ihm nichts hören oder sehen.

Selbstverständlich standen Fia und Toti dort beim Richtfest im Mittelpunkt, sie saßen auf Hockern im späteren Telephonzimmer und malten den Leuten vom Camp aus, welch eine Last es sei, Geld zu besitzen. Gerade waren sie mitten in der Schilderung ihrer Bürde, als man einen Krach hörte, Poltern und Schreien; alles stürzte auf den Flur und sah Hreggvid den Kugelstoßer mit seinen dreihundert Pfund die Treppe hinabstürzen. Unten prallte er so gewaltig auf, daß die Dielen Sprünge bekamen.

Zum Glück hatte er sich nicht verletzt, setzte sich bloß auf, schüttelte sich wie ein Bär und bat um mehr zu trinken.

– Das ist eine lebensgefährliche Falle, sagte jemand, als die Männer zusammenstanden und über den Hergang des Unfalls spekulierten. Die Treppe führte beinah senkrecht hinauf, sogar die Katze hatte Schwierigkeiten, sie hochzuklettern. Trotzdem war es keine Leiter, denn sie hatte kleine Stufen, fast wie ein Fallreep beim Schiff. Und nach diesem Sturz Hreggvids war die Treppe nie mehr richtig stabil, sondern schwankte und krachte, sobald man sie betrat.

Ein weiterer schlimmer Konstruktionsfehler machte sich beim Richtfest bemerkbar; es fehlte das Klosett. Die einzige sanitäre Einrichtung im Haus war das Spülbecken in der Küche. Sonst nichts. Im Rausch der Freude über das neue Heim für die ganze Familie hatte man keine Zeit, sich darüber zu ärgern, bei Bedarf benutzte man Hreggvids Klo. Aber nach dem Einzug wurde dieser Mangel immer deutlicher empfunden, und Tommi mußte noch einmal einen Handwerker holen und ihn bitten, den größten Wandschrank im Erdgeschoß mit einer Klosettschüssel und einem Waschbecken zu versehen. Bei der Gelegenheit zimmerte man auch gleich einen Anbau an den Ostgiebel, der als Waschküche dienen sollte, und dort brachte man die Badewanne unter, die Gogo von der Basis besorgte.

Der Klempner, der die Sachen montierte, zeigte sich höchst überrascht, wie man eine solch notwendige und selbstverständliche Installation hatte vergessen können:

– War das ein Fachmann, der das Haus entworfen hat?

– Ja, er ist Handwerker, sagte Tommi.

– Handwerker? Zimmermann oder ...?

– Nee, ich glaube nicht, er ist wohl Anstreicher.

Die Familie war gerade erst eingezogen, da fing es an, daß man dieses graue, betonverkleidete Holzhaus das *Alte Haus* nannte. In Wirklichkeit wurde es gar nicht alt, nach Jahren gerechnet, es hieß nur eben das Alte Haus.

Das Alte Haus ragte aus dem niedrigen Haufen Baracken wie die Burg eines mittelalterlichen Lehens. Es fehlte nur noch eine Stadtmauer um das Viertel herum mit dem zugehörigen Wassergraben und einer Zugbrücke, um das Bild abzurunden. Tatsächlich gab es Ansätze eines solchen Grabens schon von Beginn an. Ein tiefes, langgezogenes Wasserloch, das im Bogen an der östlichen Grenze des Viertels entlangführte. Fast ein See. Man erzählte, das Loch sei Überbleibsel einer Kiesgrube der Armee.

Das Wasserloch war Spielplatz, Schwimmbad, Tageshort und sogar Wiegenstube der Kinder vom Camp Thule. Sie bauten sich eine Hütte am Strand, kleine Stege ins Wasser, ließen Schiffchen darauf schwimmen, und die größeren Jungen zimmerten ein Holzfloß und ruderten und paddelten mit Balken und Brettern zwischen den Ufern hin und her. Von irgendwo besorgten Baddi und Grjoni leere, an beiden Enden geschlossene Öltonnen, die wie Korken schwammen. Dann sprangen sie auf die Tonnen und ließen sich über die Tiefe tragen. Die Tonnen drehten und rollten im Wasser, und es bedurfte einer enormen Geschicklichkeit, das Gleichgewicht zu halten. Falls Ballett und Laufen auf Öltonnen zu den olympischen Disziplinen gehörten, hätten sich die Burschen vom Camp Thule scharenweise auf dem Siegerpodest aufgereiht. Das Wasserloch war an manchen Stellen tiefer, das Wasser kalt, und die meisten Kinder konnten nicht schwimmen, es war ein lebensgefährlicher Sport; deshalb war es auf den Tonnen auch viel spannender als auf den Flößen, die langsam und zuverlässig wie Lastkähne dahindümpelten. Als die größeren Jungs so geschickt im Tonnenfahren geworden waren, daß sie nicht mehr sofort zu ertrinken drohten, wurde es ein beliebter Wettkampf, in der

Mitte des Loches mit Stöcken gegeneinander zu fechten, jeder auf seiner Tonne, bis einer in die dunkelbraune Tiefe stürzte. Und dann retteten sie bloß noch ihre Härte und Ausdauer. Die Burschen landeten meist kopfüber im Wasser, aber nie ertrank einer vom Camp Thule. Sogar einjährige Barackenkinder wurden immer gerettet.

Riskant war das Abenteuer mit den Tonnen allemal, weil es mitten auf dem Wasserloch stattfand, doch selbst nach solchen Tauchabenteuern erreichten die Seehelden immer noch Land, obwohl sie manches Mal vor lauter Wasserschlucken und Sauerstoffmangel fast absoffen und reichlich blau aussahen, wenn man sie rauszog.

Tommi nannte das Wasserloch den Stillen Ozean. Die Erwachsenen hatten eine Heidenangst vor dieser unfallträchtigen Stelle. Lina organisierte eine Eingabe an die Stadtverwaltung, man möge doch das Loch zuschütten. Vor den Wahlen zum Stadtrat schickte eins der Oppositionsblätter einen Journalisten hinaus, um den Spielplatz der Kinder in Augenschein zu nehmen. Sein Artikel begann folgendermaßen:

Kinder überall. Die Jungen rennen durch die engen Gassen zwischen den Baracken hin und her, springen über Abfalleimer und spielen Nachlaufen. Die Kleinkinder matschen in den Pfützen auf der Straße. Große Pfützen, denn offenbar hat man es seit Urzeiten nicht der Mühe für wert gehalten, die Straßen auszubessern. Hin und wieder kommt eine Straßenwalze und rührt den Dreck auf. Anderen Nutzen bringt sie eigentlich nicht. Die Kloake führt direkt am Spielplatz vorbei, lange Zeit war sie an einer Stelle offen, und die Kinder schlichen sich hin und ließen da ihre Schiffe schwimmen. Die Kloake ist immer randvoll . . .

Vom Wasserloch führte der Weg zur Volksschule, einem bemerkenswerten Stück Architekturkunst: eine zweistöckige Baracke. Diese Riesenbaracke diente während des Krieges als Offiziersclub und hatte jetzt die neue und ehrenvolle Aufgabe, der Erziehung der Kinder im Viertel eine Behausung zu bieten. Baddi und Danni gingen beide in diese Schule, Dolli hatte dort vor zwei Jahren ihr »Abschlußexamen« gemacht, mit Eins in Schönschrift und Fünf in Betragen. Es war in mancher Hinsicht eine einmalige Bildungseinrichtung, beispielsweise liefen dort Kakerlaken über Boden und Wände, diese ausländischen Käfer, die nur in ganz wenigen Häusern des Landes gedeihen.

Ein neues Schulgebäude war in Vorbereitung und man plante, es in unmittelbarer Nachbarschaft des Kleinkotten-Viertels zu errichten. Sofort als der Bebauungsplan für den Stadtteil bekannt wurde, erschienen Zeichnungen des Gebäudes in den Zeitungen, nur drei Wochen nachdem die Familie ins Alte Haus eingezogen war.

Der Bebauungsplan schuf um dieses kleine Lehen eine Stadtmauer in Form vierstöckiger Wohnblocks, die im gleichen Sommer noch hochgezogen wurden.

Die Aufrisse im Bebauungsplan nahmen keine Rücksicht auf die Existenz eines »Camp Thule«, und trotzdem war es da und vielleicht lag darin mit ein Grund, warum die Hauptstraße nördlich und westlich in einem hübschen Bogen um das Viertel herumführte. Die Blocks standen direkt an der Straße, gerade noch so nebeneinander gesetzt, daß sie die Baracken nicht verschluckten. Die wiederum standen dort, wo die städtischen Architekten eigentlich Gärten und Spielplätze für die neuen Blocks vorgesehen hatten.

Die Grundstücke für die Blocks wurden an Arbeitnehmervereinigungen vergeben. Einen baute die Wohnungsbaugenossenschaft der Bankangestellten, der hieß natürlich Bankblock. Dann folgten Blocks wie etwa der Konsum-Block und der Elektrizitätswerke-Block.

Den Baracken am nächsten, halb schon auf dem Boden des Viertels, wurde der Wohnblock der Künstler in staatlichen Einrichtungen gebaut; hier wohnten fast ausschließlich Leute vom Stadttheater und vom Symphonieorchester. Mit einem etwas anderen kulturellen Hintergrund als die Leute vom Camp Thule, wie man sehen wird.

Fia und Toti kauften eine Wohnung im E-Block. Als Mitarbeiter des Elektrizitätswerkes erwarb Toti sie günstig. Und sie hatten gar keine andere Wahl, als dort einzuziehen, da man nach Errichtung der Neubauten das Kleinkotten-Viertel niederzureißen gedachte. Tatsächlich wurde ihre Hütte sogar abgerissen, bevor sie in den Block einziehen konnten. Daraufhin setzte Fia eine Annonce in die Zeitung: »Notfall! Ehepaar mit zwei Kindern auf der Straße!« Sie bekam einige Angebote von gutherzigen Leuten, doch alle verlangten sie Miete, Gäääld, und Fia und Toti ereiferten sich über Geldgier und Geiz und Spekulanten, und schließlich boten Tommi und Lina den Ärmsten für einige Wochen ein Dach über dem Kopf, bis sie einziehen konnten.

Im Rohbau war ihre Wohnung fertig, und sie war groß. Aber damit hörte die Geldverschwendung vorerst auf. Teppichboden war allzu teuer, eine ganze Weile gab es nicht einmal Linoleum im Bad und in der Küche, man begnügte sich mit dem graugestrichenen Betonboden. Den Küchentisch und die Bänke zimmerte Toti selbst aus Verschalungsbrettern, die er sich von Baustellen besorgte, grobe, ungehobelte Bretter, doch mit der Zeit gewöhnte man sich daran, das Holz wurde glatt, und die Hintern bekamen Schwielen. Während der ersten Jahre bestand der Rest der Einrichtung in dieser 130-Quadratmeter-Wohnung hauptsächlich aus abgenutzten, unterschiedlichen Küchenhockern. Keine Gardinen. Kein Radio. Geheizt wurde kaum, höchstens über Weihnachten.

Lange Zeit später überfiel Fia plötzlich eine Art Möbelrausch, und sie investierten in die teuersten Möbel, die das Land zu bieten hatte. Kaum hörten sie, daß es irgendwo eine hinreichend teure Chesterfield Couchgarnitur, einen Hartholztisch oder einen Ebenholzschrank gab, eilten sie hin und kauften.

Völlig unabhängig davon, ob das betreffende Möbelstück mit den bereits vorhandenen zusammenpaßte, und daher sah ihr Wohnzimmer bald aus wie ein Möbellager, wo sich alles nebeneinander stapelte.

Möbel wurden Fias ein und alles, sie öffnete ihr Wohnzimmer den Gästen, die vorbeischauten, und zeigte ihre Kostbarkeiten. Allerdings durfte sich niemand setzen. O nein, bitte die Ausstellungsstücke nicht berühren; zur Sicherheit ließ Fia die Plastiküberzüge drauf, mit denen die Hersteller ihre erlesenen Stücke schützen. Und das Wohnzimmer erinnerte an die Wohnung eines Verstorbenen, wo nichts lebt außer einer hohlklingenden Standuhr.

Hoch leben Kauris Recken!

Versammlung im Alten Haus, und die wichtigsten Männer des Barackenviertels einschließlich Vetter Toti schwelgen in Erinnerungen an alte Zeiten; Thema ist, ob man nicht für die heutigen Jugendlichen etwas organisieren müßte, doch erst einmal ist die Vergangenheit stärker.

Tommi war mitten in seiner Ansprache, und die anderen tranken Kaffee und schauten nachdenklich drein. – Jungs sind und bleiben eben Jungs, sagte Tommi, – müssen sich immer mit irgendwas beschäftigen, ständig unterwegs, immer Unfug im Kopf. In unserer Jugend bestand das Leben, wie wir alle wissen, fast nur aus Arbeit und Mühsal, die Kinder schufteten im Fischfang und in der Landwirtschaft, sobald sie stehen konnten; mußten Schinderei und Strapazen ertragen.

– Ja, das ist wohl wahr, murmelten die Männer in vielstimmigem Chor, falteten die Hände über dem Bauch und drehten die Daumen. Schoben die Lippen vor, stierten auf den Boden und betteten das Doppelkinn auf die Brust: – Genau so war's.

Tommi verlor bald den Faden, vergaß, was er eigentlich hatte sagen wollen, und ließ sich allgemein über Kinderarbeit in früheren Zeiten aus, mit verschiedenen Variationen, die Alten waren mit dem Thema zufrieden, und Stolz erfüllte sie bei dem Gedanken daran, wie ungeheuer tüchtig sie als Kinder gewesen waren; Scheu und Verlegenheit verflogen, und erhitzt von Kaffee und melancholischen Erinnerungen, fingen sie an Geschichten aus ihrer Jugend zu erzählen, wild durcheinander. Höskuld der Taxichauffeur mußte als Zehnjähriger die ganze Nacht aufbleiben und Wache halten für seinen Vater, der in einem Kartoffelschuppen Schnaps in Blechdosen brannte: – Wenn jemand kam, sollte ich auf einer Vogelpfeife blasen, die man zur Entenjagd benutzt, und wenn ich einschlief, wurde ich eine ganze Woche bei Wasser und Brot eingesperrt! Hreggvid erzählte, wie er als achtjährige Waise zum Schmied gegeben wurde und sich am Blasebalg abquälte oder mit Hammer und Zangen und glühendem Eisen am Amboß stand.

Die Jugenderinnerungen von Toti übertrafen alles; schon als Wickelkind lernte er Köder aufziehen, und während seiner gesamten Kindheit watete er knietief im Dreck eines ungeheizten Angelschuppens; bluttriefend und mit tauben Fingern fädelte er gefrorene Krabben auf die Angeln. Sobald er ein Ruder halten konnte, fuhr er mit seinem Vater auf Fischfang; selbst bei schlechtestem Wetter ruderten sie abends in ihrem offenen Boot hinaus, und da wurde nicht gefragt, ob er schon den ganzen Tag im Schuppen gestanden hatte, nicht zu vergessen all die anderen Arbeiten, danach wurde nicht gefragt, alle mußten sie im Schweiße ihres Angesichtes schuften, ja wahrhaftig wir alten Kerle hier! Uns hat der Ernst des Lebens zu Männern gemacht.

Toti spann den Faden weiter, saß krumm und schief vor Gicht und Arthritis auf dem Küchenhocker und nagte an einem halbverbrannten Pfeifenstumpf, er war wie benebelt von den Erinnerungen an diese ganze Schaffensfreude, erzählte, wie er nach dem Tod seines Vaters als Zwölfjähriger während der Wintersaison auf einem Boot aus Sandgerdi angeheuert hatte, er wäre nicht, was er heute war, hätte er in seiner Jugend nicht was anderes gelernt als nur auf dem Hinten sitzen und die Nase alle Tage ins Buch stecken.

Tommi versuchte dem Gespräch eine andere Richtung zu geben, er und Karolina wollten nicht, daß ihre Kinder das gleiche durchmachen müßten wie sie selbst in ihrer Jugend – obwohl, du hast vielleicht recht, Toti, den Kindern tut es nicht gut, wenn sie nur herumsitzen und zu sehr behütet werden, aber trotzdem glaub ich, die Zeiten haben sich gottlob geändert, wie hat man die Kinder hier früher behandelt. Er erinnerte an die Härte und Unbarmherzigkeit auf dem Lande: Die Armen banden ihre zwei- bis vierjährigen Kinder zu Hause an die Bettpfosten oder die Türklinken und ließen sie da den ganzen Tag allein, während sie draußen ihrer Arbeit nachgingen. Vielleicht gab es keine andere Möglichkeit, aber natürlich kamen die Kinder fast um vor Angst, weinten sich in den Schlaf und wachten noch verängstigter auf, und so weiter und so fort. Als Jugendlicher war Tommi Zeuge gewesen, wie sich Kinder durch unmenschliche Behandlung völlig veränderten und trübsinnig wurden. Und die Sklavenarbeit! Fünf- bis sechsjährige Jungen mußten so hart schuften, daß sie Greisen glichen, bevor sie noch erwachsen wurden.

Höskuld der Taxichauffeur fand nicht die Plackerei am schlimmsten, sondern die verfluchten Prügel; im gleichen Jahr, als er im Skaftártal geboren wurde, starb ein Junge vom Nachbarhof an Mißhandlung.

Tommi erinnerte sich ebenfalls noch an die Prügel; vielleicht lag es nicht nur an der menschlichen Bösartigkeit, vielleicht glaubten die Leute, Schläge seien sogar gut für Kinder, auch wenn sie ihnen nicht nur die üblichen Klapse verabreichten, sondern es Ohrfeigen und Prügel hagelte, bis das Blut floß; ein Vater, den er kannte, drosch derartig auf seinen Jungen ein, daß dieser noch als Erwachsener ganz krumm und schief war und ging wie, wie ... Tommi wurde rot und warf Hlyn dem Automechaniker einen Blick zu, – wie ichweißnichtwas!

Der FC Kauri war das Wunschkind des Viertels. Auf jener Versammlung gründeten die Männer den Verein. Später wurde Tommi zum ersten Ehrenmitglied gewählt.

Von klein an blieben die Kinder im Viertel sich mehr oder minder selbst überlassen, sie kamen wie die Jahreszeiten, das erste Lächeln der Säuglinge erschien den Eltern in den Baracken wie die Sonnenstrahlen im Frühling, einige starben wieder, doch das Leben ist stärker als der Tod, und daher vermehrte sich die Schar der Kleinen ständig und füllte bald jeden Winkel der Baracken. Sobald die Beine sie trugen, brachte man sie hinaus, damit sie die Welt auf eigene Faust erkundeten, zuerst an der Wäschestange angebunden (Fahnenstangen existierten im Thulecamp nicht), dann losgelassen, wenn man die Stange für die nächste Generation benötigte; die Welt stand ihnen offen.

Für die Kinder war das Leben im Viertel voller Wunder und Vergnügen, doch mit der Zeit wurde es zu klein für diese wachsende Schar, und daraufhin begannen sie die benachbarten Stadtteile heimzusuchen.

Innerhalb des Viertels war der Lebenskampf schon hart, doch für die Barackenkinder war er das nicht minder, wenn sie in die vornehmen Wohngegenden kamen; dort wurden sie wahrhaftig nicht mit Hurra und Verbeugung willkommen geheißen, und daher glich die Invasion der Barackenkinder in die Nachbarviertel bald einem organisierten Partisanenüberfall.

Die größeren Jungen bildeten eine hartgesottene Kampftruppe, die über die Nachbarviertel hinwegfuhr wie eine Windsbraut über die Ebene. Manchmal begannen diese Streifzüge als harmloser Spaß, doch die Helden waren bereit, sich zu wehren, lernten schnell, daß Angriff die beste Verteidigung ist, und kamen abends oft blutig und zerfetzt heim, reicher an Erfahrung und manchmal auch reicher an weltlichen Gütern aus Garagen und Lagerschuppen und Geschäften. Und dann hagelte es Klagen.

Ab und zu brachen regelrechte Kriege zwischen den Vierteln aus, dann bewaffneten die vom Thulecamp sich mit Stöcken, Pfeil und Bogen und Nagelbrettern. Kämpften häufig gegen eine erdrückende Übermacht, und nur ihre Härte und Rücksichtslosigkeit bewahrten sie vor der völligen Niederlage. Manchmal verbündeten sich zwei oder drei Stadtviertel, in der Regel gegen das Thulecamp, das seinerseits niemals irgendein Verteidigungsbündnis einging.

Andererseits genossen die Jungen vom Barackenviertel den militärischen Vorteil, daß nie auf ihrem eigenen Territorium gekämpft wurde; wie eine wehrhafte mittelalterliche Burg glich ihr Viertel einer uneinnehmbaren Festung. Wenn sie Fersengeld geben mußten, reichte die Verfolgung nie weiter als bis zur Grenze. Den anderen Kindern war die Angst vor dem Viertel, wo sich angeblich Bösewichter, Alkoholiker, Huren und Verrückte nur so tummelten, in Fleisch und Blut übergegangen. Ganze Schwärme von Kriegern, kampfentschlossen und bis an die

Zähne bewaffnet, stoppten an der Hauptstraße oder am Wasserloch, keiner wagte sich weiter, keiner wollte freiwillig den Kopf in den Rachen des Löwen stecken.

Die Streiter aus dem Thulecamp waren wie vom Unglück verfolgt. Dazu gehörte, daß sie immer an allem schuld waren. Zum Beispiel kamen Grjoni und Baddi manches Mal lädiert heim nach einer Prügelei im Nachbarviertel; zerfetzt und zerzaust, mit blutigen Nasen und einem blauen Auge. Bevor sie sich noch schneuzen konnten, liefen die Beschwerden schon ein, weil andere Jungen bei der Gelegenheit auch einiges abbekommen hatten; erregte Eltern telephonierten oder rückten an, hin und wieder die Polizei oder das Jugendamt. Blutig, zerschlagen und lädiert wie er war, stellte man Grjoni dann vielleicht an die Wand und verhörte ihn, ob er sich geprügelt hätte. Einer von den Musterknaben war nämlich heulend und mit aufgeplatzter Lippe nach Hause gekommen. – Was hast du dir bloß dabei gedacht, Grjoni? Er hatte keine Ahnung. Der alte Tommi versuchte hin und wieder zu vermitteln: – Jungs sind und bleiben eben Jungs, meinte er, – manchmal kann man kaum entscheiden, wer den Streit angefangen hat! Aber da irrte Tommi: Polizei, Jugendamt und wütende Eltern aus den Nachbarvierteln konnten sich nämlich an den Fingern einer Hand ausrechnen, wer schuld war an allen Prügeleien und Schandtaten. Grjoni dagegen begriff schnell, wie der Hase lief. Anfangs hatte er sich zwar gewundert über diese Allwissenheit der Leute, aber bald kapierte er das geltende Gesetz: Es brachte nichts, wenn er auf Fragen antwortete, und deshalb brauchte er erst gar nicht die Ohren aufzusperren, also hörte er allmählich gar nichts mehr; später, als Krimineller und Schrecken der Polizei, hieß er nur noch der Taube Grjoni wegen dieses Leidens, das ihn bei Verhören plagte.

Zerbrochene Fensterscheiben, gestohlene Räder, umgelegte Laternenmasten, platte Reifen am Bus oder Einbrüche in Garagen, für alles mußten die Eltern des Barackenviertels die Rechnung zahlen. Gelegentlich behaupteten die Mütter mit Bestimmtheit, ihre Söhne hätten kein Rad gestohlen; doch bei genauerer Suche fand man das Diebesgut, womöglich sogar direkt neben der Baracke. Manchmal verlief die Suche ergebnislos, doch in solchen Fällen wurde darauf hingewiesen, daß sie beim letzten Mal ebenfalls geleugnet hätten, und was sei damals ans Licht gekommen? Und wenn die Mütter aufmuckten, bekamen sie zu hören, der Junge würde »aufs Land geschickt«. Viele Eltern stammten vom Lande und wußten, was eine solche Drohung bedeutete. Die Jungen sahen endlose Reihen von Kindern in numerierten Gefängniskleidern vor sich, mit Ketten an den Füßen, wie sie eine Suppe schlürften, die ihnen aus Eimern auf den Blechteller geschöpft wurde, umgeben von Wächtern in Lederstiefeln mit erhobenen Peitschen.

Der alte Tommi war umgänglich, wenn Beschwerden über Baddi kamen. Er zog bloß seine abgenutzte Brieftasche aus der Hose und zahlte.

Schon bevor sie ins Thulecamp einzogen, hatte es Klagen über Baddi gegeben. Bereits damals war Tommi der Ansicht, man müsse dem Jungen nur eine vernünftige Beschäftigung geben. In dem Frühjahr, als die Familie ins Alte Haus einzog, war der Krieg zwischen den Vierteln in vollem Gange; Häuser und Autos wurden beschädigt, Abfalltonnen auf die Straßen gekippt, Leute verletzt, und den alten Weibern blieb vor Schreck der Mund offenstehen. Auf einem ihrer Kriegszüge nahmen die Thulecampbengel den Anführer der vereinigten Streitkräfte aus den vornehmen Vierteln gefangen und führten ihn gefesselt und geknebelt ins Zentrum der Dunkelheit, ins Klo der Hreggvidbaracke, die man für Kriegsgefangene herrichtete, indem man die Tür zunagelte. Der Junge, Kobbi mit Namen, heulte und schrie eine ganze Weile, schwieg jedoch unter Schluchzern, als Grjoni und Baddi, die höchstpersönlich vor der Tür Wache hielten, ihm drohten, sie würden ihn in der Lokustonne ertränken, wenn er nicht das Maul hielte. Kobbi hockte da in Kälte und Dunkelheit auf dem Klosett, bis man schließlich aus seinen vor Angst zitternden Geschwistern herausbekam, daß die bösen Jungs ihn gefangen und mit sich ins Camp geführt hätten. Die soliden Familienväter jener ehrenhaften Stadtviertel hörten nicht auf die hysterischen Schreie ihrer Ehefrauen, sondern schauten einander schweigend in die Augen, bewaffneten sich mit Golfschlägern und Rohrzangen und marschierten entschlossen wie die zwölf Gerechten ins Thulecamp und befreiten den von Scham und Schluchzern geschüttelten Kobbi. Im Gefolge dieser mutigen Väter in den weißen Hemden nahte die Polizei und bat die Leute, Ruhe zu halten, und damit verschwanden die zwölf Gerechten; drohten zum Abschied mit den Fäusten und fluchten, Gott möge dem Barackenpack gnädig sein, wenn dem Jungen was passiert wäre! Zurück blieben die Hüter des Gesetzes, die Tommi mitteilten, man sehe sich wahrscheinlich genötigt, Baddi aufs Land zu schicken.

Man sprach viel über das Landleben auf dieser Versammlung, zu der Tommi die wichtigsten Männer des Viertels eingeladen hatte, nachdem er sich den Kopf zerbrochen hatte, was man wegen der Jungen unternehmen könnte. Als Tommi das Problem mit Baddi Lina gegenüber zur Sprache gebracht hatte, verkündeten ihr die Karten, Baddi habe eine ausgezeichnete Zukunft vor sich, wenn man ihn nur in Frieden lasse. Tommi sah ein, daß hier Mannestat gefragt war.

Es gibt solche und solche Versammlungen. Sie waren nun nicht gerade Gesellschaftslöwen, diese ungehobelten Kerle aus dem Viertel, aber sie rückten doch einer nach dem andern an, schauten feierlich drein und ließen sich um den Eßtisch nieder. Tommi saß am Kopfende; Hreggvid der Kugelstoßer und Höskuld der Taxichauffeur trafen als erste ein; sie hatten keine Ahnung, worum es ging.

Höskuld wirkte entspannt und kaute nachlässig auf einem Streichholz, Hreggvid dagegen war ziemlich nervös, stocknüchtern, und obwohl er im allgemeinen keine Probleme hatte zu sprechen, waren doch Versammlungen mit ihren Reden, Niederschriften und komplizierten Überlegungen nicht seine Sache.

Hlyn der Automechaniker legte außerordentlich viel Wert darauf, als gebildeter Mensch zu gelten, daher trank er nie und wohnte in einer gestrichenen Baracke; er betrat die Küche im Sonntagsstaat und mit gestriegelten Haaren, wußte, wie man sich bei solchen Gelegenheiten verhielt, schließlich hatte er an Versammlungen des Vereins der Briefmarkensammler teilgenommen; beim Hinsetzen räusperte er sich wie ein Bankdirektor und fummelte an den Stiften in seiner Jackentasche herum. Fragte nach dem ersten Tagesordnungspunkt, und dadurch wurde Hreggvid noch nervöser, bedauerte, daß er sich keinen genehmigt hatte, bevor er von zu Hause wegging, oder überhaupt fortgeblieben war von so einer bedeutenden Versammlung. Darüber hinaus hatte er sich nicht in Schale werfen können, wie es anscheinend für passend gehalten wurde; da saß er nun, in Stiefeln, fleckigen Hosen und Unterhemd und mit einem grellroten Tuch um den Hals. Höskuld sorgte sich nicht wegen seiner Kleidung, er machte keinen Unterschied zwischen Sonntags- und Alltagsklamotten, trug bloß seine Taxichauffeurskluft; glänzend an Ellenbogen, Rücken und Hosenboden.

Dem Kugelstoßer wurde leichter ums Herz, als Vetter Toti eintraf, denn der trug auch bloß einen normalen geflickten Arbeitsanzug, obwohl er ein reicher

Mann war und wissen mußte, was sich gehört. Toti lebte als einziger von den Teilnehmern nicht im Thulecamp; damals war er auch noch nicht in den E-Block eingezogen, der zu jener Zeit, abgesehen vom Grundstück, das gelbe Bulldozer und Schaufelbagger mühsam umgruben, noch nicht existierte; aber Toti wohnte in der Nachbarschaft und war aufgrund seiner Verwandtschaft mit der Familie im Alten Haus ein geborener Delegierter.

Lina fegte durchs Haus, sprach nichts, kam jedoch hin und wieder herein oder schepperte mit Töpfen und Pfannen im Spülbecken, so daß die verlegenen Pausen sich nie lange hinzogen. Tommi sah geheimnisvoll und grüblerisch drein und wollte nicht zur Sache kommen, bevor nicht alle vollzählig versammelt wären; sie warteten fast noch eine halbe Stunde auf Toggi, den Seebären vom Trawler, der versprochen hatte zu kommen; zu guter Letzt erschien er in Begleitung seines Vaters. Der Alte war eben Witwer geworden und zu seinem Sohn in die Baracke gezogen; er zitterte vor Altersschwäche und Verkalkung und hieß ebenfalls Toggi, der alte Toggi, ein weißhaariger, abgezehrter Fischer von der Westküste. Er ging herum und begrüßte jeden mit Handschlag und stellte sich vor, obgleich er die meisten bereits kannte. Eigentlich hieß er Thormod Marselius und war entweder Modi oder Marsi gerufen worden, aber niemals Toggi wie sein Sohn Thorgeir, nicht bevor er ins Viertel zog. Diese Vorstellungsrunde des Alten entspannte die Atmosphäre um den Küchentisch ganz enorm; die Männer benahmen sich dem Alten gegenüber freundlich, entgegenkommend und selbstsicher, außerdem hatten sie mit ihm einen Zuschauer für die anstehende Diskussion gewonnen, der annehmen mußte, sie seien alle miteinander versammlungserfahrene und verantwortungsbewußte Männer.

In dem Augenblick, als Tommi den Mund öffnete, um seine Ansprache zu beginnen, merkte er, daß er unbedingt aufs Klo mußte; äußerst bedenklich, dergleichen hinauszuschieben. Das Klosett war in dem ungelüfteten Schrank neben der Küche untergebracht, nur eine dünne Bretterwand dazwischen.

Die Männer am Eßtisch übten sich in Geduld, während der Kaufmann sein Geschäft erledigte, taten als sei nichts, während Furzen, Stöhnen und stinkende Darmgase durch die Ritzen drangen. Einzig der alte Toggi konnte sich nicht benehmen, horchte und rümpfte die Nase und fragte, was los sei. Endlich kam Tommi zurück, zog den Gürtel fest und setzte sich, sah aus, als fühle er sich etwas unbehaglich, weil er sein Geschäft nicht ganz hatte zu Ende bringen können.

Worüber redeten sie also weiter auf dieser einzigen Einwohnerversammlung, die je in der Geschichte des Viertels abgehalten wurde? Toggi der Seebär hatte Schnaps in einem Flachmann dabei, alle anderen verzichteten auf einen Schuß in den Kaffee, mit Ausnahme des Kugelstoßers und des alten Toggi. Lina stand am Herd und kochte eine Kanne nach der anderen, und ihr Kaffee wurde sehr gelobt; die Lina, die zählte wahrhaftig nicht die Bohnen! Der junge Toggi schüttete Kaffee mit Schnaps in sich hinein und wurde allmählich laut und ruppig, knallte die Tasse auf den Tisch und brüllte: – Mehr Kaffee, Lina! Und da man über alte Zeiten redete, wiederholte er ständig mit schicksalsschwerer Stimme:

– Däääänk dran, Papi, wie du mich mit dem nassen Schiffshandschuh verdroschen hast. Damals fand ich das nicht gut! Aber heut find ich das in Ordnung.

Diese Erinnerung war ihm so lieb, daß er, nachdem die Flasche geleert war, aufstand, seinen Vater küßte, der zitternd und abwesend dasaß, und ihm für den Kinnhaken mit dem nassen Schiffshandschuh dankte. – Damals fand ich das vielleicht nicht gut. Aber heut find ich es in Ordnung.

In seinem Dusel war es doch Toggi, der sich plötzlich entsann, daß die Versammlung einen bestimmten Zweck hatte, einen anderen als Erinnerungen an Jugend und vergangene Zeiten.

– Was tun wir eigentlich hier? fragte er heiser. – Wollten wir nicht was tun?

Tommi schrak zusammen und fuhr mit seiner Ansprache fort, die er lange vor der Versammlung ausgearbeitet hatte, landete jedoch schnell wieder bei den alten Zeiten; als kleines Kind schon hatte er seine Mutter und fünf Geschwister verloren und nicht viel zu wählen gehabt, und dann starb Mási, sein Zwillingsbruder, in einer Schneelawine . . . Doch an dem Punkt angelangt, fing sich Tommi wieder, sagte, er wolle, daß seine Kinder es mal besser hätten als er, Familienleben zum Beispiel, oder auch Bildung und Freizeit. — Sogar Sport ...

– Ich denke unter anderem auch an die Jungs hier, die müssen sich mit was beschäftigen.

Häh? Was sollte das denn sein? Hatten sie nichts zu arbeiten? Hlyn schlug Kartoffelanbau vor, eine Art Schulgarten ...

– Ich meine nun hauptsächlich in der Freizeit, sagte Tommi ungehalten, – damit sie nicht auf die schiefe Bahn kommen ...

– Man darf diesen Burschen gegenüber nicht zu weich sein, schrie Toti, wie immer, wenn Jugendkriminalität erwähnt wurde. – Man muß die Sturheit aus ihnen herausprügeln! Ihnen was Nützliches beibringen!

Tommi traten bereits die Schweißperlen auf die Stirn, und er faßte sich an den Kopf, wollte aber keinen Streit und tat, als höre er Toti nicht:

– Also. In allen anderen Stadtvierteln gibt es so was wie Vereine für die Kinder, Clubs, CVJM, Pfadfinder, Sportverein. Und was gibt's hier? Die Jungen bilden regelrechte Räuberbanden. Sollten wir da nicht was unternehmen?

Jetzt wurde die Sache klarer. Höskuld schlug einen Kartenspielclub für die Jungs vor, war selbst im Bridgeverein der Taxifahrer, verfolgte jedoch den Vorschlag nicht weiter, als ihm die Bridgeabende in der Taxizentrale einfielen, wo man in einem kleinen, verrauchten Zimmer um Geld spielte und Genever aus Kaffeebechern trank.

Hreggvid dagegen erstarrte in einer plötzlichen Eingebung: Er wollte einen Sportverein gründen! Er war so hingerissen, daß er eine Rede hielt, die längste Ansprache seines Lebens, zwar in einem relativ unzusammenhängenden Wortschwall, jedoch mit der zentralen Aussage, er wäre nie geworden, was er heute war, wenn nicht durch die Schufterei und das Training für seinen Sport! – Schaut mich an! sagte er und hieb freudestrahlend auf den Tisch. Höskuld und Toggi schauten ihn an und grinsten.

Tommi tat, als sei Hreggvid etwas ganz Neues eingefallen. Und somit gründeten sie den Fußballverein FC Kauri.

Tommi hatte einen leeren Grasflecken schräg gegenüber seinem Laden im Auge; er spekulierte, daß man da ein erstklassiges Fußballfeld anlegen könne. Nach der Versammlung stapften die Männer dorthin und machten sich daran, das Feld abzuschreiten und zwei Tore zu zimmern. Tommi hatte ein paar genügend große Holzbalken besorgt für die Pfosten und die Querbalken, Toggi wußte von einigen Netzresten unten an den Fischerschuppen und holte sie zusammen mit Höskuld im Taxi. Hlyn besaß Hämmer und Zangen, Hreggvid eine Schaufel, irgendwo bekamen sie eine Schubkarre geliehen.

Es war ein heller Abend im Mai, und die Männer waren blendender Laune, als sie mit dem ganzen Zeug hinaus auf den leeren Platz zogen und anfingen, Abfall und Felsbrocken wegzuräumen. Die Kinder und Jugendlichen merkten, daß sich etwas tat, liefen hinter den Männern her und ebneten, harkten und räumten bald eifrig mit. Die Frauen trafen sich zwischen den Häusern auf der Suche nach ihren Kindern und begannen miteinander zu plaudern; fast eine jede von ihnen war den anderen mit Verachtung begegnet, seit sie ins Viertel einzog, doch als sich von dem neuen Fußballfeld her Harmonie und Eintracht ausbreiteten, lösten sich Hochmut und Mißtrauen bei Zigarettenrauch und süßem Kaffee an der Wäschespinne in Wohlgefallen auf. Einige Frauen fingen an, unter der Leitung von Thorgunn, Grjonis Mutter, für die Werkenden draußen auf dem Feld Schmalzkringel zu backen. Die alte Lina war nicht dabei, sie hatte genug damit zu tun, die Zukunft des Vereins vorherzusagen, die recht strahlend aussah. Greta, die Frau von Hreggvid, nahm ebenfalls nicht an der Backerei teil, sie lag mit einem gravierenden Anfall von Schwermut in ihrer Baracke.

Als die Frauen mit heißem Gebäck und dampfendem Kaffee auf dem Feld erschienen, machte man eine Pause. Tommi schickte die Brüder Baddi und Danni in Tommis Laden nach einem ganzen Kasten Malzbier für die Kinder. Er weinte fast vor Glück darüber, was für ein überwältigender Erfolg seiner Idee gleich von Anfang an beschieden war.

Toggi und Höskuld kamen mit einer Ladung zerlöcherter Fischernetze zurück und machten sich gleich ans Reinigen und Flicken, darauf maßen die Männer mit dem Zollstock das Tor aus und sägten und spleißten passende Balken zurecht.

Vetter Toti meinte, Nägel seien kein Problem, er habe im Laufe der Zeit Nägel für den Hausgebrauch gesammelt, die gebrauchten, krummen und rostigen Dinger geradegeklopft und gereinigt und nach Größe und Form in leeren Farbdosen geordnet. Er wollte Tommi seinen Reichtum zeigen, und sie überredeten Höskuld, kurz bei ihm zu Hause vorbeizufahren. Toti holte die Dosen hervor, strahlend vor Stolz, drei Zwei-Liter-Dosen, angefüllt mit Schätzen, die Männer beugten sich über die Büchsen wie über eine Säuglingswiege, und man war des Lobes voll: – Mensch, prima gemacht, Toti!!

Als Toti allerdings die eine Dose aus dem Hause tragen wollte, gab es Aufruhr. Fia bekam einen Koller. Solche herrlichen Nägel. Wenn sie nun selbst welche brauchten, sollten sie dann etwa für teures Geld welche kaufen? Fußballtore? Was hast du davon, Toti?

Das große, unrasierte Gesicht von Gummi schaute Fia über die Schulter, während sie predigte. Er fletschte die gelben Zähne, als sie Toti strikt verbot, die Nägel mitzunehmen. Tommi und Höskuld schauten zur Seite und verdrehten die Augen. Toti brach fast in Tränen aus, riskierte dann jedoch lieber den Aufstand, schnappte die Dose und lief damit hinaus. Gummi brüllte aufgebracht, und Fia schlug der Länge nach hin und schien schwer verletzt. Toti war den Rest des Abends gereizt, und bevor er heimging, holte er sich von Höskuld eine Flasche. Die nächsten Tage bekam er den Scheuerlappen zu spüren.

Wenig später, als der Platz hergerichtet war, fand die offizielle Vereinsgründung statt. Tommi wurde zum Vorsitzenden gewählt, Höskuld der Taxichauffeur zum Schriftführer, Toggi und Hlyn zu Beisitzern. Hreggvid bat, von verantwortlichen Posten verschont zu bleiben, wenn auch nicht mit diesen Worten.

Ursprünglich war Toti Vereinskassierer, er war nun mal ein Mann des Geldes. Die ersten paar Kronen, die dem Verein zuflossen, beschlagnahmte Fia als gerechtes Entgelt für die Nägel. Als Tommi davon erfuhr, schlug er den Posten des Kassierers dezent und höflich dem Aufgabenbereich des Vorsitzenden zu.

Vorläufig bestand der gesamte Besitz des Vereins aus einem Fußball, für den die Männer des Viertels (hauptsächlich Tommi) zusammengelegt hatten. Tommi agierte zusätzlich noch als Vereinstrainer, er verstand was vom Fußballspielen noch aus der Zeit vor dem Krieg, als er für die Engländer zur See fuhr. Außerdem besaß er eine blaue Kluft, die Uniform einer Blaskapelle, die er vor zwei Jahren von einem versoffenen Trompetenspieler als Pfand genommen hatte. Die Trompete, alt und zerbeult, gehörte ebenfalls dazu. Dreimal wöchentlich nach dem Abendessen warf sich Tommi in die blaue Blasorchesteruniform mit den Achselstücken und den vergoldeten Knöpfen, stellte sich in der Mitte des Viertels auf und blies die Trompete, dann wußten die Jungen, jetzt war Kauritraining, und versammelten sich um ihn; unter abgehacktem Trompetengeschmetter zogen sie im Gänsemarsch aufs Feld, Tommi bestimmte die Mannschaften, und sie begannen auf die braune Lederkugel einzudreschen.

Manchmal kamen mehr als zwei Mannschaften zusammen, doch Tommi wollte keinen draußen lassen und erlaubte allen, dabei zu sein, häufig spielten zwanzig bis dreißig Jungen auf jeder Seite. Selbstverständlich gab es keine Trikots, also bestanden die Mannschaften bloß aus einer Meute Jungen in Gummischuhen und Pumphosen; ebensowenig konnte man von einer wirklichen Mannschaftseinteilung sprechen, eigentlich kämpfte jeder gegen jeden, und das einzige, was sie einte, war der Ball. Tommi pfiff das Spiel, und das klappte besser als gedacht; er besaß keine Schiedsrichterpfeife und versuchte anfangs, seine Entscheidungen in die brüllende Kinderschar zu schreien; niemand hörte ihn, da Tommis Stimme viel zu leise war, gleichwohl fand er Rat und benutzte einfach seine Trompete; sie besaß drei Klappen und damit drei verschiedene Töne, die Tommi ohne Schwierigkeiten anblasen konnte, einen für Tor, einen für Freistoß und den dritten für Elfmeter. Ein äußerst wirksames System, man wundert sich, daß der Internationale Fußballverband nie auf die Idee gekommen ist, mit einer Trompete schiedsrichtern zu lassen anstatt mit diesen albernen Pfeifen.

Dennoch erschien nicht allen eine Trillerpfeife alberner als eine Trompete; die Jungen aus den vornehmeren Vierteln, die alte und traditionsreiche Vereine mit Clubhaus, Trikots und richtigen Schiedsrichterpfeifen hatten, fingen an, sich über die Kaurispieler lustig zu machen. – Was seid ihr, ein Fußballverein oder eine Blaskapelle? Die Recken vom FC Kauri waren solche Attacken gewöhnt, seit sie sich erinnern konnten oder seit sie ins Viertel eingezogen waren, und konnten sehr wohl mit vollem Maul Grobheiten zurückgeben; trotzdem ging ihnen die Trompete auf die Nerven, und im Spätsommer, als Tommi Geburtstag hatte (keiner wußte, wie alt er war), schenkten Baddi und Danni ihm eine richtige Pfeife, eine Messingpfeife mit einer Kugel drin. Die Pfeife hatte Baddi aus der alten Pfadfinderuniform von Grettir geklaut.

Dolli konnte natürlich nicht Mitglied im FC Kauri sein, hier wurde nur Männerfußball gespielt; die Mädchen durften höchstens mit, wenn man für eine Tombola sammelte oder Kuchen zur Aufbesserung der Vereinskasse verkaufte.

Hingegen waren die Brüder Baddi und Danni, damals elf und neun Jahre alt, von Anfang an dabei. Die Freunde Baddi und Grjoni fungierten automatisch als Kapitäne und Anführer: Baddi, hart, frech und kämpferisch; einmal im Ballbesitz, konnte ihn kaum etwas aufhalten, er dribbelte und biß sich mit der Lederkugel durch, bis sie im vergammelten Fischernetz landete. Der einzige, der ihn stoppen konnte, war Grjoni, wenn der in der anderen Mannschaft spielte; Grjoni war der Inbegriff eines Verteidigers, ein Wellenbrecher am Strafraum, die Stürmer spritzten nach allen Seiten auseinander, wenn er zum Ball raste und ihn mit der Fußspitze ins Blaue jagte.

Baddi machte das Fußballspielen unglaublichen Spaß, selbstverständlich vollbrachte er alles im Alleingang, Ideen wie Zusammenspiel und Abgeben waren ihm völlig fremd. Deshalb konnte er sich schlecht mit all diesen starren Regeln abfinden, die nach Tommis Meinung zum Spiel gehörten. Daß man den Ball nicht mit den Händen nehmen durfte, mochte ja noch hingehen, was Baddi betraf, aber daß alle möglichen Pimpfe und Rotznasen ihm in den Weg laufen durften mit Herumgehampel und Frechheiten, das ertrug er nicht. Mit der Zeit kam jedoch alles ins Lot, nämlich in der Weise, daß die minderen Bürschchen lernten, Baddi und Grjoni, die ungekrönten Anführer der Fußballrecken, gleichermaßen auf dem Platz als auch außerhalb desselben zu respektieren.

Einzig Danni hielt sich nicht an dieses ungeschriebene Gesetz, er machte allerdings kein Theater mit Gebrüll und Frechheiten, sondern stürzte sich einfach furchtlos in jeden hinein, der ihm in den Weg kam. Er war jung an Jahren, aber so großgewachsen für sein Alter, daß er sich ohne weiteres gegen Zehn-Elfjährige durchsetzte. Danni war ein talentierter Fußballspieler, geschickt, schnell und schußstark. Die alten Fußballenthusiasten, die dem neugegründeten Verein beim Training zuschauten, sagten, aus dem Jungen könnte ein neuer Albert Gudmundsson werden.

Danni war beseelt von Tommis Kinderbuchmoral und seinen Lehren über ehrenhaften Kampf und gerechtes Spiel. Ab und zu gerieten sich die Brüder auf dem Spielfeld ungeheuerlich in die Haare, und

Tommi mischte sich meist nicht ein; es hatte noch nie gutgetan, wenn er sich bei den Streitereien der beiden Brüder zum Richter aufschwang.

Ganz allmählich kam Ordnung in die Angelegenheiten des Vereins. Andere Fußballvereine erhielten Zuschüsse von irgendwelchen Ämtern, bei Erfüllung bestimmter Formalitäten standen diese Gelder dem FC Kauri ebenfalls zur Verfügung; damit der Verein ein bißchen mehr würde als bloß eine unorganisierte Meute ballspielender Jungen unter der Leitung eines alten Kleinkaufmanns in Blaskapellenuniform, mußte der Verein zumindest in die Liste der Landesliga eingetragen werden, feste Trikots haben und eine Art Clubhaus besitzen. Im Frühjahr nach der Gründung entstand das erste Vereinshaus aus einem nutzlosen, halb verfallenen Arbeitsschuppen unten am Strand; die Männer des Viertels mit der gesamten Jungenmeute auf den Fersen bauten ihn ab, setzten ihn instand und stellten ihn am Rand des Fußballfeldes auf. Über die Trikots entschied Tommi, in Wirklichkeit waren sie jedoch Lina im Traum erschienen: dunkelblaues Oberteil, dunkelblaue Hosen, dunkelblaue Strümpfe. Zur damaligen Zeit war eine solche Farbkombination ungewöhnlich, man hielt sie jedoch für smart. Für die Hemden legte man zusammen, die Hosen nähten die Frauen des Viertels selbst, und sie strickten auch die Strümpfe für die Mannschaft.

Mit dem ersten staatlichen Zuschuß ebnete man das Feld, maß es aus und trug Kalklinien auf, dann stellte man richtige Tore auf. Damit man das ganze Jahr über trainieren konnte, wurde daneben ein Sandplatz angelegt, das Hauptfeld bekam zusätzlich eine Laufbahn, Sprunggruben und einen Wurfkreis aus Beton. Obwohl immer noch recht primitiv, war der Kauriplatz eine der besten Sportanlagen der Stadt geworden.

Diese Vereinsgründung hatte einen ungeheuren Einfluß im Viertel. Eine Zeitlang verschwand jede Kleinkriminalität. Die Jungen interessierten sich nur noch für Fußball. Beide Felder waren unablässig besetzt, vom ersten bis zum letzten Tageslicht. Eines Tages, Tommi war im Laden, bildete der harte Kern der Älteren mit Baddi und Grjoni als Anführer eine Mannschaft, die gegen eine Truppe aus dem Nachbarviertel antrat, von denen die meisten in Vereinen trainierten, die am Reykjavik-Turnier teilnahmen. Das Spiel endete natürlich in einer wilden Prügelei, Steine und Drohungen flogen durch die Luft, aber die Recken von Kauri hatten trotzdem klar die Oberhand besessen. Baddi schob die Bälle ins Tor, und Grjoni auf der anderen Seite ließ die gegnerischen Stürmer auflaufen.

Es gab noch mehr hochtalentierte Fußballspieler in dieser Mannschaft. Stine Beggas Sohn Luddi wohnte damals im Viertel, war ein Jahr älter als Baddi und Grjoni und rauchte schon; dunkelhaarig, mit fliehendem Kinn, vorstehenden Augen und hängenden Lippen. Er stand im Tor. Er gehörte ebenfalls zur ersten Mannschaft des FC Kauri, bis irgendeine Kommission ihn aufs Land schickte, von wo er erst nach fast einem Jahrzehnt wieder zum Vorschein kam; da hieß er nicht mehr der Luddi von Stine Begga, sondern Lui Lui.

Der FC Kauri bekam die Genehmigung, beim Reykjavik-Turnier mitzumachen wie die anderen Vereine in der Stadt auch. Tommi sollte die Mannschaft zusammenstellen und sie betreuen, und er bestimmte Hreggvid als Assistenten und Ratgeber wegen dessen Kenntnissen, was das Training anging.

Im Turnier wurde nach Altersklassen gespielt, und der FC Kauri konnte nur für eine einzige Klasse melden, die vierte und jüngste, 13 Jahre und darunter. Dann brauchte man nur noch elf Jungen für die Mannschaft auszusuchen. An Auswahl fehlte es nicht, Tommi hätte drei oder vier Mannschaften aufstellen können.

Baddi und Grjoni standen von vornherein fest, und Luddi im Tor. Dazu wählte Tommi acht knallharte Kämpfer; sie warfen sich in die blauen Trikots und absolvierten tagsüber ein Spezialtraining bei Hreggvid, und dann abends ein weiteres unter der Leitung des Haupttrainers.

Die Männer im Viertel waren stolz auf ihre Jungs, sie sahen so verdammt flott aus in ihren blauen Trikots. Oft standen die Alten in großen Gruppen zusammen und folgten dem Training. Alle wollten sie auf die ein oder andere Weise am Vereinsleben teilhaben, vielleicht auch nur, weil sie dadurch die Abende draußen am Fußballplatz zubringen konnten. Tommi hatte die Idee, eine Art Alte-Herren-Abteilung zu gründen, die Schach spielen sollte und Gymnastik betreiben und sich über Strategien den Kopf zerbrechen, im Clubhaus, das dann auch bei der Gelegenheit erweitert werden sollte. Aus der Gymnastik wurde nichts, und das Schachbrett landete bald im Regal, aber die Alten Herren trafen sich auch weiterhin, häufig mit einem Flachmann in der Tasche; auf die Art und Weise hatten sie eine hervorragende Entschuldigung dafür, es sich gutgehen zu lassen, denn das ganze Viertel bewunderte den Fußballverein. Mit der Zeit wandelte sich die Rolle der Alten Herren; sie bildeten eine Art Ehrenvorstand und Förderverein für die Mannschaft, legten Geld für einen Fonds zusammen, aus dem man größere Aktionen des Vereins finanzierte.

Als Kassensturz gemacht wurde, investierte man das gesammelte Geld in das Honorar für eine Dichterin, die in den Zeitungen annoncierte, sie verfasse Gedichte für besondere Gelegenheiten und Verse auf Bestellung. Tommi fand, der Verein sei kein richtiger Verein, solange er keine eigene Hymne hätte. Nachts träumte er von Jahresfeiern und Versammlungen; zur Einleitung würde er als Vorsitzender eine eingängige Ehrenrede halten und die Erfolge des Vereins während der vergangenen Saison aufzählen, dann würden Filme und ein Unterhaltungsprogramm folgen, zwischendurch Volkslieder, wo die ganze Gesellschaft »Vorwärts Christi Streiter« und »Wenn wir schreiten

Seit' an Seit'« anstimmte, und das Fest würde damit enden, daß alle die Kaurihymne sängen.

Die besagte Dichterin befaßte sich hauptberuflich mit dem Schreiben von Nachrufen (Unterschrift — ein Freund) und hatte daher einen eher schwermütigen Stil entwickelt; ihr Sonett für den FC Kauri eignete sich nicht besonders als Schlachtgesang, das merkten sogar die unpoetischen Alten Herren des Vereins. Die beiden letzten Zeilen stießen jedoch auf allgemeine Begeisterung und wurden zum Vereinsmotto erklärt, den Rest warf man weg. Das Motto malte man auf ein Wappen, das folgendermaßen aussah:

Die Söhne von Fia und Toti spielten nicht im Fußballverein. Bei Gummi kam das sowieso nicht in Frage, er war zu alt, und Manni, der jüngste Bruder, erblickte erst zwei Jahre nach der Gründung das Licht der Welt, als Fia schon einundfünfzig war.

Gummi war vierundzwanzig und arbeitete inzwischen im Büro der Elektrizitätsgesellschaft. Man munkelte, alle andern im Büro bekämen seinetwegen graue Haare, weil er ein solcher Hornochse sei. Irgendwann mußte sogar Toti zugeben, daß Gummi sich nicht gerade durch üppige Geistesgaben auszeichnete.

– Manchmal glaub ich, er hat einen Dieselmotor im Kopf, sagte Toti, als er eines schönen Tages mit Tommi im Laden saß und die Zeit verschwätzte, am Flachmann nippte und sich nicht heimtraute.

Gosi spielte ebenfalls nicht Fußball, obwohl gleichaltrig mit Danni. Gosi besuchte die Volksschule im Thulecamp, und er konnte sich glücklich preisen, da gelandet zu sein; in allen anderen Schulen hätte man ihn wegen seiner Klamotten nur ausgelacht. Fia und Toti waren zu geizig, den Jungen andere Kleidung zu kaufen als abgetragene Sachen vom Flohmarkt. Meist dickes Filzzeug, mit dem Fia die Jungen derartig beschwerte, daß sie sich kaum rühren konnten; sie watschelten wie Pinguine. Natürlich schwitzten sie unter diesen Kleiderschichten wie verrückt, und da Fia der Theorie anhing, Schwitzen mache Kinder anfällig für Erkältungen, gab es nur ein vernünftiges Mittel dagegen: noch mehr und noch dickeren Filz.

Diese Jacken waren ihre einzigen Weihnachts- und Geburtstagsgeschenke. Spielzeug, Räder, Schlitten — alles *überflüssig*. Wenn die anderen Kinder aus dem Block draußen mit dem Rad herumkurvten, lief Gosi ihnen nach, Bürstenschnitt, dicker Hintern, in Stiefeln, und quietschte vor Lachen. Hatte *solche* Freude am Spiel. Durfte vielleicht einmal den Abhang runtersausen, konnte aber nicht Radfahren und stürzte und lief blau an vor Lachen, aber da er so schwer und tolpatschig fiel, verbog sich das Rad krumm und schief, und nach und nach jagten die Kinder ihn mit Schreien und Flüchen weg. Also lag er bloß im Fenster und schaute zu. Entdeckte er jemanden mit Süßigkeiten, kribbelte es ihn überall, bis er endlich der Versuchung nicht mehr widerstehen konnte und rausging, um etwas abzubekommen, aber er wurde mit Püffen verjagt. Gosi Fettsack! Deine Oma fährt im Hühnerstall Motorrad! Wisch dir den Arsch mit Stacheldraht! Dann brach Gosi in Tränen aus, weil er doch Süßigkeiten so gern mochte, aber nie welche kriegte, außer wenn er zu Besuch ins Alte Haus kam. Und trotzdem hatte er faule Zähne. Auch das noch. Länger als zwei Jahre konnte er sich kaum rühren vor Zahnschmerzen. Doch Zahnärzte sind die größten Wucherer und Geldschneider der Stadt. Dessen war Fia sicher. Sie hatte nicht die Absicht, diese Profitgeier noch zu unterstützen! Und Gosi mochte an seinem Fenster vor sich hin leiden.

Fia sang ihren Jungen abends zwar nie Schlaflieder, doch sie las ihnen am Bett vor. Sie sollten lernen, mit Geld umzugehen, den Wert des Geldes verstehen und die Wonne empfinden, wenn man sein Guthaben auf dem Sparbuch wachsen sieht. Als Geschenk zum ersten Zahn bekamen die Jungen ein Sparbuch mit hundert Kronen, auf zehn Jahre festgelegt, außerdem zahlte Fia monatlich für jeden zehn Kronen aufs Konto, hinzu kamen Zinsen und Zinseszinsen, und all das summierte sich in den braunen Sparbüchern, aus denen Fia vorlas, wenn die Jungen abends ins Bett gekrochen waren:

– Nein, schau doch bloß, Gosi, da steht ja noch mehr Gääälд!

Toti und seine Söhne trugen einen ständigen Kampf unter sich aus, jeder gegen jeden, sie wußten, wenn zu Hause etwas auftauchte, das nach Luxus aussah, kam es darauf an, hinreichend dreist, schnell und rücksichtslos zu sein, damit man was abkriegte.

Luxus? Nicht unbedingt Luxus, ab und zu galten die Gesetze des Dschungels auch für den Fall, daß sie genug zu essen haben wollten. Sogar Unfälle passierten; einmal, nachdem Manni geboren war, schlich sich eine kleine Tüte Karamellen ein, und um die letzten prügelten sich die Brüder so heftig, daß Manni eine Gehirnerschütterung bekam und das Bewußtsein verlor; Gummi wurde von den Bissen und Kratzern ernsthaft am Auge verletzt, aber das war die Sache vielleicht wert, denn er behielt die Karamellen. Dennoch blieb er nicht immer Sieger; wenn es zum richtigen Kampf kam, herrschte zwischen ihnen trotz des großen Altersunterschiedes ein seltsames Gleichgewicht. Manni vielleicht zehn Jahre, Gosi 21, Gummi 36 und dann der Alte selbst; fast siebzigjährig, stand er den andern an Kampfeslust nicht nach.

Weihnachten kaufte man immer einen Kasten Cola zur Feier des Tages; der Kasten wurde am Tag vor Heiligabend geholt und in wenigen Minuten leer getrunken. Ein heroischer Kampf. Es galt, blitzschnell eine Flasche nach der andern zu öffnen und in sich hineinzuschütten, um das meiste abzukriegen. Gosi war in dieser Sportart Meister, erfand eine spezielle Trinktechnik, brauchte gar nicht mehr zu schlucken, sondern hielt irgendwie die Speiseröhre zwischen Kehle und Magen offen, so daß er ohne Unterbrechung schütten konnte. Weihnachten nach seiner Konfirmation wurde ihm diese Kunst fast zum Verhängnis, er trank so schnell und so viel, daß sein Magen überlief und die Flüssigkeit in die Lungen geriet. Er krümmte sich zusammen und lief blau an, überlebte allerdings, weil er sich übergab und alles wieder auskotzte. Man brachte ihn ins Krankenhaus, wo die Ärzte versuchten, möglichst viel von dem Cola-Kleister aus seinen Lungen zu entfernen.

Insgeheim hatte Fia wohl gegen dieses Wetttrinken am Vortag von Heiligabend nichts einzuwenden, obwohl sie sich über die Gier beklagte; Vater und Söhne bekamen in der Regel so fürchterliche Magenschmerzen von der Cola-Sauferei, daß das Weihnachtsessen bis Neujahr reichte.

– Weißt du, was Fia und Toti singen, wenn sie um den Weihnachtsbaum herumtanzen, fragte Baddi einmal. Sie singen: – SPAREN! SPAREN! SPAREN! SPAREN! SPAREN! SPAREN! SPAREN! SPAREN!

– Ich?! Einen Scheißdreck wollt' ich hier wohnen!

Von den Kindern im Viertel wurde immer behauptet, sie seien Pöbel. Ungezogene Flegel. Die Fenster einwarfen, stahlen, sich prügelten. Ein Scheißpack, das andere ansteckte, ungewaschen und dreckschnäuzig.

Es war schwierig, Lehrer für die Volksschule im Viertel zu finden, einzelne Idealisten versuchten sich, gaben aber schnell auf, narbenbedeckt vom Hagel der Zwillengeschosse.

Mit der Zwille auf den Pfarrer zu schießen machte keinen Spaß, der fing bloß an zu weinen, ein erwachsener, grauhaariger, breitgesichtiger Mann mit einer Schulmeisterbrille heulend an der Tafel! So was war unerquicklich, daher legte der Pfarrer die Schulbücher beiseite und benutzte einen immer größeren Teil des Unterrichts, um sich wehleidig über Gottes Güte und die Vergebung der Sünden zu verbreiten.

In diesem Herbst kamen Danni und Gosi, der mittlere Sohn von Fia und Toti, in die fünfte Klasse, und der Pfarrer versuchte den Bengeln beizubringen, sie sollten auch die schönen Seiten des Lebens betrachten; eines sonnigen Tages war er draußen in den Hügeln spazieren gewesen:

– Und was glaubt ihr, liebe Kinder, wo ich da vorbeigekommen bin? fragte er in die sich prügelnde Klasse, – eines der schönsten Zeichen von Gottes Güte, etwas, das das Herz erwärmt. Was glaubt ihr, hab ich da gefunden, meine Lieben?

– GELD! antwortete Gosi mit einem Freudenschrei.

– Nein, liebe Kinder, kein Geld. Ein kleines Nest, vom Regenpfeifer.

Geschah das am gleichen Tag, als Hreggvid versuchte, den Weltrekord im Kugelstoßen zu verbessern? Am gleichen Tag, als die Delegation vom Künstlerwohnblock kam? Damals waren Baddi und Grjoni fast dreizehn, es war Herbst, und sie schwänzten die Schule, wahrhaftig nichts Ungewöhnliches für sie. Grjoni trug den *Morgenanzeiger* aus, seine eigene Idee, um hin und wieder Taschengeld zu haben wie die anderen Jungs auch, aber letzten Endes gingen die paar Kröten, die er mit dem Zeitungsaustragen zusammenkratzte, fast immer drauf für das Essen seiner

Mutter und Geschwister. Sein Gebiet umfaßte das Barackenviertel und die Blocks, 43 Exemplare. Meist bekam er fünfzig; sein Gewinn bei dieser Sache lag in den zusätzlichen Exemplaren, die gehörten ihm, und er verkaufte sie für eine Krone das Stück.

Es war Montag, und alle wollten den Anzeiger lesen, am Wochenende hatte die zweite Runde im Islandturnier stattgefunden, ein Tanker war bei Reykjanes gestrandet, und alles klar in Sansibar.

Baddi trug keine Zeitungen aus, das alte Paar erlaubte nicht, daß er sich damit abrackerte. Ruhe und Frieden taten dem geliebten Jungen gut, bis mittags schlafen und dann nachmittags hier und da etwas herumbosseln. Abends vielleicht raus auf den Kauriplatz ein bißchen Fußball spielen.

Als Grjoni um die Mittagszeit aus der Dunkelheit zwischen den Baracken herausgerannt kam, mit der Zeitungstasche über der Schulter, hatte Baddi in die Wand der Waschküche eine Zielscheibe geschnitzt und übte sich im Messerwerfen, mit einem Dolch aus der Pfadfinderhütte. Grjoni bewunderte die Zielscheibe, zehn Ringe, jeder mit einer Zahl in Schönschrift versehen. Baddi hatte schon eine gewisse Übung, meist blieb das Messer stecken, in der Scheibe oder nah daneben; Gjoni dagegen war ein Tolpatsch, hatte zwei linke Hände, und wenn er versuchen durfte, flog das Messer mit der Flachseite oder dem Griff irgendwo gegen die Hauswand. Beide waren gleich gekleidet: Schuhe aus Reifenschläuchen, Wollsocken, Pumphosen und Pullover. Beide starrten vor

Dreck, doch bei Baddi sah man das weniger wegen seiner dunkleren Farbe, Grjoni hatte so eine helle und blasse Haut.

Dann setzten sich die beiden hinter den Haufen Holzabfälle, der noch immer neben dem Alten Haus lag und von dem Bau vor zwei Jahren übriggeblieben war. Der alte Tommi sah keinen Grund, etwas davon wegzuwerfen oder abtransportieren zu lassen, denn das Holz konnte man in der Winterkälte gut gebrauchen, wenn die Kohlen in den Haushalten des Viertels ausgingen. Die Kumpane saßen da gut gedeckt mit einigen Zigarettenstummeln, die Baddi sich aus den Aschenbechern stibitzt hatte. Als sie jemanden kommen hörten, schauten sie sich nervös um und verbargen die Stummel in der Hand, doch es war bloß Bruder Danni auf dem Heimweg von der Schule. Mit scheinheiliger Freundlichkeit boten sie ihm einen Zug an, aber er schüttelte sorgenvoll den Kopf und wußte nur zu gut, daß Rauchen, Saufen und Glücksspiel auf direktem Weg ins Verderben führen. Trink nie das erste Glas!

– Er ist ganz anders als mein kleiner Bruder, sagte Grjoni. – Diddi säuft, und dabei ist er noch keine zwölf.

– Danni ist erst elf, sagte Baddi.

– Danni ist kein solcher Idiot wie Diddi.

– Auch wenn er stark ist, das spielt überhaupt keine Rolle, er ist trotzdem ein Schlappschwanz, Mensch!

– Guck bloß, hier hast'en Bild von Hreggvid Kugelstoßer! sagte Grjoni, der im Anzeiger blätterte.

Es zeigte Hreggvid bei einer Medaillenverleihung, ernst, schwarzbärtig und struppig. Der Hüne maß zwei Meter, wog 150 Kilo und lebte von einer Invalidenrente. Die Jungen wußten, daß er Autos heben konnte. Hin und wieder stemmte er ein Auto am Künstlerblock, wenn er gut aufgelegt war und einige gekippt hatte; dann packte er die Stoßstange und wälzte den Wagen auf die Seite; jeder Versuch zum Scheitern verurteilt, ihn wieder umzudrehen oder auf den Parkplatz zu schieben, und eigentlich völlig unverständlich, wie das Auto in eine solche Position geraten konnte. Erfahrene Schauspielautoren und Bühnenbildner standen draußen und betrachteten das Wunder, und schließlich mußte das halbe Symphonieorchester mit anfassen, um das Gefährt wieder auf die Räder zu stellen. Einmal, als Hreggvid in seiner Baracke einen Wutanfall bekam, hieb er derartig gegen die Giebelwand, daß sie umfiel. Die Wand lag platt draußen auf dem Kies, und die Baracke stand offen wie eine Höhle in winterlicher Finsternis. Nachdem er seinen Rausch ausgeschlafen hatte und anfing zu frieren, ging er hinaus, richtete die Wand auf und setzte sie wieder in das Loch. Mit bloßen Händen. Allein.

Invalide? Er war nun wahrlich kein Krüppel ohne Arme im Rollstuhl. Der alte Tommi sagte gelegentlich, er wäre wohl nicht der Klügsten einer, aber kaum jemand wußte, was an ihm verkehrt war, nicht einmal Greta, seine Frau; eher schien es, als wäre sie irgendwie verkehrt, entweder war sie himmelhochjauchzend oder absolut niedergeschlagen. Sonderbar. Einmal wollte sie sich an der Wäschestange erhängen, doch die alte Lina sah das vom Fenster aus, lief hinaus und befahl ihr, diesen verdammten Blödsinn zu lassen. – Bist du heut morgen mit dem falschen Bein zuerst aufgestanden? Lina nahm die Frau mit ins Alte Haus in die Küche, um sie zu beruhigen. Seltsamerweise war, als das geschah, alles in schönster Ordnung. Keine Probleme. Das Wetter gut. Die Kinder gesund. Hreggvid seit gut einem Monat nüchtern und hatte soeben die Reykjavik-Meisterschaft im Hammerwerfen gewonnen. Dagegen zwei Monate später, als das Chaos herrschte: die Baracke eine Eishöhle, beide Töchter Bronchitis, Hreggvid saufend wie ein Berserker und tobend das Mobiliar zertrümmernd, Greta selbst eingefallen und grau: da war sie bester Laune. Schwebte im Glücksrausch dahin. Sprach über das Haus, das sie bauen wollten. Das Einfamilienhaus. Und die Zähne wollte sie sich machen lassen. Eine Schallplatte aufnehmen, erzählte sie den Leuten im Alten Haus. Bevor sie Hreggvid kennenlernte, war sie nämlich Sängerin in einem Tanzorchester gewesen. Dabei stolperte sie zwei kraftlose Schritte über den Küchenfußboden und lachte ihr scharfes, trillerndes Lachen. Alle grinsten. Sogar Lina. Greta lachte so ansteckend und herzlich. Während man den Bronchitishusten aus der Baracke bis hierher in die Küche hörte.

Die Jungen wollten Hreggvid das Photo zeigen, doch bevor sie noch an die Barackentür klopfen konnten, kam der Goliath ihnen entgegen, mit einer Sporttasche in der Hand, auf dem Weg zum Kauriplatz, wo man gegen Ende des Tages ein kleines Leichtathletiksportfest abschließen wollte, das am Wochenende stattgefunden hatte. Hreggvid war griesgrämig, lebte jedoch auf, als er die Verehrung in den Gesichtern der Jungen sah, seine treuesten, vielleicht sogar seine einzigen Bewunderer. Er warf einen Blick auf das Bild.

– Ja, ich hab Bronze im Diskus bekommen.

– Bronze? Wer hat gewonnen?

– Irgend so ein Ballettänzer. Nichtskönner. Aber das Kugelstoßen kommt erst noch.

– Meinste, du gewinnst?

– Gewinnen? Ha! Hahah! Kommt nachher rüber, und ich werd euch zeigen, wie man Weltrekord wirft!

– Wuahh, Weltrekord, Mööönsch?

– Jaja, Jungs, gebt mir mal den Anzeiger, schreib ihn bei mir an, Grjoni.

An der Wand vom alten Schuppen lagerten die Gärtner und Arbeiter, die den Hofplatz des E-Blocks planierten. Grjoni verkaufte ihnen vier Zeitungen. Nachher im Milchladen wurden sie noch ein paar weitere los.

Sie schauten in Tommis Laden vorbei, wo der Alte Apfelsinen sortierte, in blendender Laune, weil im Radio das finnische Harmonikagenie aufspielte. Sie gaben ihm den Anzeiger und zeigten ihm das Bild von Hreggvid.

– Glaubst du, daß er das Kugelstoßen gewinnt, Papi?

– Das sollte wohl kein Problem für ihn sein, mein lieber Baddi, er ist der einzige Teilnehmer! Hehe. Jaja, Jungs, hier habt ihr einen Fünfer für die Zeitung!

Einen Fünfer für die Zeitung, das war ein Anlaß, noch mal in den Milchladen zu rennen und sich ein Eis am Stiel zu kaufen. Sie hingen über der Theke, während sie das Eis lutschten, und unterhielten sich mit den Verkäuferinnen, zwei Teenagern mit Lippenstift, wassergewellten Haaren und Nagellack; die beiden machten ein paar anzügliche Bemerkungen in Richtung auf die Jungen und redeten mit ihnen wie mit unerfahrenen Kleinkindern, so daß die zwei großtaten und das Maul aufrissen und die Mädchen Fotzen und Schnecken nannten und Titten-tatschen-Schenkel-klatschen-ritsch-ratsch-rein zeigten, und die Mädchen lachten und kicherten und schüttelten den Kopf, schockiert über die Sprache der heutigen Jugend, und die eine, die vom Lande kam, fragte: – Wie ist das mit euch Bubis, macht ihr's etwa schon wie die Männer?!

Ein paar Hausfrauen aus den Blocks, die Milch holten, kauften Grjoni einige Zeitungen ab; er war so beladen mit glänzenden Kronenstücken, daß es bei jedem Schritt klingelte. Draußen zählte er die restlichen Zeitungen in der Tasche; 36 waren übrig, 43 mußte er austragen.

Hlyn der Automechaniker arbeitete in seiner Werkstatt, schmierig, voller Ölflecken, seine alte vergammelte Hornbrille von zwei schwarzen Gummibändern im Nacken gehalten.

In Wirklichkeit war Hlyn überhaupt kein Automechaniker und seine Werkstatt keine Werkstatt; er war bloß ein geschickter Bastler, die Baracke stand ihm zur Verfügung, und dort werkelte er an den Autowracks herum, die er sammelte. Er war Spezialist für osteuropäische Wagen, russische Moskvitsch, tschechische Skoda und ostdeutsche Plastikbomber; nach einigen Jahren waren die fast wertlos, obwohl noch fahrbereit und nicht ganz schrottreif. In diesem Zustand übernahm Hlyn sie für wenig Geld und schleppte sie ab in seine Garage; der Zweck war, sie aufzuarbeiten und mit Gewinn zu verkaufen. Hlyn stürzte sich regelmäßig mit Elan in die Arbeit, zerlegte, flickte, reparierte, kittete; bei dem einen war vielleicht die Karosserie in Ordnung, aber die Gangschaltung hin, dann nahm er die Gangschaltung von einem anderen Wrack, dessen Karosserie nichts mehr taugte; er schraubte, pinselte und schmierte, und wurde nie fertig. Er hatte einfach Spaß an dem schrottreifen Gerümpel; wenn sie jedoch fast wieder richtige Autos waren, verlor er das Interesse. Halb repariert verstaubten sie etwa einen Monat lang in der Garage, dann standen sie im Weg und wurden nach draußen geschoben, wo sie verfielen und wieder zu Wracks vergammelten.

Autoruinen gab es rund um die Garage wie Sand am Meer; es war im wesentlichen eine Sache der Definition, was man als Auto ansehen wollte, bei manchen existierte noch die Karosserie, andere bestanden nur aus Rahmen und Reifen; Kotflügel und Türen lagen auf einem Haufen, Motoren und Gangschaltungen zwischen heilen Autos; nach Stückzahl konnte man die Wracks nicht bestimmen, man hätte sie nach Gewicht ausrechnen müssen wie den Bruchzwieback aus der Keksfabrik.

Hlyn galt als guter Kerl, lächelte viel, aber das Lächeln reichte nie bis zu den Augen, dann verblaßte es, und er seufzte wieder sorgenvoll mit gefurchter Stirn.

Warum er sich ständig so viele Sorgen machte, verstand niemand. Hlyn hatte es wahrhaftig nicht schwer. Er besaß seine Baracke, die größte im Viertel, wie ein T geformt, mit einer Art Blinddarm vom Hauptgebäude ausgehend, den Hlyn Ableger nannte. Die Baracke war in gutem Zustand und, mehrfach gestrichen, hob sie sich von den anderen ab. Dort wohnte er mit seiner Frau, die Schiefe Lauga genannt, weil sie leicht behindert war und hinkte. Sie arbeitete als Waschfrau, schrubbte anderer Leute Wäsche aus der ganzen Stadt und verdiente damit so viel, daß Hlyn sich ruhig erlauben konnte, mit der Bastelei fortzufahren, ohne jemals etwas fertigzubekommen. Sie hatten zwei Söhne, kleine, gemütliche Kerle in den Zwanzigern, der eine lernte Installateur in Selfoss, der andere hatte nach Sudavik geheiratet und arbeitete dort im Gefrierhaus. Vorbildliche Söhne, auf die jede Familie im Viertel hätte stolz sein können.

Soeben schleppte ein kleiner Pritschenwagen mit Kran ein weiteres Wrack vor die Garage. Hlyn verfolgte die Aktion mit sorgenvollem Blick, rang hin und wieder die Hände und brüllte dem Fahrer Hohoho zu. Baddi und Grjoni kamen vorbei und blieben stehen, um sich die Neuerwerbung anzuschauen. Es waren die Überreste eines Ballonskoda vom gleichen Baujahr, wie Hlyn selber einen fuhr.

Nachdem das Gerümpel seinen Platz vor dem Garagentor gefunden hatte, stellte der Fahrer den Motor ab, stieg aus und trat prüfend gegen die Reifen des Wracks; und Grjoni fragte:

– Wieviel Zehner muß man für so einen hinlegen, Hlyn?

Hlyn lächelte freundlich.

– Wieviel Zehner, mein Freund? Wa? Waaa? sagte er und lächelte noch breiter, betrachtete dann sorgenvoll den Fahrer, der inzwischen an den Türen des Skoda rüttelte.

– Du möchtest gern wissen, wieviel Zehner man dafür hinlegen muß, mein Lieber, sagte Hlyn abwesend.

Der Kranwagenfahrer kaufte dem Jungen einen Anzeiger ab, währenddessen schlenkerte Hlyn in die offene Garage und machte sich mit einer Ölkanne zu schaffen. Plötzlich fuhr er wie aus dem Schlaf hoch, marschierte geradewegs auf Grjoni zu und sah ihm ernsthaft in die Augen.

– Keinen einzigen Zehner hat er gekostet, mein Freund, ich hab ihn umsonst bekommen.

Schweigen. Hlyn schaute Grjoni prüfend an, als wolle er sich vergewissern, daß er dieses »umsonst« wirklich richtig verstanden hatte.

– Und was kostet der Anzeiger bei dir, Grjoni, wieviel Zehner kostet der Anzeiger?!

– Eine Krone.

– Einen Zehner kriegst du! Hier hast du einen Zehner für den Anzeiger, sagte Hlyn und lächelte so gutmütig, daß sich weitere Sorgenfalten auf seiner Stirn bildeten.

Die Jungen warteten, während Hlyn mit dem Fahrer abrechnete, der sich wieder hinters Steuer schob und startete. Hlyn kehrte in die Garage zurück, vor sich hin grübelnd, während die Kameraden mit den Zeitungen sich trollten. Als sie etwa zwanzig Meter weg waren, kam Hlyn an die Tür, Werg zwischen den Händen, und rief hinter ihnen her.

– Hör mal her, Grjoni.

– Hör mal, Grjoni, ich mach mir Sorgen um deinen Bruder Diddi, sagte er, als die beiden wieder herangekommen waren.

Grjoni scharrte mit den Gummischuhen im Kies.

– Er trieb sich heute morgen hier bei mir herum, dann ging er weg, und als er wiederkam, war er so merkwürdig, ich glaube fast, er hatte getrunken. Ich hatte Schwierigkeiten, ihn zu bändigen.

Grjoni fluchte leise zwischen zusammengebissenen Zähnen und lief rot an.

– Er redet auch immer davon, daß er jemanden umbringen will, und dann ist er zu Lauga nach Hause gegangen und wollte ihr ein Messer stehlen!

Grjoni hatte aufgehört zu fluchen und schaute Hlyn gerade in die Augen.

– Hast du eine Ahnung, was das soll, Grjoni?

– Nein.

– Ich will mich ja nicht beschweren, obwohl er mich manchmal stört, ich sag dir das bloß, Grjoni, weil du doch sein Bruder bist! – Und wie geht's deiner Mutter, Grjoni?

– Sie ist krank.

Hlyn wischte sich mit dem ölgetränkten Werg den Schweiß von der Stirn und sagte seufzend:

– Dann hoffe ich bloß, ich kann euch irgendwie helfen!

Grjoni gab keine Antwort, und nachdem er eine Weile auf dem Kies von einem Fuß auf den anderen getreten war, schlenkerte Hlyn wieder zurück in die Garage.

Grjoni war schweigsam und stapfte nach den Seiten schwankend, so daß die Zeitungstasche hin und her schwang.

– Wo kriegt der Diddi seinen Schnaps her, fragte Baddi.

– Der ist doch total bekloppt, Mann. Neulich hat er so ein Frostschutzmittel für Autos getrunken, und danach war er tagelang krank, und ich mußte auf ihn aufpassen ... bloß am Weinen und Schreien, obwohl er bald zwölf wird ... und Mamma fing auch an zu heulen ...

Damit verstummte Grjoni und biß die Zähne zusammen. Dann sagte er grimmig:

– Drecksack und Vollidiot, der Hlyn.

Es machte immer Spaß, den Bus mit Steinen zu bewerfen; als er schnaufend durch die Schlaglöcher die Hauptstraße hochkroch, schmissen die Kumpane Kiesel hinterher, trafen aber nur das kleine Fenster hinten am Kiosk an der Haltestelle; das Glas zersprang mit lautem Klirren, und als aus dem Kiosk Leute herausgerannt kamen, nahmen die Freunde die Beine in die Hand und liefen zwischen der nächsten Barackenreihe und dem Stillen Ozean durch zum Künstlerblock, um die Ecke und die Treppe hoch ins Haus. Aus dem Fenster im vierten Stock sahen sie die Verfolger vorbeirennen, setzten sich erst mal nieder und ruhten aus, bevor sie die gebohnerte Linoleumtreppe wieder hinunterstiegen. Unten im zweiten Stock stießen sie auf ein paar Kinder, die im Block wohnten.

– Was macht ihr hier?

– Kanndirdochegalsein!

– Has' wohl die Windeln voll? Hihihi!

– Lagerpack! Lagerpack! Barackendreck!

– Als ob ich so 'ne Blockratte sein wollte!

– Hihihi. Bis' nur neidisch, weilde nich hier wohnst! Hihihi!

– Ich?! Einen Scheißdreck wollt ich hier wohnen! Du kannst mir mal.

– Du kannst *mich* mal, heißt das! Du kannst *mich* mal. Reden kannste auch nich! Reden kannste auch nich! Reden kannste . . .

Baddi stürzte sich auf das Mädchen, das am lautesten brüllte und trat ihr mit dem Gummischuh in den

Hintern. Sie stieß einen spitzen Schrei aus und rannte heulend davon, Tränenflut aus allen Löchern. Die anderen Kinder fingen ebenfalls an zu plärren und verdrückten sich in ihre Wohnungen. Die Kumpane sprangen die Treppe hinab zur Haustür und ließen sie krachend ins Schloß fallen, blieben aber im Haus und schlichen sich weiter hinunter in den nach Gummi riechenden Fahrradkeller. Da hindurch und in die Waschküche, wo sie ein Fenster öffneten, um im Notfall direkt nach draußen auf den Hof springen zu können, falls jemand käme.

Es kam aber niemand. Sie warteten eine Weile und dürsteten nach Rache. Dann spazierten sie in den langen Korridor mit den numerierten Abstellkammern auf beiden Seiten. Zu jeder Wohnung gehörte ein eigenes Kabuff, und einige davon waren unter Einsatz entsprechend lautloser Einbruchstechnik ohne weiteres zugänglich. Früher hatten sie oft leere Limonadenflaschen geklaut, die sie anschließend im Kiosk verkauften, diesmal jedoch waren sie auf Wertvolleres aus. In der einen Abstellkammer hatten sie hin und wieder Bier und eingemachtes Obst gefunden, aber jetzt war besser zugesperrt, ein Haken mit einem kräftigen Hängeschloß aus dem Eisenwarenladen davor.

Die reinste Frechheit, fanden die Kameraden, doch abgesehen davon ließ sich hinter solchen Vorkehrungen ein Keller randvoll mit Wertsachen vermuten. Beide zugleich sprangen sie mit den Füßen voran gegen die Tür, und beim fünften Tritt gab der Rahmen nach und die Bretterstücke knallten durch den Korridor, als die Tür nach innen fiel.

Die Kammer enthielt weiter nichts Besonderes, gemein genug, nichts außer ein paar Reifen und einem Gaskocher und Saft und Marmeladengläsern mit Einkochdatum. Der Haushalt, dem das Kabuff gehörte, hatte sich mit Klosettpapier eingedeckt, und ziemlich mißmutig stahlen die beiden einen großen Plastiksack mit Klopapier, immerhin besser als gar nichts.

Sie waren auf dem Weg durch den Korridor nach draußen, beladen mit diesem unentbehrlichen Gut, da öffnete sich plötzlich die Tür, und zwei vergnügte Männer, bereit zum Angriff, quetschten sich hindurch.

– Jaja, ihr Schlingel! Auf frischer Tat ertappt!

Es waren Männer im besten Alter, und der eine von ihnen, ein zickiger Cellospieler, bekam Grjoni zu fassen.

– Jetzt bringen wir euch zur Polizei.

In dem Moment erlosch das Licht im Korridor, und in der Dunkelheit hörte man halberstickte Rufe und Gestampfe; als die goldberingte Hand endlich den Lichtschalter erreichte und drückte, verschwanden die Jungen soeben mit dem Sack Papier durch die Tür, und der Cellospieler lag auf dem Boden und hielt sich die blutende Nase. Die Jungen rannten aus dem Block, um die Ecke und rüber zum E-Block, wo sie erst mal verschnauften und sämtliche Klingelknöpfe drückten und amüsiert zuhörten, wie ein ganzer Flur wild in der Sprechanlage durcheinanderredete. Mitten in diesem Gequassel hörte man Fias betrübtes Jessesmaria.

Dann entdeckten sie, daß sie aus dem Künstlerblock verfolgt wurden, und rannten los; wahrscheinlich hätte man sie erwischt, wenn nicht ein Taxi gehalten hätte; sie sprangen hinein und entschwanden.

– Habt ihr die Blödmänner etwa geärgert? fragte Hölskuld der Taxichauffeur. Er fuhr in seinem stinkenden Taxi eine Runde um das Viertel, dieser angejahrte Junggeselle mit dem zerfurchten Gesicht, und erzählte den Jungen von seinen Weibergeschichten, als er in ihrem Alter war. Behauptete, er wäre nicht älter als zehn gewesen, als er sich den Damen zuwandte, und dann machte er Witze über den Anzeiger und das Klosettpapier; es spiele keine Rolle, welches von beiden man kaufe, allerdings sei das Klosettpapier weicher, wenn man sich damit den Hintern wische. Trotzdem nahm er ein Exemplar an, als Entgelt für die Runde und die Rettung, bevor er sie beim Kauriplatz aussteigen ließ.

Dort stand eine kleine Gruppe Sportler, Funktionäre und Fans, die ihre Rücken mit den Felljacken gegen den Wind drehten und ihre Arme und Beine schüttelten.

Hreggvid war im Wettkampftrikot: weite Arbeitshosen, die sich über dem Bauch spannten, Hosenträger über dem karierten Flanellhemd, von dem er die Ärmel abgerissen hatte, und bloße Füße in geschnürten Turnschuhen. Er redete am lautesten von allen und schwenkte die riesigen Pranken. Ein paar Besoffene saßen auf einer Holzbank in einiger Entfernung von der Hauptgruppe, in Abständen marschierte Hreggvid singend zu ihnen hinüber, sagte etwas, und das brüllende Gelächter dröhnte wie ein Chor von Schiffshörnern an Silvester, dann schmierte er die Kehle, verzog das Gesicht und lachte noch lauter. Ein Bergriese. Ein Troll. Wie die hitzigsten Kämpfer aus den *Gold key and Dell*-Bilderstories.

Nach wie vor plagten sich die Freunde mit dem verdammten Klosettpapier ab. Schließlich entdeckten sie, wozu es gut war; es machte Spaß, mit den Rollen zu werfen, sie flogen hoch und weit wie Drachen, rollten sich während des Fluges auf und ließen einen langen weißen Schwanz durch die Luft wehen. Die beiden schleuderten ein paar Rollen über die Wiese. Sie schwebten. Unterschiedlich weit. Ein Wettstreit entwickelte sich, wer am weitesten werfen konnte; sie gerieten in kämpferischen Eifer wie die anderen Sportler, und da der Wurfkreis am anderen Ende des Feldes verlassen dalag, liefen sie mit ihrem Vorrat dorthin.

Der Wurfkreis bestand aus einer betonierten Platte, in den Kies eingelassen, vielleicht anderthalb Meter im Durchmesser. Etwas weiter weg hatte man Halbkreise gezogen, welche die Entfernung vom Ring angaben, von zehn bis zwanzig Meter. Etwas über die Mitte der Markierungen hinaus steckte eine kleine isländische Fahne in der Erde. Weiter weg ein Wimpel mit der Erdkugel in zwei Hälften darauf. Der Wimpel gehörte Hreggvid selbst, stammte noch aus der Zeit, wo er als Hilfsmaschinist auf Auslandsfahrten war.

Die Jungen stellten sich auf die Platte und fingen an, mit den Rollen zu werfen, eine nach der anderen schwebte über die Halbkreise, und die grauweißen Papierstreifen verwickelten sich auf dem Kies ineinander, der bald aussah wie eine Müllhalde. Sie waren so in ihren Wettkampf vertieft, daß sie erst wieder aufmerkten, als die Veranstalter und Sportler mit Brüllen und Fluchen auf sie zu rannten. – Wer hat euch das erlaubt? – Saubande! Vandalen! Ein Ringkampfchampion vom Isafjord pufffte Baddi so kräftig, daß er auf den Kopf knallte und sich die Haut abschabte und die Wange blutig riß. Andere packten Grjoni mit brutalem Griff, er wehrte sich heftig und schließlich gelang es ihm, einem gewissen Ausschußvorsitzenden vom Sportkomitee Reykjavik in den Finger zu beißen.

Hreggvid, der bei den Saufbolden auf der Bank saß, wurde das Brüllen und den Tumult gewahr, näherte sich dem Wurfkreis mit langen Schritten, und als er sah, was vorging, sprengte er die Sportveranstalter in alle Richtungen auseinander, legte den Jungen die Hände auf die Schultern und fragte, was das denn verdammt noch mal zu bedeuten hätte, die Jungen so zu mißhandeln.

Aus dem Finger des Ausschußvorsitzenden tropfte das Blut, jemand hob einen Fetzen Klopapier vom

Kies auf und erbot sich, den Finger damit zu verbinden. Ein wütender Kerl im Trainingsanzug hielt Grjoni immer noch gepackt, der riß sich aber los und rammte ihm den Ellbogen ins Gesicht. Streit und Getöse entbrannten aufs neue, Hände wiesen auf die Papierknäuel, und Stimmen beklagten sich lauthals über die ungezogenen Barackenbengel. Unter den Fittichen des Hünen waren die Jungen zu jeder Schandtat bereit. Baddi riet dem Ringer vom Isafjord, er möge seine Oma ficken, und Grjoni schlug einem kleinen Mann im Überzieher, der so erregt war, daß er blau anlief, den Hut vom Kopf; über dem ganzen Tumult dröhnte die Donnerstimme Hreggvids, der ankündigte, jeder, der seinen Freunden ein Haar krümme, bekomme es mit ihm zu tun, und um dem Ganzen noch mehr Nachdruck zu verleihen, hob er den kleinen Mann mit Überzieher in die Luft und warf ihn in die Menge.

Alles brodelte in Siedehitze, als Tommi auf der Bildfläche erschien; er hatte den Streit vom Laden aus gehört und beschlossen, Frieden zu stiften.

Er marschierte mitten in die Gruppe, schaute einigen Männern in die Augen und sprach so leise, daß alle ruhig sein mußten, damit sie hörten, was er sagte; nur ein paar Worte über Sinn und Ziel von Sport und Vereinsarbeit, man würde doch wohl genügend Verstand besitzen, sich nicht über Kleinigkeiten aufzuregen, ihr beiden sammelt dieses Zeug auf, Jungs, und damit ist die Sache vergessen; Tommi nahm Hreggvid beiseite und redete ein paar Worte mit ihm, der wurde sanft wie ein Lamm, die Jungen hatten die Papierfahnen bald zusammengeharkt, und innerhalb kürzester Zeit war alles derart ruhig, daß niemand hätte seine Stimme erheben oder sich aufregen können, ohne lächerlich zu wirken. Tommi verabschiedete sich und kehrte in den Laden zurück, um weiter Apfelsinen zu sortieren und dem finnischen Harmonikagenie Hakkaralainen zu lauschen, und auf dem Platz herrschte ein solcher Frieden, daß alle Grjoni einen Anzeiger abkauften, als ob nichts gewesen wäre, sogar der Ausschußvorsitzende, dessen Hand durch den Biß halb gelähmt war, so daß man ihm helfen mußte, eine Krone aus der Jackentasche zu fischen.

Als nächster stieg Hreggvid in den Wurfkreis, setzte ein grimmiges Gesicht auf und knetete die Kugel in den Händen. Er hatte den Jungen einen Weltrekord versprochen. Er stand still im Ring, setzte den linken Fuß vor und schleuderte mit der Rechten die Kugel in Richtung der Fahne. Bei Hreggvid gab es keinen Firlefanz und wichtigtuerisches Gehabe, nichts mit Kugel unters Kinn und hüpfen und drehen, es war, als ob er am Strand stehen und Steine in die Wellen werfen würde.

Die Kugel landete mit einem Plumpser ein gutes Stück vor der Fahne. Ein 15-Meter-Wurf vielleicht. Mit bissigen Grimassen stieg der Champion aus dem Kreis und machte damit den Wurf ungültig. Er nickte zu den Jungen hinüber und holte die Kugel. Hielt sie in seinen riesigen Pranken und marschierte einmal halb um den Platz herum, blieb kurz bei den Saufbrüdern stehen, schenkte allen Zigaretten aus einem Pall Mall-Päckchen, das er aus der Brusttasche zog, zur Belohnung bekam er einen großen Schluck aus der Schnapsflasche.

Zurück im Wurfkreis, betrachtete er haßerfüllt die beiden Fahnen, dann schleuderte er die Kugel mit einem Bärengebrüll. Allzu kurz. Jetzt hatte er nur noch einen Wurf. Die Männer steckten die Köpfe zusammen; – jetzt ist der Kerl richtig wütend, dann ist er am besten, sein letzter Wurf ist immer der weiteste. – Bei etwas gemäßigterem Lebenswandel könnte Hreggvid glatt skandinavischer Meister sein. – Und nicht zu vergessen, der Mann ist natürlich Invalide, sagte jemand in zweideutigem Ton, und alle grinsten verlegen.

Hreggvid stampfte schwerfällig um das Feld und wog die Kugel in den Händen. Eine Weile blieb er an der blaugestrichenen Hütte am andern Ende stehen, die als Geräteschuppen, Kleiderkammer und Clubhaus des FC Kauri diente.

– Jetzt nimmt er erst mal einen zur Brust, zur Herzstärkung, sagten die Männer und stießen sich mit den Ellbogen an, während Hreggvid sich mit irgendwas an der Tür dort zu schaffen machte. Sodann schritt der Champion geradewegs auf den Kreis zu, mit der Kugel in den Händen. Er scharrte knurrend mit den Füßen über den Beton, schwang die Arme, und die Kugel jagte los und pfiff durch die Luft.

Hreggvid stürzte fast aus dem Ring, fand jedoch das Gleichgewicht wieder und schickte einen scharfen, zweifelnden Blick hinter der Kugel her, die weit hinter den beiden Fahnen den Kies aufwirbelte. Alle Anwesenden gafften schweigend, dann stieß Hreggvid einen Siegesschrei aus, und den Jungen schien es, als bebe die Erde, während er wie ein Wilder im Kreis herumzutanzen begann. Alles stürzte dahin, wo die Kugel gelandet war, Hreggvid nahm sie auf und streichelte sie, die Kampfrichter holten auf der Stelle ihr Maßband, und nach reichlichen Untersuchungen und Beratungen kam man zu dem Schluß, daß kein Zweifel bestehen konnte; Hreggvid hatte den Weltrekord um etwa sechzig Zentimeter verbessert.

Die Saufbrüder kamen an, um mit dem Hünen zu feiern, der seine Hände auf die Schultern von Baddi und Grjoni gelegt hatte, die herumhüpften und jippih schrien. Wieder zog Hreggvid das Pall Mall-Päckchen heraus, und es waren gerade genug darin für alle, für die Jungen, den Weltmeister und die Säufer, um den Wurfkreis versammelt, während Mitglieder des Sportausschusses, die Funktionäre und die Leute vom Nordland stierten und untersuchten und maßen und den Kopf schüttelten, bis die einzige Tatsache klar vor Augen stand: ein versoffener Invalide aus dem Barakkenviertel hatte Weltrekord erzielt in der schwersten leichtathletischen Disziplin.

Sofort lief man ans Telephon und informierte die Redaktionen der wichtigsten Zeitungen. Der Ausschußvorsitzende mit der lahmen Hand rief seine Vorgesetzten an, und man plante ein Fest noch am gleichen Abend zur Feier der Großtat. Hreggvid schlenderte immer noch über den Platz, mit der Kugel in den Händen, und sah zunehmend unruhiger drein, je mehr Reporter, Photographen und Sportfans auf der Bildfläche erschienen. Die Wellen schlugen hoch, die ganze Nachbarschaft versammelte sich, der Champion wurde in einen Wagen gezogen, wo Reporter mit Block und Bleistift Fragen auf ihn niederprasseln ließen. Es fing an zu regnen. Grjoni verkaufte noch ein paar Anzeiger, und plötzlich gab es für die Jungen nichts mehr zu tun, außerdem näherten sich die Leute aus dem Kiosk, die zuvor hinter ihnen hergewesen waren, so daß die Kumpane sich unauffällig verdrückten.

Tommi stand in der Tür, als sie zum Laden kamen. Er fragte, was da draußen auf dem Platz los sei. Dann schüttelte er den Kopf und lachte zweifelnd.

– Bestimmt, Mensch, ham wir selbst gesehn, er hat die Kugel weiter geschmissen als die Fahne mit'em Weltrekord drauf.

Tommi meinte, jetzt würde er seinem Namensapostel gleichen, wenn man ihm ein solches Wunder erzählte. – Aber kommt rein, Jungs, und wartet den Schauer ab.

Die Kumpane waren fast sauer über Tommis Zweifel an ihren Neuigkeiten. Sie hatten es doch selbst gesehen, und jede Menge Männer mit Maßband und was sonst nicht noch alles!

Grjoni fing an, die Zeitungen in seiner Tasche zu zählen, und verzog sorgenvoll das Gesicht. Nur noch dreizehn übrig! Er strengte sein Rechenzentrum an und fand heraus, daß ihm 30 Stück fehlten, die er hätte längst bei den Abonnenten abliefern sollen.

– Ja, ihr vielversprechenden kleinen Teufel, sagte Tommi, dann müßt ihr eben zum Kiosk gehen und dreißig Zeitungen kaufen! Haa! Zeitungen wieder einkaufen, die ihr schon verkauft habt! Hahaha! Mit euch wollte ich wahrhaftig keine Geschäfte machen! Haha!

Grjoni überlegte, ob er in die Redaktion laufen und die Exemplare stehlen sollte, die ihm fehlten, aber das war Aufwand und würde lange dauern, und Baddi hielt nichts von der Idee. Er meinte, Grjoni sollte einfach im Büro anrufen und behaupten, er hätte nur dreizehn Zeitungen bekommen!

Die Lösung! Es war schon vorgekommen, daß der Fahrer die Pakete verwechselt hatte, einmal waren viel zu viele drin, das andere Mal zu wenig. Grjoni fragte Tommi, ob er mal telephonieren dürfe.

Wie zu erwarten, hatte Tommi Einwände gegen den Plan. Ihm gefiel das nicht. Völliger Blödsinn!

– Aber wieso'n? Was soll ich'n machen?

Tommi dachte nach, massierte sein Kinn und sah äußerst ehrenhaft drein.

– Es hat keinen Sinn, wenn du sagst, du hättest nur dreizehn Stück bekommen. So was würde nie vorkommen. Keiner würde dreizehn Blätter einpacken, und kein Fahrer würde sich so irren, daß er dreizehn Zeitungen abliefert statt fünfzig.

Teufel auch! Was konnte man denn da bloß machen?

– Herrgott nochmal was seid ihr dumm, Jungs! Natürlich rufst du an und sagst, du hättest überhaupt keine Zeitungen bekommen! Ist doch viel wahrscheinlicher, daß man dich vergessen hat oder daß das Paket verlorengegangen ist oder gestohlen wurde oder so was.

Als der Bote vom *Morgenanzeiger* etwa eine Stunde später mit dem Lieferwagen ankam, saßen die Jungen an der Giebelwand vor der Baracke und aßen Wiener Schnitten aus dem Milchladen. Der Fahrer war ein junger Mann um die Zwanzig und schien stinkwütend.

– Von mir kriegst du keine einzige Zeitung, sagte er. Ich war heute hier wie immer und hab die Zeitungen da vor die Tür gelegt.

Grjoni antwortete, womöglich hätte er es vergessen.

– Verflucht und zugenäht, Mensch. Glaubst du, ich erinnere mich nicht dran? Und dann komm ich runter und hör mir eine Standpauke an, weil ich vergessen hätte, die Zeitungen abzuliefern!

Er zündete sich eine Zigarette an und zeigte auf Baddi.

– Du standst da drüben und hast was in die Wand geschnitzt, als ich kam. Ich erinnere mich noch genau!

Die Jungen grinsten ihn spöttisch an.

Schließlich seufzte der Fahrer, holte ein verpacktes Bündel Zeitungen vom Vordersitz und warf es ihnen zu.

– Lügt mir ja nicht nochmal so frech ins Gesicht, sonst schlag ich euch zusammen!

Er setzte sich hinter das Steuer und legte den Gang ein. Dann kurbelte er das Seitenfenster hinunter und fragte:

– Wohnt der hier nicht irgendwo, der den Weltrekord geworfen hat?

Die Jungen zeigten auf die Hreggvidbaracke.

– Kennt ihr den?

Das konnten sie wohl behaupten.

– Unten in der Redaktion reden sie drüber, und im Radio war's auch schon. Ein Wahnsinn, Mensch. Aber ist es wahr, daß er ein Versehrter ist?

– Ein Verkehrter?

– Nein, so ein Invalid, lahm oder so ähnlich.

Hreggvid gelähmt! Der stärkste Mann der Welt gelähmt! Derartigen Blödsinn hatten sie noch nie gehört.

– Ihr lügt ja wie gedruckt, kein Wort kann man euch glauben, sagte der Bote und zischte ab.

Vor Hlyns Baracke begegnete er einem der Saufbrüder, der den Wettkampf verfolgt hatte. Dieser hatte ein Holzbein und hinkte. Das Zeitungsauto stoppte, setzte in einem Ruck bis zu dem Mann zurück, und der Junge steckte den Kopf raus und fragte, ob er Hreggvid den Kugelstoßer kenne.

Der lahme Säufer lebte auf und brüllte lallend:

– Iiiich bin Weltmamamameister im Kugelstoß!

Wenig später erschien der Bote überglücklich in der Redaktion und schwenkte eine halb rausgerissene Seite aus dem Anzeiger.

– Ich hab ein Autogramm vom Weltmeister persönlich!

Ein paar geschiedene, tabakgegerbte, leicht alkoholisierte, angejahrte Journalisten in Tweed grinsten weltmännisch und warfen einen Blick auf den Fetzen. Darauf hatte der lahme Saufbruder mit ungelenken Druckbuchstaben geschrieben:

— HREGVID SIGURSON

Sie grinsten noch breiter und meinten: – Uns wurde gesagt, der sogenannte »Weltmeister« heiße Hreggvid Bardason.

– Der hier hat aber behauptet, er wäre Weltmeister, sagte der Bote verletzt.

– Laß gut sein, mein Lieber, sagten die Journalisten und gähnten, zerbrich dir darüber nicht den Kopf, hier in dieser Stadt findet sich sowieso kein Weltmeister!

– Was?!

– Es ist nämlich rausgekommen, daß dieser Goliath da aus dem Barackenviertel den Weltrekord mit einer Kugel für Jugendliche geschafft hat, die natürlich viel leichter ist als die Wettkampfkugel der Männer!

Während die Kumpane die zweite Serie Zeitungen austrugen, machte Lina Feuer im Kohleofen. Am Morgen hatte sie den meisten Dreck herausgeholt, und als sie das Feuer anzündete, schoß eine pechschwarze Rauch- und Rußwolke aus dem Schornstein. Der Wind wehte gegen den Künstlerblock, und da es tagsüber ziemlich warm gewesen war, standen einige Fenster und Balkontüren offen.

Die Kohleheizung im Barackenviertel war den Einwohnern der Blocks schon lange ein Ärgernis, doch als diese Höllenwolke aus dem Schornstein des Alten Hauses durch die Stores drang, war für viele das Maß voll. Man traf sich auf dem Treppenabsatz und diskutierte die Sache, und eine große Gruppe versammelte sich zu einer nichtöffentlichen Spontanversammlung im Fahrradkeller. Eines war allen klar: So ging es nicht weiter. Der Cellospieler vom Symphonieorchester spielte den wilden Mann, er wollte einen einstimmigen Beschluß herbeiführen, daß man so schnell wie möglich etwas in die Wege leitete, damit das Viertel dem Erdboden gleichgemacht würde. Die Nase des Musikus war geschwollen und dick verpflastert wegen der vorausgegangenen Prügelei unten im Keller.

Der Cellospieler wiederholte seine Geschichte in Abständen von fünf Minuten, der Besitzer der Abstellkammer, aus dem die Jungen das Klopapier gestohlen hatten, stärkte ihm den Rücken, indem er demonstrierte, wie es in seinem Kabuff aussah, die meisten hatten Ähnliches zu berichten, von Schikanen durch das Barackenpack, Einbrüchen, gestohlenen Rädern, Schneebällen und Steinen gegen die Fenster, beschädigten Autos.

Einige Mütter erklärten, sie trauten sich nicht mehr, ihre Kinder nach Einbruch der Dunkelheit auf die Straße zu lassen, andere Frauen behaupteten, sie wagten sich selbst nicht mehr hinaus, und dabei stellte sich heraus, daß eine der Mütter nicht nur ihre Kinder drinnengehalten hatte, sondern selbst kaum einen Fuß vor die Haustür zu setzen gewagt hatte, seit sie in den Block einzog, weder tags noch nachts, aus lauter Angst vor der Bosheit des Barackenpacks.

Ein ironisch grinsender Schauspieler bat, man möge sich doch zusammenreißen, es würde ja die reinste Farce. Er lachte die Mütter aus, die ihre Kinder nicht nach draußen ließen.

– Typische Hysterie!

– Was? Willst du etwa, daß deine Kinder mit diesem Pack zusammenhängen?

Was ihn betraf, hatte er dagegen nichts einzuwenden, letzthin war sein ältester Sohn sogar mit einigen von den Barackenjungs heimgekommen zum Kakaotrinken.

Tja, dann wäre es auch kein Wunder, wenn seine Kinder scharenweise aus der Schule nach Hause geschickt würden, weil sie Läuse hatten! meinten die Mütter.

Scharenweise sei wohl übertrieben, so viele hatte er schließlich nicht; allerdings sei richtig, daß sein zweiter Sohn einmal eine Laus gefangen hatte, aber das erscheine ihm doch harmlos, man konnte sie in wenigen Minuten auswaschen mit dem Mittel, das man in jeder Apotheke bekam.

Das Ganze entwickelte sich zu einem lautstarken Streit. Der Schauspieler wurde als Verräter und Fürsprecher jener Trunkenbolde und Kaffer bezeichnet, er wiederum behauptete, die Leute aus dem Barackenviertel seien auch nicht schlechter als viele, die in vornehmen Häusern wohnten und ehrenvolle Titel besäßen. Zum Beispiel Karolina, die Wahrsagerin, eine ausgezeichnete Hellseherin und eine solide, saubere Frau ...

An dieser Stelle griffen einige besonnene Männer ein und stoppten diesen Streit, der zu nichts führte. Sie meinten, man könne die Dinge von zwei Seiten betrachten, einerseits sei es eine unleugbare Tatsache, daß das Zusammenleben mit den Leuten im Barakkenviertel schwierig sei, fast unerträglich zu nennen, etwa dieser unaufhörliche Kohlerauch, der es einem unmöglich machte, ein Fenster zu öffnen oder an schönen Tagen die Sonne zu genießen, andererseits sollte man sich doch in acht nehmen und die Einwohner des Barackenviertels nicht in Bausch und Bogen verdammen, viele lebten an der Armutsgrenze, und es gebe auch gebildete, anständige Leute unter ihnen wie etwa Tomas, den Kaufmann und Anwalt der Jugendmannschaft, und nicht zu vergessen Karolina, seine Frau.

Ergebnis der Diskussion war schließlich, daß eine Delegation aus dem Block Karolina und Tomas zu einem Gespräch aufsuchen sollte, man würde versuchen, Vereinbarungen zur Verbesserung des Zusammenlebens zwischen den Einwohnern der Blocks und denen des Barackenviertels zu erreichen. Als Deputierte wählte man den Kassierer des Nationaltheaters und einen Schriftsteller, der sich mit historischen Stücken in volkstümlichem Stil einen Namen gemacht hatte.

Als die Kumpane ihre Zeitungen ausgetragen hatten, beulte sich Grjonis Hosentasche vor lauter glänzenden Kronenstücken. Sie beschlossen, zum Konsum hinüberzugehen und sich einen schönen Tag zu machen.

Im Konsum packte man eben eine Sendung Weintrauben aus; eine extrem teure Luxusware, die nur äußerst selten im Land auftauchte. Die Jungen hatten noch nie Weintrauben probiert, doch der Name schien ihnen vielversprechend, und sie kauften eine ganze große Papiertüte dieser Leckerei, gingen nach draußen und setzten sich auf den Bürgersteig, um die Beeren zu verschmausen. Ein alter, lehmbespritzter Landrover mit Anhänger hielt auf dem Vorplatz. Der Bauer zockelte in den Laden um Schnupftabak, während ein paar ländlich aussehende Kinder sich die Nasen an den Wagenfenstern plattdrückten.

Die Jungen konnten den Weintrauben nichts abgewinnen; als sie vier oder fünf gegessen hatten, verloren sie die Lust auf mehr. Sie spazierten hinüber zum Wagen und boten den Landkindern davon an; die naschten und schmatzten von der Köstlichkeit und ihre unschuldigen Augen glänzten, sie starrten mit verlangenden Blicken die Tüte an, wagten aber nicht, um mehr zu bitten; Grjoni reichte ihnen die Trauben und meinte, die könnten sie alle behalten.

Als der Bauer wieder erschien, saßen die Kinder freudestrahlend mit der Tüte in der Mitte und klebten vor Traubensaft. Er stierte verblüfft und fragte irgendwas, woraufhin sie überglücklich auf Grjoni zeigten. Der Bauer öffnete die Wagentür und betrachtete zweifelnd die geflickten, dreckigen Lumpen an den beiden.

– Hast du den Kindern das gegeben?

– Ja, uns hamse nich geschmeckt.

– Wo habt ihr die ganzen Trauben her?

– Im Laden gekauft.

– Da soll doch ... der Bauer bat sie zu warten und lief ins Geschäft, wechselte einige Worte mit der Verkäuferin und kam mit verwirrtem Gesicht wieder zurück.

– Ja, das war aber nett von dir, mein Freund, wo seid ihr zu Hause?

Sie wiesen auf das Barackenviertel, und der Bauer rieb sich verlegen die Wange.

– Verkaufst du den Anzeiger?

– Keiner mehr da.

– Ja, ich meinte bloß so, mein Freund; er trat eine Weile von einem Fuß auf den andern, rollte dann die Plane vom Anhänger, hob einen großen Sack Kartoffeln heraus und sagte zu Grjoni:

– Hier, bring das deiner Mutter nach Hause, mein Freund. Er legte noch ein paar Rüben für Baddi in eine Tasche, damit der auch was bekam.

Dann fuhr er ab, und die Kinder winkten den Jungen aus dem Rückfenster nach, bis der Rover verschwand. Die beiden machten sich auf den Heimweg mit dem zentnerschweren Sack zwischen sich.

Tommi rückte ständig seine Hosen zurecht, besonders während er mit jemandem sprach; regelmäßig ließ er seine weite Hose bis auf die Oberschenkel herunter, legte die Hemdzipfel zusammen, so daß sie glatt auf der Unterhose anlagen, zog dann am Gürtel wieder hoch und knöpfte zu. Er furzte auch viel, war jedoch so wohlerzogen, daß er immer gleichzeitig hustete, um den Laut zu übertönen: Häkrmmm-mrr!

Manche reiben sich die Wangen oder gestikulieren, wenn sie mit jemandem reden, Tommi rückte eben seine Hosen zurecht.

Als Baddi mit den Rüben in die Küche kam, standen die beiden Delegierten aus dem Künstlerblock da und schauten leicht verlegen zu, wie Tommi sich gürtete. Wahrscheinlich hatte der Alte außerdem noch Verdauungsbeschwerden, denn er bellte gleichzeitig seinen tiefsitzenden Husten. Man versuchte, das Problem zur Sprache zu bringen, aber da die Künstler sich hochgestochen ausdrückten und wie in einem Slalom alles vermieden, was den Kern der Sache betraf, kam keine richtige Verständigung zustande; schließlich nahm Lina die Sache in die Hand, sie ließ sich lang und breit über die Zustände früher und heute aus, beginnend bei der Dunkelheit in der menschlichen Seele und dem schädlichen Einfluß von Gespenstern und bösen Geistern; das Ganze würzte sie mit Exempeln aus eigener Erfahrung und der Geschichte ihrer Familie, und die Künstler lauschten gefesselt und verwirrt und vergaßen vollkommen ihr Anliegen und kamen erst wieder zu sich, als die alte Frau sie verabschiedete, nachdem sie dem Ehepaar mit Handschlag herzlich für die freundliche Aufnahme gedankt hatten, obwohl ihnen noch nicht mal ein Stuhl angeboten worden war, geschweige denn irgendwas anderes; erst auf dem Weg nach Hause wachten sie wieder auf, als der Kassierer des Nationaltheaters sorgenvoll überlegte, was man denn den anderen Blockbewohnern von diesen Verhandlungen berichten sollte; der Bühnenautor war besser aufgelegt und dachte bei sich, die Alte könnte ihm sehr wohl Stoff und Ideen liefern und irgendwann müßte er sie noch einmal besuchen, mit Papier und Bleistift, oder am besten mit Tonbandgerät.

Am Küchentisch diskutierte man über den ungültigen Weltrekord. Tommi sagte, er habe immer gewußt, daß Hreggvid keine Leuchte sei, aber daß der Kerl sich einbildete, er könnte jemandem weismachen, ein solcher Trunkenbold wie er, der noch keine sechzehn Meter warf, sollte plötzlich die Kugel fast neunzehn Meter stoßen, das wäre nun der Gipfel! Der Weltrekord, von irgendeinem Amerikaner gehalten, stand bei 18,12 Meter! Man stelle sich das vor! Jetzt würde der Ärmste seine Dummheit mit lebenslänglichem Wettkampfverbot bezahlen!

Die Jungen konnten an nichts anderes mehr denken als an dieses Ereignis. In der einbrechenden Dunkelheit schlichen sie durchs Viertel und um die Hreggvidbaracke herum und versuchten, irgendwie in Kontakt mit der spannungsgeladenen Atmosphäre zu kommen, die nach ihrer Meinung drinnen herrschen mußte, doch sie hörten nichts — Grabesstille, hin und wieder von einem Knarren unterbrochen, wenn jemand so schwer über den Fußboden ging, daß es schien, als breche die Baracke zusammen.

Zwischendurch trieben sie sich mit einigen anderen Kindern bei Hlyns Autowracks herum und durchwühlten sie, aber nachdem es finster geworden war, zog es sie wieder zur Hreggvidbaracke zurück, wo sie das Ohr an die dünne Bretterwand legten, jedoch nichts hörten außer dem gleichen dunklen Schweigen.

In der Ecke draußen hinter dem Klosett war der Kies schwarz, wahrscheinlich weil die Shelltonne unter dem Sitz leckte und ihr Inhalt durch die Bodendielen sickerte; als die Kumpane dort herumschlichen, stießen sie auf ein Lebewesen, das gegen die Klowand lehnte. Zuerst glaubten sie, es wäre vielleicht Hreggvid, aber es war bloß Diddi, Grjonis Bruder. Grjoni zog ihn auf die Beine und schüttelte ihn, Diddi reagierte prompt und schnappte sich den Dolch aus der Pfadfinderhütte, den Baddi immer noch am Gürtel trug. Mit vorgerecktem Messer lief er los, kam aber nicht weit, da die beiden Kumpane ihn ansprangen und gezwungen waren, ihn zu ohrfeigen und zu prügeln, bis sie ihm die scharfe Waffe entreißen konnten; Grjoni hatte einen Schnitt über die Hand abbekommen, ignorierte das jedoch wie manches andere auch, legte sich den brüllenden Jungen über die Schulter und trug ihn nach Hause in die Baracke zu seiner Mutter, die alkoholdünstend und sorgenvoll auf sie wartete.

In der Küche des Alten Hauses saß Greta, Hreggvids Frau, mit ihren Töchtern, rauchte eine Zigarette nach der anderen und redete in einem fort über die abwegigsten Themen, traute sich nicht heim, weil sie fand, Hreggvid wäre in so eigenartiger Stimmung.

Baddi legte sich drinnen in der Stube aufs Sofa und hörte dem alten Tommi zu, der Danni die Geschichte von einer Tänzerin erzählte, die er in Griechenland getroffen hatte, als er dort im ersten Weltkrieg gefangen war; in einer Seitenstraße von Piräus verlor Baddi den Faden und schlief ein, dreckig und zerzaust, und immer noch in Gummischuhen.

Eine gefrorene Blutlache, und gackerndes Gelächter in den Flammen

Und rings herum tobt das lärmende Gewimmel
Der schmutzigen, derben, nicht umzubringenden Kinder
der ganz Armen.
Ihrer wird die Erde sein.
Ezra Pound

Am Tag, an dem der kleine Diddi sich den Hals durchschnitt, hatten die großen Jungen offenbar an einem Anfall von Edelmut gelitten, denn sie erlaubten den kleineren Rotznasen, sie auf einer grandiosen Erkundungsfahrt runter zum Hafen zu begleiten. Diddi war ebenfalls eingeladen worden, reagierte jedoch nicht einmal, als Grjoni ihn animieren wollte mitzukommen. Grjoni hatte der Mutter versprochen, Diddi nicht ständig auszuschließen, er sagte, es läge überhaupt nicht an ihnen, Diddi wär eben ein Muffel.

– Du Muffel, sagte Grjoni zum Abschied, als er und Baddi mit Bruder Danni und Fias Gosi im Schlepptau abzogen.

Es war März. Thorgunn arbeitete an jenem Tag im städtischen Fischexportbetrieb, mit ihrer Gesundheit stand es nicht zum besten, und es war kalt draußen, so kalt, daß auf dem Barackenboden die Blutlache, in der die Leiche lag, schon gefroren war, als sie heimkam.

Thorgunn brach nicht sofort in Tränen aus, sondern lief auf der Stelle ins Alte Haus, sie war weder bleich noch stumm, noch vor Schrecken erstarrt, lediglich erregt; redete konfus, als hätte man sie im Milchladen um zehn Kronen betrogen. Lina ging hinüber in die Baracke, schaute sich um und schickte nach Tommi, er schloß auf der Stelle den Laden und kam heim.

Thorgunn hatte keine Ruhe; es war wohl Zeit, ihre beiden Mädchen abzuholen, die tagsüber von einem Arztehepaar aus der Innenstadt betreut wurden; sie hüteten deren Kinder und erledigten Besorgungen, bekamen zwar kein Geld dafür, aber genügend zu essen, und im Haus des Arztes hatten sie es warm. Der Krankenwagen war schon auf dem Wege, ebenso die Polizei und außerdem Herren in Tuchanzügen von irgendeinem Komitee. Lina sagte zu Thorgunn, sie müsse warten, schickte Dolli nach den Mädchen und schärfte ihr ein, mit ihnen zu Verwandten von Grettir zu gehen und gut auf sie aufzupassen, bis man sie abholen würde.

Zwei Sanitäter trugen den blauweißen, starren Leichnam des Jungen hinaus, Lina brachte Kohlen und heizte ein und fing an, den Boden zu schrubben, während Tommi Thorgunn begleitete, die herumgeführt wurde und Hunderte von Fragen gestellt bekam. Sie beantwortete alle schnell, fast hektisch, aber irgendwie so, als rede sie über Salzfisch oder das Wetter oder ähnlich banale Dinge; zudem vergoß sie nicht eine einzige Träne, erst als der Mann mit dem Hut geradeheraus sagte, als dächte er laut vor sich hin, man sollte diesen Hausstand wohl besser auflösen. Da geriet sie außer sich, schrie unverständliches Zeug, hängte sich an Tommi wie ein kleines Mädchen an den Vater und flehte ihn an, er möge doch dafür sorgen, daß man ihr nicht die Kinder wegnähme.

Tommi hatte selbst einen Kloß im Hals, fand, er wäre nicht der richtige Mann für solche Sachen, könne damit nicht umgehen, sagte aber ja und doch und ich werd's versuchen meine Liebe, als Thorgunn ihn bat, ihr auf Ehre und Gewissen zu versprechen, daß sie ihre Kinder behalten dürfe.

Sobald sich die Gelegenheit bot, drängte Lina den Mann, der zu Thorgunn gemeint hatte, man müsse den Hausstand auflösen, in eine Ecke. Lina nahm ihn ins Gebet, sagte, Gott würde die Schwachen rächen; zwei Polizeibeamte, die dabeistanden, nickten und meinten, es wäre vielleicht wirklich nicht angebracht, so brutal mit einer Frau umzuspringen, die eben auf solche Weise ihr Kind verloren hätte; Lina fuhr fort, den Mann zu beschimpfen: Er wäre ein »perverses Schwein und ein Dreckskerl und seine Frau eine Nutte mit einem Loch wie ein Müllwagen«.

Ziel der jugendlichen Forschungsreise zum Hafen war das Warenlager der Dampfschiffahrtsgesellschaft, wo sie einiges Wertvolle an Land zu ziehen gedachten; die jüngeren standen Schmiere und krochen durch die engen Ritzen, alles lief hervorragend, und womöglich wäre die Sache nie herausgekommen, wenn nicht das ganze Viertel von Polizei und Beamten gewimmelt hätte, als sie in der Dunkelheit um die Ecke von Hlyns Baracke bogen und Säcke und Kisten unter den Wracks verstecken wollten; plötzlich standen sie im grellen Licht zweier Taschenlampen. Baddi und Grjoni versuchten zu entkommen, wurden aber energisch gepackt und in einen Wagen gestoßen; sie spuckten große Töne, als man sie fragte, woher sie das Zeug hätten, als jedoch klar wurde, wer Grjoni war, standen die Polizisten rot und verlegen da; nachdem sie sich unter der Mütze gekratzt hatten, riefen sie den alten Tommi, der ankam und Baddi befahl, er solle auf der Stelle in die Küche gehen und dort warten, leise und nicht unfreundlich, aber mit einer gewissen ungewöhnlichen Festigkeit, so daß Baddi es vorzog, ohne Umschweife zu gehorchen, obwohl er bereit gewesen wäre, sich Tag und Nacht mit Grjoni zusammen verhören zu lassen und nichts zu gestehen. Es hätte auch nichts genutzt, weil Danni draußen an dem Autowrack, wo sie geschnappt worden waren, heulend die ganze hübsche Geschichte auf einmal auspackte. Gosi wurde von der Polizei nach Hause in den Block eskortiert, wo Fia ihn mit einem nassen Scheuerlappen empfing und ihn für den Rest des Winters zu Hausarrest verdonnerte.

Grjoni wollten die Männer irgendwo unterbringen, aber Lina sagte, er bliebe bei ihnen. Man fragte Thorgunn nach ihren Töchtern, sie wies auf Tommi, der seine Hosen richtete, und auf Lina, aber die trauten sich die Herren in den Tuchanzügen nicht noch einmal zu fragen.

Thorgunn blieb die Nacht über im Alten Haus. Als sie schließlich einschlafen konnte, warf sie sich unruhig hin und her und erwachte bald wieder unter Seufzern, bis Lina ihr endlich am frühen Morgen befahl, sich am Riemen zu reißen. Wenn Tommi versprochen hätte, dafür zu sorgen, daß ihre Familie zusammenbliebe, dann würde er auch sein Wort halten ...

Es gab etwas, worüber man nie sprach; Lina sagte, sie wolle die Geister der Vergangenheit nicht heraufbeschwören, und Tommi begnügte sich mit Geschichten von Tänzerinnen in fremden Hafenstädten, wenn sein Verhältnis zu Frauen aufs Tapet kam; nach langen Auseinandersetzungen, in denen Lina ihm im Laufe der Zeit immer öfter zusetzte, er behandele Baddi nicht liebevoll genug, so ein empfindsamer Junge, und Tommi sich zermürbt den Kopf hielt und nur noch seine Ruhe haben wollte, — dann sagte er schon mal, vielleicht bloß so vor sich hin oder zu Danni: – Denk mal, mit dieser Frau bin ich jetzt jahrzehntelang verheiratet, und trotzdem hab ich sie nie geliebt.

– Na, wieso hast du sie dann geheiratet?

– *Das* ist eine ganz andere Geschichte.

Das alte Ehepaar machte sich offenbar Gedanken darüber; im Traum oder Wachen kehrten sie wieder, in Tagträumen oder hie und da in einem halben Satz zwischendurch über etwas ganz anderes, obwohl das Ganze verwirrend war und schwer zu verstehen . . .

Dieses schreckliche Leben damals, und dieses Haus, wo die Schwestern gewohnt hatten; in einem Artikel über Prostitution und Alkoholmißbrauch in der Stadt deutete eine Zeitung an, es handele sich fast um ein Hurenhaus, jedoch dürfe man der Angelegenheit nicht weiter nachgehen, weil alle möglichen ehrenhaften Bürger dort verkehrten; es war eine kleine Stadt und alle kannten die Schwestern, dieses liederliche Pack, diese zauberkundigen Huren mit ihrer todkranken Mutter und den unehelichen Kindern, die mal mehr, mal weniger wurden; nicht immer hatte man Geld für die Beerdigungen, wie damals, als die Mutter im stillen verstarb und der Leichnam fünf Wochen in der Hütte stehenblieb, bis ein junger hilfsbereiter Kommis auftrat und das Geld für Grab und Pfarrer vorstreckte, ein gefälliger Kommis, fröhlich und weit herumgekommen, ein Bohemien und Säufer zu jener Zeit, er tanzte und sang und gewöhnte sich an, die Schwestern in der Hütte zu besuchen, in diesem gastfreundlichen Haus, das den Trawlerfischern und Vagabunden Annehmlichkeiten bot, allerdings machten die auch Radau und das Ganze war anstößig, und Klagen regneten auf die städtischen Behörden hernieder über diese halbverrückten Schwestern, eine Schande für sich selbst und ein Ärgernis für andere, und man sollte ihnen die Kinder nicht lassen; andererseits klagten die Schwestern ebenfalls und machten Scherereien und standen mit ihrer Kinderschar, umgeben von stierenden Zuschauern, vor der Tür des Stadtamtes und schrien und bezichtigten die Beamten, diese diebischen Geier, sie würden die Alimente und das Kindergeld stehlen, und sie riefen Gott und den Teufel zu Zeugen an, besonders die Älteste mit der kleinen Grima Olina, welche ständig lächelte und lachte trotz ihres Namens, und all die wilden Prügeleien, und Weinen und Rufen und Saufgelage und Polizei, und die jüngste Schwester starb im Kindbett, der Amtsarzt kam und meinte, das ginge nicht so weiter, aber das Sozialamt war arm und nichts geschah, erst als die Nachbarn Unterschriften sammelten und Aktionen forderten, da war die mittlere Schwester schon nach Norwegen verzogen und die jüngste gestorben und nur Karolina noch übrig, entschlossen, nicht aufzugeben, und sie blieb keinem eine Antwort schuldig, und da sagte man, sie sei durchgedreht und eine Gefahr für die Umgebung, wenn sie mit der kleinen Gogo und den Kindern ihrer verstorbenen Schwester durch das Viertel zog und bei den Leuten anklopfte, welche die Klagen aufgebracht hatten, sie beschimpfte und verfluchte und Gottes Rache beschwor, und das Jugendamt beschloß, ihr die Kinder zu nehmen, Lina in einer Anstalt unterzubringen und die Hütte abzureißen, und die Freunde und Besucher flohen und verließen das sinkende Schiff, alle, alle außer Tomas, dem Kommis und Weltwanderer, der jünger war als Lina, jedoch die Familie retten wollte und von Pontius zu Pilatus lief und versuchte, die Sache offen und ehrlich auszuhandeln: sie wäre nicht verrückt, diese Frau, nur eigensinnig, und sie liebte all ihre Kinder und sorgte für sie, aber die Behörden wiesen ihn ab und hatten genug von der Sache und kümmerten sich nicht darum, daß der junge Mann Bürgschaft übernehmen wollte und Geld herbeischaffen, um die Familie zu erhalten, und kein Weg schien gangbar, kein Ausweg, außer – außer einem, sagte der rothaarige Sekretär des Stadtamtmannes; wenn du die Frau heiratest, können wir nichts mehr gegen sie unternehmen ...

Und ebenso gelang es Tommi, irgendwie zu verhindern, daß man Thorgunns Heim auflöste, sie durfte weiter in der Baracke wohnen mit ihrem Grjoni und den beiden süßen Töchtern, die Dolli und Grettir wie glückliche junge Eltern am nächsten Tag zurückbrachten, nachdem Diddi Traustason im Beisein weniger Trauergäste beerdigt worden war. Dann kamen Handwerker und legten einen neuen Fußboden in die Baracke und dichteten ab und isolierten, und Lina schenkte einen Wollteppich und ein Abonnement vom *Morgenblatt,* und Dolli schenkte den Mädchen, neun und zehn Jahre alt, Kleider und Süßigkeiten und nahm sie mit ins Kino und band ihnen Schleifen ins Haar, und sie strahlten vor Freude und wären am liebsten für immer bei ihr geblieben. Denn nach alldem wurde Thorgunn nie wieder richtig normal, obgleich alle versuchten ihr zu helfen, Tommi persönlich am Ende jeden Monats ihre Schulden in seinem Laden beglich; Thorgunn, die immer so tüchtig gewesen war, hatte zu nichts mehr Lust, hing nur herum und starrte in die Luft und seufzte, außer wenn sie trank, und sie machte nicht länger ein Geheimnis daraus, kaufte sich hin und wieder eine Flasche, wurde davon aber nicht fröhlich oder sang wie Hreggvid der Kugelstoßer, sondern erregt und jähzornig, und entweder umarmte sie die Kinder dann heulend, bis sie fast erstickten, oder warf sie hinaus, recht absonderlich war sie geworden! Grjoni fand das alles unerträglich und ließ sich so selten wie möglich zu Hause blicken, schlief jetzt in der Waschküche vom Alten Haus. Rollte sich neben den Katzen zusammen. Bis Tommi eines Morgens zu ihm ging und fragte, ob er nicht lieber hereinkommen wolle, und Grjoni ließ sich in einem der Wandschränke nieder, der daraufhin den Namen Grjonischrank erhielt, fast ein Tresor; die Familie wohnte schon mehrere Monate im Alten Haus, bevor sie entdeckten, daß es da einen Schrank gab. Und wenn auch die Jahre vergingen und er der Taube Grjoni werden sollte, Grjoni Traustason, der landesweit bekannte Verbrecher, so vergaß er doch nie seine

Wohltäter in Alten Haus und beging sein Leben lang unzählige Raubüberfälle und Einbrüche, um seine Schuld abtragen zu können.

Grjoni wohnte ein gutes Jahr im Grjonischrank, bis er fünfzehn war und den Bus nach Norden nahm und auf einem Heringsschiff anheuerte. Baddi sagte, er wolle ebenfalls hinaus ins Land, um zu arbeiten, aber natürlich ließ die alte Wahrsagerin es nicht zu, daß das Kind anfing zu malochen.

Thorgunn war ins Spital gekommen und ihre beiden Töchter auf eine Heimschule, Dolli hatte keine Zeit, sie zu vermissen, denn sie erwartete ein Kind und hatte so massive Schwangerschaftsbeschwerden, daß sie allmählich ängstlich und nervös und unsicher wurde.

Es schien, als würde Dolli ebenso fruchtbar wie ihre Mutter Gogo; sie setzte Zwillinge in die Welt. Junge und Mädchen. Abgesehen davon passierte nicht viel. Keine großen Neuigkeiten. Harter Kampf im Winter, doch hin und wieder warme Sommer. Die Geschichte mit Diddi geriet schnell in Vergessenheit. Im Grunde war nämlich niemand überrascht gewesen. Niemand fragte im nachhinein verwundert: – Was ist dem Diddi denn bloß eingefallen? Ich versteh das einfach nicht! Keiner sagte so was. Es kam, wie es kommen mußte, murmelten die Leute und dachten bald an etwas anderes.

Zu denken gab es genug. Manche wunderten sich über Grjoni, er schien die Sache so kaltherzig aufzu-

nehmen. War dem Jungen das egal? Die Leute versuchten seinen Sinn zu mildern, ihn weicher zu stimmen, das ganze Viertel. Er reagierte auf nichts. Die Frauen steckten ihm Kuchen zu und wollten ihn auf einen Schluck Kakao hereinbitten, doch er zeigte ihnen die kalte Schulter. Überheblich sondergleichen! Den Kuchen nahm er an, machte sich aber sofort davon, anstatt in Tränen auszubrechen, wenn man ihn mit sanfter Stimme fragte, ob es nicht schrecklich sei, den kleinen Bruder auf diese Art und Weise zu verlieren. Wo ihr beiden euch doch *so* gut verstanden habt! Ich erinnere mich noch, wie ihr vor Jahren hier in die Schule gekommen seid! Grjoni erinnerte sich ebenfalls. Doch er schwieg. Sogar frech wurde er; viele waren Zeuge, wie Hlyn ihn von der Garagentür aus ansprach, das alte Werg in den Händen, und anfing:
– Hör mal, mein lieber Grjoni, der Diddi, dein verstorbener Bruder . . .? Da zischte Grjoni:

– Er war bloß ein Schlappschwanz!

Ja! Einfach so. Wenn das nicht schändlich ist! Zu Tommi meinte Grjoni ebenfalls, Diddi sei ein Jammerlappen und ein Schlappschwanz gewesen, indes erzählte Tommi es nicht herum.

Nein, Grjoni war bestimmt kein Schlappschwanz, ganz im Gegenteil, er war brutal. Hatte sich immer schon gern geprügelt, aber mit der Zeit entwickelte er sich zu einem gehässigen Sadisten. Schlug und trat, sogar kleine Kinder. Teufelsbengel, vergriff sich an Kleineren, kein Wunder, daß es ihm nicht gut ergehen sollte, gefühllos wie er war. Er blieb der gleiche harte Brocken, niemand sah ihn je weich werden, außer vielleicht Baddi, später, als sie mit Saufen angefangen hatten; wenn sie völlig hinüber waren, konnte es geschehen, daß in Grjonis Augen das Wasser stand und er vieldeutige Sätze von sich gab über die Vergangenheit, die Schleusen öffneten sich, und eine dunkle, tiefe Seele schimmerte durch.

Andernorts im Viertel machte man sich ebenfalls Sorgen, häufig geschahen schlimme Dinge. Saeunn die Katzennärrin war meistens nicht glücklich. In Wirklichkeit war sie eigentlich nie so recht glücklich, die arme Frau, nicht seit Högni, ihr Mann, sie wegen einer anderen verlassen hatte, vor vielen Jahren. Das schien ihr aufs Gemüt geschlagen zu sein, in regelmäßigen Abständen bekam sie nämlich Anfälle, dann rief sie Högnis Namen, schrie derartig, daß den Viertelbewohnern die Ohren klangen. Högni erschien ihr in der Baracke, sie sah ihn in der Baracke auf einem Hocker sitzen, auf der Bettkante, sogar an der Lampe hängen. Und sie schrie. Manchmal stundenlang. Und wenn sie schließlich aufhörte, seinen Namen zu rufen, war der Anfall nicht etwa schon vorbei, denn dann fing sie an zu lachen. Ein Gewieher, ein langes, schneidendes Lachen wie eine böse Fee im Märchen, wie ein Irrer im Kinofilm, so ein Lachen, das es eigentlich nirgendwo gibt außer in Volkssagen und Gruselgeschichten. Es hätte gut gepaßt, wenn Saeunn die Katzennärrin rabenschwarzes wildes Haar gehabt hätte, ein fahles Gesicht, glühende Augen, angekettet und mit einem schwarzen Kater auf der Schulter.

Aber so war sie nicht. Sie sah eben aus wie eine ganz gewöhnliche isländische Hausfrau, jemand, der sie nicht kannte, hätte vermutet, sie wäre nicht mehr und nicht weniger als eine Mutter aus dem E-Block, lebte harmonisch mit ihrem Bügelbrett und ihrer Wäsche und versorgte ihren schwer arbeitenden Mann und die drei Kinder im Schulalter mit Schüsseln voll Cornflakes.

Nicht so Saeunn. Überdies hatte sie keine große Familie zu versorgen, nur ihre Katzen, und dann ihren einzigen Sohn: Bard. Bard war gleich alt wie Dolli, doch genau wie der selige Diddi spielte er nie mit anderen Jungen.

Tatsächlich hatte Högni seine Frau betrogen und sich davongestohlen, als sie damals gerade Bard zur Welt brachte. Saeunn zog ins Barackenviertel, gleich als es für die armen Leute frei wurde, und begann, streunende Katzen zu sammeln. Damals war Bard knapp elf.

Alle waren sich einig, er wäre ein guter Junge, der Bard. Gutmütig und geduldig seiner Mutter gegenüber. Obwohl ein Einzelgänger und Melancholiker. Vielleicht auch deswegen, weil er so merkwürdig aussah. Mit siebzehn hatte er bereits eine Glatze. Nicht ganz kahl wie nach einer Krankheit, lediglich eine gewöhnliche Halbglatze wie ein vierzigjähriger Bankangestellter, die Stirn reichte bis zum Wirbel, darunter ein ordentlicher Haarkranz, blond. Gleichzeitig wuchs ihm der Bart, ein heller, gepflegter Bart um den Mund, wie einem Gymnasiallehrer. Abgesehen von der Glatze und dem Bart sah dieser siebzehnjährige Junge nicht besonders frühreif aus, sondern fast wie ein Konfirmand, klein und dünn, mit weichen Linien; sein Bart sproß auf einer bleichen, kindlichen Haut. So war er mit siebzehn und so sollte er die nächsten Jahrzehnte bleiben. Hätte jemand raten wollen, wie alt Bard war, hätte er ebenso gut fünfzehn wie fünfunddreißig sagen können. Dazwischen kam nichts in Frage.

Bard benahm sich hervorragend, war höflich und intelligent und die Ehrlichkeit selbst; die Zuverlässigkeit in Person, wie die Frauen im Viertel es ausdrückten. Einmal fand er im Milchladen fünf Kronen auf dem Boden, da faßte er die Frau vor sich in der Reihe höflich am Ellenbogen und sagte: – Habt Ihr das verloren, meine Dame?

Habt Ihr das verloren, meine Dame?

Den Frauen schossen die Tränen in die Augen. Ja, der hätte nun was Besseres im Leben verdient, der Bard. Was Besseres, als alle Tage bei seiner Mutter zu hängen, die in der Baracke ihre Anfälle bekam. Wenn das geschah, saß er gebeugt auf einem Hocker oder Schemel und starrte auf die Bodenbretter und wartete, daß der Anfall vorüberging. Zusammen mit den verwilderten Katzen, die sich zu Dutzenden bei ihnen herumtrieben, in der Küche, im Schlafzimmer, in der Stube — oder wie immer man diesen einen Raum in dem Teil der Baracke, der ihnen gehörte, auch nennen wollte. Die Katzen schienen sich bereits an die Rufe und das Lachen von Saeunn gewöhnt zu haben. Wußten genau wie Bard, es würde vorübergehen.

Möglicherweise haben Saeunn die Katzennärrin und Bard Högnason nichts mit der Sache zu tun, wenn man überhaupt bei der Geschichte von der Familie im Alten Haus von einer *Sache* sprechen will. Außer vielleicht in der Weise, daß Lina und Tommi Saeunn häufiger etwas zukommen ließen, hauptsächlich Fisch und Essensreste für die Katzen, wenn kaltes Wetter herrschte und wenig Mäuse oder Ratten zu finden waren. Und wenn die Jungen aus dem Viertel mit ihren Angeln eine Expedition runter zum Hafen starteten, brachten sie Saeunn abends eine Tasche voll Seeskorpione und Dorschjungen mit, falls ihnen das Anglerglück hold gewesen war. Weihnachten kam eine Abordnung aus dem Alten Haus mit Türkranz und einem Christbaumstrunk zu Saeunn wie zu anderen Barackenbewohnern auch.

Es war das vierte Weihnachtsfest in der Geschichte des Alten Hauses. Bard und Saeunn beklebten die Barackenwände mit Zeitungen, als Tapete und zur Isolierung. Man mußte diese Wandverkleidung häufig erneuern; sie zerriß, wenn der Wind durch die Ritzen im Wellblech pfiff, wurde naß und schlappig durch Regen und Feuchtigkeit. Dann rührten Bard und Saeunn in einem Eimer Mehlkleister an, und neue Zeitungen wurden mit der Bürste an die Wände geklebt. Daraus bestand ihre Weihnachtsvorbereitung am Heiligabend, und sie waren mitten in ihrer Kleisterei, als Saeunn plötzlich Högni gewahr wurde.

Sie rief ihn und lief ihm nach, doch er entschlüpfte. Sie versuchte, mit der Bürste nach ihm zu schlagen, aber das nützte ebensowenig. Bard beschwor seine Mutter, mit dem Rufen aufzuhören und sich zu beruhigen, wußte jedoch aus Erfahrung, wenn er damit nicht gleich in der ersten Minute Erfolg hatte, war die Sache hoffnungslos. Dann blieb nichts übrig, als auf dem Hocker zu sitzen und abzuwarten. Dort hockte er bewegungslos, als Dolli und Tommi mit dem Weihnachtsschmuck erschienen, während Saeunn vom Rufen zum Lachen umschaltete. – Armer Junge, sagte Tommi, er war selbst dem Weinen nahe. Leise fragte er Bard, ob er nicht ins Alte Haus zum Weihnachtsessen rüberkommen wolle, er sei herzlich willkommen. Doch Bard schüttelte den Kopf, schüttelte die Glatze, er wollte bei seiner Mutter bleiben. Saß da und wartete mit der Kleisterdose zwischen den Füßen, wie ein Anstreicher, der eine kleine Pause macht. Wahrscheinlich dauerte seine Pause bis zum Weihnachtsmorgen, da Saeunn die ganze Nacht lachte, die ganze Weihnachtsnacht hallte ihr gellendes Lachen durch das Viertel. Gegen Morgen klang das Lachen allmählich anders. Dann Schweigen.

Saeunn bewohnte die eine Hälfte der Baracke neben Tommis Laden. In der anderen wohnte Höskuld der Taxichauffeur. Obwohl die Baracke am Rande lag, erhellte sie doch das ganze Viertel, den Abend, als sie abbrannte. Bard war damals dreißig, sah allerdings aus, als wäre er fünfzehn oder fünfunddreißig. An jenem Abend war er nicht zu Hause. Aber Saeunn war daheim und verbrannte mit ihrem gesamten Haushalt zu Asche und Staub. Was den Brand so geheimnisvoll und sagenträchtig machte, war die Tatsache, daß jede einzelne Katze lebend und unversengt entkam. Als hätte die Vorsehung alle diese Katzen in die Arme genommen und hinausgetragen, kurz bevor das Feuer sich an den Zeitungen auf den Wänden entzündete.

Höskuld der Taxichauffeur kam nach Hause, als die Feuerwehr soeben den letzten Wassertropfen auf das rauchende Wellblech schüttete, das flach und verbogen auf der Erde lag, wo die Baracke gestanden hatte. Höskuld betrachtete die Reste eine Weile, spuckte dann sein zerkautes Streichholz aus und fuhr weg. Bezog eine Suite bei der Heilsarmee.

Bard stand immer noch da, kalt um den Kopf, mit einer alten Mackintoshdose voller Nadeln und Zwirnknäuel und einem einzelnen grünen Hundert-Kronen-Schein. Die Dose war das einzige, was man aus dem Flammenmeer hatte retten können. In der Dose befand sich die Hinterlassenschaft seiner Mutter. Bard schaute zu Boden und starrte in die Dose, während kräftige Männer Saeunn aus den Barackenresten ausgruben. Er wußte, jetzt war es zu spät, seine Mutter zu beruhigen, das mußte sofort in der ersten Minute des Anfalls geschehen.

Hreggvid der Kugelstoßer hatte den Brand als erster bemerkt. Aber da er besoffen war, glaubte ihm niemand, als er behauptete, er habe Saeunns gackernde Lachsalven aus dem Flammenmeer dringen hören.

Mit der Gold-medaille auf der Brust

Muß es mir denn immer schlechtgehen?

Nein, während solch trauriger Phasen im Viertel war es vielen immerhin ein Trost, daß es auch sonnigere Zeiten gab, wie etwa in dem Jahr, als der FC Kauri zum ersten Mal eine Mannschaft zum Reykjavik-Fußballturnier für Jungen entsandte. Die *Volkszeitung* berichtet auf ihrer Sportseite von den Ausscheidungsspielen in der Gruppe der Jüngeren:

Nicht zuletzt in der vierten Gruppe fiel das Ergebnis unerwartet aus: FC Kauri, der jüngste Fußballverein der Stadt, errang einen deutlichen Sieg gegen die Mannschaft von Val. Der Sieg der Kauri-Jungen ist unter anderem deshalb bemerkenswert, weil dies das erste und einzige Turnier ist, an dem der FC Kauri bisher teil-

genommen hat. Der Verein wurde erst vor gut einem Jahr von einigen Einwohnern des Thulecamp gegründet, unter der Leitung von Tomas Tomasson, dem Kaufmann, und Hreggvid Bardason, dem Kugelstoßer.

Während des gesamten Finales konnte kein Zweifel daran bestehen, wer den Sieg nach Hause tragen würde. In der ersten Halbzeit schossen die blaugekleideten Kauri-Jungen drei Tore, das vierte fiel in der zweiten Halbzeit. Gegen Ende des Spiels hatte die Val-Mannschaft die Chance, durch Elfmeter zu verkürzen; der hochtalentierte Kauri-Torwart Ludwig Hansson klärte jedoch meisterhaft. Dieser junge Fußballverein scheint eine glänzende Zukunft vor sich zu haben, ausgestattet mit einer Reihe begabter Spieler. Neben dem bereits erwähnten Torwart verdient ihr Mittelverteidiger, der hochgewachsene, rothaarige Grjoni Traustason, einige Aufmerksamkeit, insbesondere bei weiterer Verfeinerung seiner Technik; schließlich Baddi Tomasson, Mittelstürmer, ein Meister des Hat-Trick, auf dessen Konto drei der vier Tore gingen. Besagter Baddi ist der Pflegesohn von Tomas Tomasson, dem Gründer des Vereins. Wir gratulieren dem FC KAURI zum Pokalgewinn.

Der Pokal war ein Wanderpokal, sollte nächstes Jahr an den kommenden Meister weitergegeben werden, er verschwand jedoch sehr bald, und Tommi mußte ihn ersetzen. Erst viele Jahre später, als Hreggvid seine Preisesammlung versetzte, fand er sich wieder.

Feiertagsstimmung herrschte im Viertel an dem Abend, als die Recken vom FC Kauri das Finale gewonnen hatten. Tommi beauftragte jemanden, das Vereinswappen auf eine Fahne zu malen, die man an eine lange Stange nagelte und über Tommis Laden wehen ließ. Gogo und Charlie waren zu Besuch im Alten Haus, und Charlie ging hinaus und photographierte die Mannschaft mit seinem Kastenapparat. Die übrigen Kinder aus dem Viertel durften mit auf das Bild, und alle grinsten sie bis über beide Ohren. Sogar Bard Högnason. Dann machte man ein zweites Bild mit den besten Spielern der Mannschaft und Tommi, Hreggvid, Hlyn und Höskuld. Das Gesicht von Hlyn wird von der winkenden Pranke des Kugelstoßers verdeckt; der Hüne bester Laune, im Unterhemd und mit feurigem Blick, Tommi neben ihm schaut weg und macht ein Gesicht wie immer, wenn er die Alkoholfahne riecht. Höskuld steht etwas seitlich, mit den Händen in den Hosentaschen, und spuckt durch die Zahnlücke. Diese Photos existieren nach wie vor, in einem Album, das im neuen, prächtigen Vereinshaus des FC Kauri am anderen Ende der Stadt aufbewahrt wird.

Toggi, der Seebär vom Trawler, war nicht mit auf dem Bild, weil er gerade Schiffsraketen besorgte; er kam mit einem ganzen Karton voll Knallern und Feuerwerk zurück, und die Jungen warteten Dunkelheit und Mitternacht ab, um sie abzuschießen.

Das Feuerwerk fand tatsächlich statt, obwohl inzwischen ein frischer Wind wehte und die Alten Herren des Vereins mit Ausnahme von Tommi und Toggi reichlich Schlagseite hatten. Man knallte weiter trotz des mißvergnügten Knurrens einiger Bewohner vom Künstlerblock, die befürchteten, daß die Funken durch das Fenster auf den Boden der guten Stube wehten. Das Fest dauerte bis spät in die Nacht, man intonierte die Kaurihymne, obwohl niemand mehr als die letzten beiden Zeilen kannte, und die verschiedensten Melodieversionen, gleichzeitig gesungen, beleidigten das musikalische Gehör der Blockbewohner:

Hoch leben Kauris Recken!!
In Spiel und Kampf und Sieg!
KauriRecken!! KauriRecken . . . !!!

Zu fortgeschrittener Stunde holte man die Polizei, damit die Künstler endlich schlafen konnten, doch die Männer mit den weißen Mützen hatten ausnahmsweise Verständnis für die Einwohner des Viertels, als sie den Grund des Festes erfuhren, außerdem bestand der Polizeitrupp aus dem harten Kern der Mannschaft, die im Frühjahr die Wasserballmeisterschaft der Betriebe und Behörden gewonnen hatte. – Vielleicht könntet ihr ein bißchen leiser sein, sagten sie halb entschuldigend und schienen rot zu werden, drehten die Mützen in den Händen und mochten wohl eine kleine Weile ihre Pflichten vernachlässigen und die Einladung zu Kaffee und Kuchen in der Küche annehmen. – Doch, sicher kennen wir Inspektor Gudlaug, sagten sie und nickten, ein feiner Kerl!, und für diesen Ausspruch handelten sie sich von Lina ein Lob und einen Klaps auf den Kopf ein, und sie verließen das Viertel mit Honneur und mit Sonne im Herzen.

Es waren keine unbedeutenden Leute, die da, elf Mann hoch, während der nächsten Tage durch die Straßen der Stadt stolzierten, alle mit einer Goldmedaille auf der Brust. Es waren die Reykjavikmeister der vierten Klasse, berühmt für ihre Ballbeherrschung. Wenn sie in andere Viertel kamen, begrüßte man sie statt mit Steinen und Drohungen einfach mit einer Herausforderung zum Spiel gegen eine Auswahlmannschaft der Jungen aus den umliegenden Straßen. Die Recken vom FC Kauri verloren kein einziges Spiel. Sie wurden sogar zu einem Trainings- und Wettkampflager nach Skandinavien eingeladen und kamen zurück, ohne einen einzigen Punkt abgegeben zu haben.

Jawoll!

Die Reykjavikmeister der vorausgegangenen beiden Jahre hatten von der Stadt einen Zuschuß für Auslandsfahrten bekommen (die Vorsitzenden beider Vereine saßen im Stadtrat). Die Forderung der Oppositionsvertreter, der FC Kauri habe gleiches Recht auf einen Zuschuß, mußte man als gerecht anerkennen (obwohl jemand während der Debatte äußerte, es käme ihm doch spanisch vor, wenn man den Einwohnern eines Viertels, wo die meisten von der Sozialhilfe lebten, eine Luxustour ins Ausland finanzierte ...).

Der Zuschuß deckte etwa die Hälfte der Kosten für eine Mannschaft und einige Begleiter, was fehlte, mußte der Verein selbst bezahlen. Einen solchen

Betrag hätte der FC Kauri nie aufbringen können, indes ginge die Rechnung auf, wenn Tommi allein mit den elfen fahren würde.

Lina wollte nicht, daß Tommi fuhr. Kam gar nicht in Frage, daß er sich absetzte; die Karten verkündeten Schlimmes. Beim Abendessen hielt sie die folgende Rede:

– Ich erinnere mich, als wir im unteren Haus am Felsenstieg wohnten, wo meine Mutter und die selige Gislina gestorben sind — öhpühh — da wollte ich von da wegziehen, aber Tomas hat die Wohnung im Kleinkotten 7c erst gemietet, als Dolli schon acht Monate war. Naja, lassen wir das; und dann arbeitet er bei Kristgeir, der Tomas, ihr erinnert euch an Kristgeir, den Reeder, und er will mit ihm reden, und er geht runter zu ihm, und ich fühl mich so, als müßte ich unbedingt was tun, als müßte ich Wäsche waschen, und da sag ich zu Silla, der Tochter von meiner Schwester selig, ich glaub, ich muß unbedingt waschen, sag ich, jaja! sagt sie, ja, aber ich will jetzt nicht in den Keller, ich werd hier im Flur bleiben, aber wenn du mir helfen willst, dann geh du in die Küche, sag ich, ich will jetzt nicht runter, und da kommt Tomas nach Haus und muß natürlich durch den Flur, wo ich stehe, und da sag ich, was wollte der Kristgeir von dir? Er wollte, daß ich die Loft übernehme, sein Motorboot, sagt er, ich sag, ich trau der Geschichte nicht ganz, doch als er dann weggeht ins Zimmer, da höre ich diese Stimme, so eine ganz sannnfte, milllde Stimme, und die sagt: JAAA — ICH SAG DIR,

WAS KRISTGEIR VON IHM WOLLTE. ER WOLLTE NICHT, DASS ER DIE LOFT ÜBERNIMMT, ER WOLLTE, DASS ER MAAT WIRD DRÜBEN IM OSTEN IM THORLAKSHAFEN! Das war nun was anderes, oder?

Dann ist das vorbei und die Stimme schweigt, und ich geh rein und sage, wo ist Tomas? Er steht in der Küche und kocht Kaffee, sagt Silla, da sag ich, was war los bei Kristgeir?, was hast du gesagt, wollte der Kristgeir von dir? Er sagt nichts. Uuuu, soll ich dir erzählen, was der von dir wollte, sag ich, und ich erzähl ihm das, und wenn du jetzt nicht die Wahrheit sagst, dann geh ich auf der Stelle runter in die Tryggvastraße und finde die Wahrheit raus. Da sagt er, und was weiter?, willst du mir so eine gute Heuer kaputtmachen? Das Geld ist mir egal, aber meinen Segen hast du nicht. Meine Erlaubnis nicht. Und am nächsten Tag kommt es doch so, daß er geht, aber iiich räche mich ja schließlich nicht an Moootorbooten, das mach ich nicht, aber du kannst sicher sein, ich werd dafür sorgen, daß ihr keinen Fischschwanz ins Netz kriegt, und das wird keine ruhmreiche Fahrt für dich, das schwör ich. Dann hör ich natürlich die ganze Zeit Seenachrichten, und keine vierzehn Tage war er weg und nicht mal einen Hering haben sie gefangen, aber er kriegte Halsentzündung und war schwerkrank und kam dann nach Hause, und so ging die Geschichte aus. Ja.

Ist das nicht eigenartig?

– Sakra! sagte Grettir, Sakra!

– Ja, und ich werd nicht zulassen, daß er sich mit Eggvan trifft von den Färöern und irgendwelchen Nutten, nicht mit meiner Erlaubnis, hörst du, Tomas, irgendwelche norwegischen Hur. . .

– Hrmm! Es sind Kinder am Tisch, sagte Tommi. Die Alte machte weiter, war aufgebracht und redete hektisch und führte einen Indianertanz um den Küchentisch auf; Dolli stimmte ein, und Tommi wurde allmählich böse und machte zuletzt einen eher seltenen Aufstand, schlug die Faust auf den Tisch und sagte, er würde mit den Jungens fahren, egal wie sie tobte. – Und halt ein einziges Mal das Maul, Lina!

Lina schwieg, und Tommi rauschte ab und knallte hinter sich zu. Er ging an die Haustür, rauchte eine, lehnte sich an den Rahmen und sah hinaus. Ein wenig zittrig, als er die Zigarette an die Lippen führte. Grettir kam zu ihm hinaus, leise und geheimnistuerisch, vergewisserte sich, daß niemand ihn hörte, und fing an, Tommi zu loben:

– Jahh, Sakrament nochmal, der Alten hast du's aber gegeben. Die FFFaust auf den Tisch, jawohl! Das einzige, was hilft bei den Weibern, hättest ihr eins aufs Maul geben sollen. Sakra! Die Sprache verstehen sie!

Tommis Hände zitterten nicht länger. Er blies den Zigarettenrauch von sich und betrachtete Grettir prüfend mit resignierter Miene. Ging hinein und hörte, daß Lina wieder in der Küche rumorte. Er schüttelte den Kopf und murmelte vor sich hin:

– Man denke nur! Jetzt bin ich seit dreißig Jahren mit der Frau verheiratet ... Trotz allem fuhren sie. Solche Jugendmannschaften hatten meist irgendwelche Partnerschaften mit befreundeten Vereinen in den nordischen Ländern. KR besuchte KN in Kopenhagen, Fram besuchte Frem in Valby oder Viking die Vikinger in Stavanger.

Der FC Kauri hatte keinen Freundschaftsverein, nicht einmal einen Bekanntschaftsverein. Aber die mittlere von Linas Schwestern wohnte noch immer in Tromsö und war dort Prophetin und Missionarin in einer kleinen Gemeinde; Tommi setzte sich mit ihr in Verbindung, unter anderem deshalb, weil er Norweger treffen wollte, die er neben den Engländern für die bemerkenswertesten Menschen der Welt hielt. Hugrun meinte, sie könne alles regeln, Fußball und was auch immer, und Tommi sprach mit jemandem vom Färoerverein in Reykjavik, der sagte, es wäre kein Problem, ein Fußballmatch mit der Jugendmannschaft vom Hafenclub in Thorshavn zu organisieren, alles geklärt, und sie könnten loslegen und bei einem gewissen Napoleon auf Dseggvi anklopfen.

Und so segelten sie davon mit einem dänischen Passagierschiff, Tommi im Blazer mit dem aufgenähten Kauriwappen auf der Brusttasche, und die Rekken, Baddi und Grjoni und Luddi und all die anderen, wie buntgescheckte Vieh in Felljacken und Gummigaloschen oder Stiefeln und Wollpullovern und jeder mit seinem blauen Seesack von Ellingsen, die Toggi zum Großhandelspreis besorgt hatte. Tommi tat auf dem Schiff kein Auge zu, war so zufrieden, wieder auf See zu sein, saß im Raucherraum und war sogar leicht angetrunken, der alte Mäßigkeitsapostel.

Die meisten Jungen hatten keinen Appetit, fühlten sich auch nicht recht wohl in den hochvornehmen Schiffssälen und warteten unter Deck, zusammengedrängt, schweigsam, bleich, wie Menschen in einem Luftschutzbunker, die Bomben über sich explodieren hören. Baddi schleppte sich immerhin in den Rauchersaal zu Tommi, der ihn stolz vorstellte. Baddi stierte die Ausländer an Bord mit offenem Mund an und war enttäuscht.

Über Thorshavn auf den Färöern lastete ein dichter, milchweißer Nebel. Das Schiff machte fest, und die Färöer an Bord sprangen freudeschreiend an Land. Tommi rief seine Jungen auf dem Deck zusammen, und da standen sie nun in einer Gruppe beieinander und warteten auf irgendwas; Tommi wußte nicht auf was, er hatte damit gerechnet, daß man sie empfangen würde, jedoch spürte er, während sie dort im Nebel warteten und das letzte Auto vom Kai entschwand, daß dies wahrhaftig kein Staatsbesuch war. Tommi war inzwischen todmüde, es war spät und er hatte Angst, sie würden sich alle verirren, wenn sie bei diesem Nebel in der Stadt herumliefen. Also krochen sie bloß wieder unter Deck und schliefen bis zum andern Morgen.

Am nächsten Tag fanden sie glücklich das Haus von diesem gewissen Napoleon, mit dem der Mann vom Färöerverein angeblich telephoniert hatte. Niemand zu Hause. Trotzdem gelang es ihnen, ein Fußballspiel zu organisieren. In einem späteren Zeitungsinterview berichtet Tommi unter der Überschrift »Schöner Erfolg auf fremdem Boden« folgendermaßen:

In Thorshavn war zunächst ein Spiel gegen die Jugendmannschaft der Stadt vorgesehen. Wegen einiger Ausfälle kam das Spiel nicht zustande, doch als sich die Nachricht von unserer Ankunft verbreitete, erhielten wir eine Einladung von einer Belegschaftsauswahl der Fischfabrik Baccalao, meines Wissens eine der größten Firmen des Landes. Ich möchte nicht versäumen zu berichten, daß die Färöer, obwohl meist älter als die Kauri-Jungen, gegen meine Leute keine Chance hatten und wir in einem dramatischen Spiel 6:5 gewannen.

Als die hartgesottene Mannschaft von Kauri in Tromsö in Norwegen ankam, war der Empfang erheblich pompöser. Die Mitglieder einer ganzen Gemeinde erwarteten sie, Hugrun, Linas Schwester, in der ersten Reihe, und die Reykjavikmeister vom Thulecamp verbrachten drei Tage in Missionsversammlungen mit Gebet und Gesang. Tommi gab es schnell auf, die frommen Fanatiker nach Fußballaktivitäten in der Stadt zu fragen; sie wußten kaum, was das war. Dennoch brachte Tommi mit seinen Norwegischkenntnissen ein Spiel gegen eine Jugendauswahl des Ortes zustande; und was für ein Spiel! Ein wahres Feuerwerk, nie vorher oder nachher erzielte eine isländische Mannschaft im Ausland einen größeren Sieg: Die Kauri-Jungen gewannen 17:0. Selbstverständlich war Baddi der erfolgreichste Torjäger des Spiels, doch alle anderen schossen ebenfalls Tore; sogar Luddi der Torwart, der gegen Ende den Angriff unterstützte, nagelte aus kurzer Entfernung den Ball gegen die Querlatte und dann ins Tor. Gegen Abend lauschten die Recken zu Hause im Gemeindesaal mit glücklichem Gesicht der norwegischen Predigt über die Sendboten des Teufels.

Am nächsten Tag mit dem Zug nach Bergen, von dort ging ein direkter Flug nach Island. Eine einzige Panne allerdings gab es auf dieser hervorragenden Reise, eine Panne, die sie für die anderen Bewohner des Alten Hauses unvergeßlich machte. Das Flugzeug war wegen irgendeiner Fehlplanung absolut überfüllt, so daß der alte Tommi zurückbleiben mußte.

Lina bekam fast einen Tobsuchtsanfall, als die Maschine der Skymaster Fluggesellschaft ohne den Reiseleiter auf dem Reykjaviker Flughafen landete; in *Norwegen* zurückgeblieben; von dort war er gerade wiedergekehrt, als sie damals heirateten. Sie nahm keine Vernunft an und rannte im Haus von einer Ecke in die andere, und obwohl er mit dem nächsten Flugzeug zwei Tage später kam, brauchte sie lange, um sich zu erholen, und geriet jedesmal in Aufregung, wenn man daran erinnerte.

Danni hatte in Abwesenheit des Filialleiters den Laden geführt; es kostete Tommi nach seiner Heimkehr mehrere Wochen, wieder Grund in die Buchhaltung zu kriegen; er saß da und kratzte sich am

Kopf, paffte Zigaretten und murmelte vor sich hin, das hätte er sich alles selbst zuzuschreiben, wenn er einem elfjährigen Jungen länger als eine Woche einen ganzen Laden anvertraute.

Die unbesiegbare Mannschaft vom FC Kauri trainierte den Herbst über weiter. Bei schlechtem Wetter wurden im Vereinshaus Filme gezeigt. An der Wand flackerten die Zeichentrickbilder, und der Regen trommelte aufs Schuppendach. In der Finsternis dünsteten die nassen Wollpullover der Jungen; sie hatten eine Bank aufgestellt und knabberten an den Schmalzkringeln, die Lina dem Verein überlassen hatte. Der alte Tommi saß ganz hinten, wichtigtuerisch und aufgeregt, weil er gelernt hatte, wie man den Filmapparat bedient, der neben ihm auf dem Tisch summte und klapperte. Die Lampe sammelte Rauch und Dunst in ihrem Lichtkegel an der Wand: Dort tauchte ein blaugekleideter Seemann auf mit einer Stummelpfeife und einer Spinatdose.

– Tommi, ist das nicht Popeye der Seemann?!

– Krm! Dochdoch, mein Freund, antwortete Tommi väterlich. – Das ist wahrhaftig Popeye.

Einsam im alten Haus?!

If you are looking for trouble,
you came to the right place!
Elvis

Und die Zeit verging in friedlichem Gleichmaß, das Alte Haus sammelte Jahre, die den Holzboden ausbleichten und Kinderzeichnungen an die Wände malten. Wenig geschah im Viertel, und Lina und Tommi lebten in ruhigem Wohlstand.

Er stand tagsüber im Laden und pfiff die Begleitung zur Musik aus dem alten, krächzenden Rundfunkempfänger, der im Regal verstaubte; stand da bedächtig wie immer und mußte sich hin und wieder in den Arm kneifen, um zu glauben, daß er tatsächlich so entspannt sein durfte. Er brauchte sich nicht mit Problemen herumzuschlagen, das Schicksal meinte es gut mit ihm. Nie hatte er mit einem sorgenfreien

Leben gerechnet, allen seinen Vorvätern, Verwandten, Nachbarn und Kollegen war das Dasein ein Elend und eine Last, wie das nun mal so ist; ein Jammertal; aber der alte Tommi hatte überraschenderweise alles. Eigenes Haus, einen Laden in eigener Verantwortung, Dollars und Luxus aus Amerika. Vornehme Männer grüßten ihn auf der Straße, in den Zeitungen erschien sogar ein Interview mit ihm, worin man ihn einen bekannten Förderer der Jugend und des Sports nannte.

All das mochten schlimme Vorzeichen sein, dachte Tommi bei sich, die Hände in den Hosentaschen, und ließ seine neuen Zähne blitzen. Falsche Zähne? Ja, sie waren nun ebenfalls ein Symbol der Zeit, schneeweiß und vollkommen.

Lina vermißte Baddi, der nach Amerika geflogen war; trotzdem genoß sie anscheinend die Entspanntheit, die nach seinem Abschied eingekehrt war. Sie wahrsagte überwiegend Gutes und gab traurigen Seelen sogar den Rat, das Dasein mit lichten Augen zu betrachten. Selbst das Wetter war gemäßigt, ausnahmsweise keine Jahreszeiten von historischer Bedeutung, kein Schwerer Treibeiswinter, kein Harter Frostwinter, kein Großer Regensommer, alles rann zusammen im Grau des Himmels. Die schlechtesten Nachrichten waren immer noch die über die Regierung, dort übernahmen falsche Propheten und Pharisäer die Macht und drohten, die amerikanische Armee aus dem Land zu jagen, diese vortrefflichen Jungs. Manche Soldaten hatten inzwischen Frau und Kind, sollten die etwa mit den Wurzeln ausgerissen werden?

Durften die nicht in Frieden leben wie jeder andere auch?

Zum Glück wurde nichts daraus, daß die Army verschwinden sollte, sonst hätte Grettir seine Arbeit verloren. Grettir hatte nämlich diesen hervorragenden Job bei den Amis bekommen, so eine Art Mann für alles mögliche, das paßte zu ihm; er fuhr umher und machte Besorgungen und erledigte anfallende Arbeiten in der Stadt oder oben am Walfjord, meistens aber unten auf dem Flugplatz in Keflavik, und daher kam er manchmal die ganze Woche über nicht heim. Erledigte tagsüber dies und jenes und redete abends mit den Soldaten über Schußwaffen; er hatte wahrhaftig nicht nur Stroh im Kopf, dieser Grettir, die Cowboys aus Texas und ihre sieggewohnten Offiziere aus dem Pazifikkrieg staunten und bewunderten diesen zurückhaltenden und kleingewachsenen Nordländer und seine unerschöpflichen Kenntnisse über die Trends und Entwicklungen in der Geschichte westlicher Waffen.

Grettir genoß dieses Leben ungemein; obwohl er viel um seine Familie gab, war es doch ein schönes Gefühl, sich gelegentlich von ihr absetzen und eine Woche wegbleiben zu können. Was seine Freude am ehesten trübte, war dieses Englisch, eine so verdammt komplizierte und schwierige Sprache. Er verstand kaum eine Silbe. Ganz gleich wie sehr er sich anstrengte.

Er verdiente gut bei den Amis, so daß Dolli jetzt immer genügend Geld hatte. Außerdem wohnten sie im Alten Haus bei Lina und Tommi umsonst, hatten Essen und Wohnung frei, alles in bester Ordnung.

Dennoch war sie nicht glücklich.

Eigenartig. Sie langweilte sich. Und vielleicht mehr als das. Das Wort Entfremdung existierte damals noch nicht, Phrasen wie inhaltsleeres Leben und zielloses Dasein waren ihr unbekannt. Dennoch lag sie häufig krank, litt an Erschöpfung, Kopfschmerzen, Schwindelanfällen, Schlaflosigkeit, Appetitlosigkeit. Sie schlich durchs Haus mit ihren Kindern, den Zwillingen, deren Namensgebung so viel Kopfzerbrechen verursacht hatte. Dolli, die den Namen für das Mädchen bestimmen sollte, wollte es auf den Namen Karolina taufen lassen, aber für die alte Wahrsagerin kam das nicht in Frage. Sie selbst hatte diesen Namen nie gemocht; ein Mann namens Karl, der infolge von Zauberei und Spuk gestorben war, erschien Linas Mutter damals im Traum und verkündete ihr den Namen, und es lag ein Fluch auf ihm, sagte Lina. Daher durfte sie entscheiden, daß das Kind Gislina getauft würde, nach ihrer Schwester selig, und der Junge bekam auf Vorschlag von Grettir den Namen Asmund. Und Dolli schleppte sich durchs Haus mit diesen beiden, Gilli und Mundi, die ihr wie die beschwerlichsten Kinder der Welt vorkamen. – Die machen mir noch graue Haare, sagte sie, die immer so kinderlieb gewesen war. – Ich ertraaag das nicht! fing sie an zu jammern, ganz wie die alte Hellseherin.

Arme Dolli. Gerade über Zwanzig und trotzdem schon so abgehärmt. Lina versuchte, ihr das Leben zu erleichtern, was auch dringend nötig war; sie zog die Zwillinge morgens an und gab ihnen zu essen, während Dolli erst gegen Mittag herunterkam, grau vor Schlaflosigkeit und Raucherei, so schlapp, daß sie sich nicht einmal ankleiden konnte, im Schlafrock und Zigaretten aus einem Mundstück rauchend, damit sie keinen Tabakkrümel verschluckte.

Warum war es so einsam und langweilig im Alten Haus, wo doch sonst das Leben pulsiert hatte? Die Kinder, die Lina und Tommi aufgezogen hatten, waren ausgeflogen oder verstorben. Gogos kleine Töchter kamen beide in derselben Grippeepidemie um. Gogo selbst — weit fortgezogen nach Kansas in Amerika mit Charlie Brown. Dort hatte sie eine Tochter geboren, mit der anscheinend irgendwas nicht stimmte. Und sie erwartete das nächste; nicht umzubringen, diese Frau, immerhin schon über Vierzig. Baddi war rübergefahren, zu Mutter Gogo, war schon fast ein Jahr drüben. Hatte keine Ruhe mehr, der Junge, nachdem Grjoni und viele seiner besten Freunde aus dem Viertel verzogen waren.

Drüben schien es ihm gutzugehen, er sprach am Telephon mit amerikanischem Akzent, hatte eine ungeheuer männliche Stimme bekommen. Lina vermißte ihren geliebten Jungen und fragte ihn, ob er nicht bald nach Hause kommen wolle. Aber er war nicht darauf eingegangen. – Teufelsinsel! sagte er am Telephon. – Komm rüber nach hier, Frau!

– Ja, hier kann man vor lauter Pharisäern und Verleumdern kaum noch leben, antwortete sie.

Dann war auch noch Danni nach Amerika abgedampft. Er meinte, er hätte Sehnsucht nach seiner Mutter, und Tommi verstand das sehr gut, hatte ihm vor einigen Monaten die Passage bezahlt.

Doch seine Stimme klang gar nicht vergnügt, das eine Mal, wo er seine Oma und seinen Pflegevater in Island anrufen durfte. Ziemlich niedergeschlagen. Wollte bloß heim, und Tommi überlegte, ihm die Rückfahrt nach Hause zu schenken. Aber Lina fragte, was für eine Verrücktheit das nun wieder wäre?! Kein Grund, den Jungen noch in seinem Unverstand zu unterstützen; erst heult er seiner Mutter nach, bevor er fährt, und dann kommt er zurück und fängt wahrscheinlich wieder genauso an!

Ja, die Schar verlief sich. Da waren noch die Schwesterkinder, die Lina eltern- und mittellos aufgenommen hatte, ein undankbares Pack, ließen nie von sich hören. Seltsames Volk, sie hätten wenigstens mal vorbeischauen können! Die Mädchen waren inzwischen gesetzte Frauen mit Familie, beide mit Hungerleidern verheiratet; obwohl es der einen später besserging, nachdem er beim Zoll untergekommen war. Das war der Mann von Silla; außerdem besaß sie selbst ebenfalls das Talent abzusahnen, hatte die übernatürlichen Gaben vieler Frauen in der Familie geerbt und betrieb äußerst wirksame Geistheilungen.

Und der Junge, Gislinas jüngstes Kind. Wo trieb der sich eigentlich herum? Ein Heimlichtuer und

Spinner, der Vetter Snjolf, man wußte nie, wo er war, gelegentlich hörte man was von ihm, den einen Monat von der Halbinsel am Snaefell, den nächsten aus dem Osten von der Melrekka-Ebene. Dann vergingen manchmal zwei, drei Jahre, bis irgendein Reisender in Tommis Laden kam und sagte, er habe Snjolf auf den Westmännerinseln getroffen.

Eigentlich lag kein Grund vor, sich Sorgen um ihn zu machen; Snjolf kam anscheinend überall zurecht. Lina verstand ihn bloß nicht; hatte der Quecksilber im Hintern, der Snjolf? Weshalb trieb er sich dauernd in der dreckigen Provinz herum? Lina war noch nie weiter aufs Land hinausgekommen als bis Gufunes, damals zu ihrer Zeit. Und das hatte ihr wahrhaftig gereicht.

Tommi hatte mehr Verständnis für Snjolf; hin und wieder dachte er, das müsse ein herrliches Leben sein, so durch die Lande zu streifen, allein und an niemanden gebunden. Dann bekäme man bestimmt nicht dieses Gefühl von Klaustrophobie, das ihn manchmal im Barackenviertel überfiel.

Snjolf konnte man allerdings nicht nachsagen, er kümmere sich nicht um seine Pflegeeltern; wenn er in der Hauptstadt war, versäumte er nie, vorbeizuschauen. Es kam bloß so selten vor.

An einem dieser monotonen Tage jedoch waren alle wie neu belebt, als der Vetter erschien, den Staub der Landstraßen von den Schuhen schüttelte und sich wortlos in einem der Schränke niederließ.

Wo er gewesen war?

Sie hätten besser fragen sollen, wo er *nicht* gewesen war. Snjolf hatte sich während der letzten zehn Jahre im ganzen Land herumgetrieben, war Feuerwehrmann gewesen, Zöllner, Polizist, Werkmeister, Lastwagenfahrer, Chef eines Warenlagers, Chef eines Arbeitstrupps im Straßenbau, Chef bei der Heringsverarbeitung, Chef, Chef; ein weltläufiger Mann mit einer flüsternden, unsicheren Stimme.

Seine Erzählungen von diesen zehn Jahren breiteten ein ganzes Menschenleben aus, ein Wunder bloß, daß nichts über ihn in den Zeitungen erschienen war, bei all dem, was er geleistet hatte; ein Wunder, daß ihm kein eigenes Kapitel in der Geschichte Islands gewidmet wurde, wie Vogt Skuli und Präsident Jon. Snjolf hatte Straßen gebaut, Brücken konstruiert, Dörfer errichtet und Kinder gezeugt, die inzwischen erwachsene gestandene Männer waren, alles während dieser zehn Jahre. Niemand dachte sich etwas dabei, das war eben Vetter Snjolf; und jetzt war er müde geworden. Brauchte ein Kaminfeuer und einen guten Lehnstuhl; bloß schade, daß es im Alten Haus keinen Kamin gab. Snjolf hatte auch keine rechte Lust zu arbeiten, schließlich hatte er ja genug geleistet, außerdem lebte er jetzt strikt abstinent, ohne Schnaps, ohne Tabak, ohne Weiber.

Der alten Lina ging das Herz auf; Snjolf übertrieb nicht, er schaffte alles, sogar mit dem Trinken aufzuhören, jedenfalls für zwei Tage, denn am zweiten Abend nach seiner Ankunft begab er sich auf einen Erholungsspaziergang und kam erst am nächsten

Morgen zurück, laut und fröhlich, mit einer Flasche im Hosengurt und in Begleitung von Hreggvid dem Kugelstoßer. Die beiden hockten den ganzen Tag zusammen in der Küche, Snjolf erzählte, und Hreggvid lauschte ihm. Die Liste seiner Heldentaten war nicht kürzer geworden während dieser versoffenen Nacht, Snjolf hatte auch seine Stimme wiedergefunden, flüsterte nicht länger. Chef war er gewesen, von einem Schiff, sogar von einer Gemeinde, einer Stadt, einer Konsumgenossenschaft. Hreggvid hörte mit einem Ohr zu, mit allen anderen Sinnen genoß er den Inhalt der Flasche. Lina stand an Herd und Spüle und hörte sich die Geschichten an, in die Redepausen des Vetters tönte sie eine Begleitmusik von Lügenmaul, Säufergeschwätz und Schnapsteufel.

– Natürlich stimmt das alles genau so, wie du mit dem Trinken aufgehört hast!

Doch Snjolf hatte abgeschworen, da blieb er eisern, man durfte nur nicht zu schnell aufhören. Wegen der Gesundheit. Wurde er doch von höchst seltsamen Krankheiten gequält; manchmal floß das Blut in seinen Adern ganz plötzlich nicht mehr weiter, und dann wurde er ganz kalt und steif. Es konnte auch passieren, daß seine Gelenke in den absonderlichsten Stellungen erstarrten; eines Tages fand Lina ihn unbeweglich auf dem Ecksofa, wie eingefroren, mit den Füßen hinter dem Nacken verkrümmt und die Hände um die Schenkel gekrampft; so säße er vielleicht noch heute, wenn er nicht hätte herauspressen können, daß er etwas Schnaps brauche, etwas zur Herzstärkung, und als Lina ihm einen Kaffee mit Schuß brachte, entspannte sich der Körper, und er konnte den Kopf wieder frei bewegen. Medizinisch höchst wirksam, so ein Kaffee mit Schnaps, und höchst einfallsreich, diese Lina, denn beim nächsten Mal, zwei Tage später, als Snjolf wieder erstarrte, da sagte sie, sie hätte keinen Schnaps, statt dessen kam sie auf die Idee, kaltes Wasser über ihn auszukippen, und die Fesseln zersprangen, Snjolf schnappte nach Luft und brüllte.

Trotzdem wurde er nie wütend auf Lina, im Gegenteil, er amüsierte sich bestens bei ihren Schimpfkanonaden, besonders wenn er einen gehoben hatte, dann sabberte er und brüllte vor Lachen bei ihren Unheildrohungen. Wenn sie versuchte, die bösen Geister, die Saufteufel, mit der Bibel in der einen und den Passionsgesängen in der anderen auszutreiben, erstickte er fast vor Lachen. Lief blau an und röchelte beim Atemholen.

– Du bist eine Perle, Lina! gackerte er, sobald er die Sprache wiedergefunden hatte. – Diiiamant!

Mit dem Tag, als Snjolf kam, lebte Dolli regelrecht auf; sie mochte Snjolf gern, er hatte sie immer schon fasziniert. Sie bekam wieder Farbe und trillerte ihr helles Lachen, wenn sie dasaß und den Heldentaten des Vetters lauschte. Es machte ihr Spaß, ihn zu bedienen, für ihn zu waschen, zu bügeln, seine Kleider zu flicken, sie kaufte Lloydsschuhe für ihn und schenkte ihm einen Tirolerhut mit Feder. Snjolf gab ihr zu verstehen, daß er sich auch einen Stock wünschte, am liebsten einen weißen, einen Dandystock, wie in den Hollywoodmusicals. Aber Dolli fand Stöcke albern, nur alte Männer gingen am Stock, und schließlich einigten sie sich auf einen Regenschirm, einen langen schwarzen Schirm, den er bei seinen Spaziergängen herumschwenkte oder schräg unter den Arm geklemmt hielt. Dann holte er sich noch weiße Handschuhe und ließ sich einen Bart wachsen, einen graugesprenkelten Hitlerschnäuzer, wirkte so verdammt *gentlemanlike* mit seinem grünen Federhut und dem schwarzen Regenschirm, wie ein Bankmanager.

Diese seine äußere Erscheinung lenkte die Augen der Frauen auf ihn: – Wer ist der junge Mann? fragten die Damen, die jahrzehntelang Schränke voll Möwenkristall gesammelt hatten für einen noch nicht existierenden Hausstand. Und es dauerte nicht lange, bis Snjolf sich mit einer zusammentat, einer wunderhübschen Witwe mit Namen Karitas; sie besaß ein Haus in Hafnarfjord, und Snjolf zog zu ihr dorthin.

Das Alte Haus versank wieder in Schwermut, und mit ihm Dolli; zu allem Übel kamen noch die Sorgen um Grettir.

Nicht um sein Leben oder um seine Gesundheit, sie hatte nur Angst, war sich ganz sicher, daß er sich mit leichten Mädchen herumtrieb. – Was hat dieser Mensch ewig droben am Walfjord zu schaffen, wenn nicht herumzuhuren?! Während sie krank, müde und einsam in dem jämmerlichen Barackenviertel saß. Gebunden durch die beiden Kinder, die ebenso seine waren wie ihre. Es gab niemanden ihres Alters im

Viertel, oder jemanden, den sie mochte. Sie hatte keine Lust, sich mit Hreggvids kleiner Greta abzugeben oder mit der Schiefen Lauga, mit Stine Begga oder Saeunn der Katzennärrin. Hin und wieder redete sie mit dem armen Bard, sie beide waren gleichaltrig, nach Jahren gerechnet, wenn man es ihm auch nicht ansah. Und obgleich er vom Geschlecht her ein Mann war, konnte man ihn kaum als männliche Gesellschaft bezeichnen. Er bejammerte sich, und sie bejammerte ihn ebenfalls, aber sie konnte natürlich nicht dauernd andere bemitleiden, wo es ihr selbst so schlechtging. Andere Männer im Viertel? Ausgezehrte Saufbrüder, Invaliden und Aufschneider.

Es war Dolli eine große Erleichterung in ihrem Kummer, als neue Leute in die eine Baracke zogen, ein junges Ehepaar aus dem Westen mit zwei Kindern. Sie waren in die Stadt gekommen, weil die junge Frau wegen eines Nierenleidens unter ärztlicher Aufsicht sein mußte. Sie wollten nicht lange bleiben, waren unzufrieden damit, in einer Baracke gelandet zu sein wie irgendwelche Absteiger, doch andere Häuser standen nicht zur Auswahl, und die Baracke setzte der junge Mann instand; er war ein enorm tüchtiger Schreiner und erneuerte alles und reparierte und strich an, und sie kamen gut zurecht.

Tagsüber saßen die beiden zusammen und tranken Kaffee, Dolli und die Frau, sprachen über Krankheiten und Mode und gingen abends gemeinsam ins Kino. Damit hatte Dolli endlich eine Freundin gefunden, und, was noch wichtiger war, die Freundin hatte diesen vortrefflichen Ehemann. Einen großen, blonden Schwerarbeiter mit himmelblauen Augen.

Das Arbeitstier hieß Halldor. Tags arbeitete er in einer Schreinerei; war ein gesuchter Mann im Viertel, wo geschickte, hilfsbereite Fachleute nicht auf jedem Baum wuchsen. Stets bereit, helfend mit anzupacken, und die Leute scheuten sich nicht, ihn zu bitten, ganz bestimmt nicht die im Alten Haus, wo immer irgendwas zu flicken war, Fenster undicht, das Dach leckte, Schranktüren brachen aus den Angeln, der Handlauf an der Treppe wackelte. Sobald etwas kaputtging, kam Halldor der Schreiner mit seiner Werkzeugtasche und machte sich an die Reparatur.

Das war eine große Erleichterung für Dolli, die oft eine männliche Hand im Hause vermißte, da Grettir sich ständig herumtrieb. Halldor half ihr tragen, wenn sie einkaufen fuhr, beriet sie beim Kleiderkauf; Männer sehen am besten, was Frauen steht. Er schliff und lackierte ihre Schatulle, besserte den Fußboden im Schlafzimmer aus. Er brachte sogar ihr knarrendes Ehebett in Ordnung. Und auf die ein oder andere Weise werden sie wohl geprüft haben, ob es nun bestimmt ein Ende hatte mit dem Knarren, jedenfalls verbrachte er ständig mehr Freizeit in Dollis Schlafzimmer, blieb sogar ganze Nächte.

Dolli hatte wieder rote Wangen und einen munteren Blick, wirkte ganz verändert. Sie war lebensfroh und gesund, geduldig mit den Kindern und sang bei der Küchenarbeit den Telephonschlager:

»Hallo/Haaallo/Hallo-o/kommst du heut abend zu mir?«

Und wie erleichtert sich Grettir erst fühlte aufgrund dieser Veränderung! Er war ziemlich deprimiert gewesen wegen Dollis schlechtem Befinden, hatte sogar mit dem Gedanken gespielt, bei den Amis aufzuhören, eigentlich eine Schande, aber das war jetzt unnötig. Dolli war so munter. Sie empfing ihn mit ausgebreiteten Armen, wenn er am Wochenende nach Hause kam, und streichelte ihn und tätschelte ihn, und sie machten Sonntagsspaziergänge mit den Kindern, und sie summte vor sich hin und lachte zu allem, was er sagte. Montags morgens fuhr er wieder zur Arbeit, voller Freude über sein Heim und seine Arbeit und seine Frau und die Schönheit des Himmels. Gewiß kam ihm Geflüster zu Ohren, Gerüchte aus dem Viertel über Besuche und außergewöhnlich lange Aufenthalte von Halldor dem Schreiner in Dollis Schlafzimmer. Doch Grettir gab nichts um solches Geschwätz. Hörte einfach nicht hin!

Halldors Frau dagegen hörte sehr wohl. Halldors Frau merkte z. B., wenn er manchmal nachts nicht nach Hause kam; dann saß sie allein in der finsteren Baracke und lauschte auf die Atemzüge der Kinder, ängstlich, aber unfähig, auch nur etwas Schlechtes von ihrem großen, zuverlässigen Ehemann anzunehmen, nierenkrank und verzweifelt saß sie am Fenster und schaute hinaus; dort lagen die grauen und braunen Baracken wie ausrangierte Überlandbusse mit einem einsamen Licht am Frontgiebel; und dazwischen das

Alte Haus, dunkel und schlafend und ruhig bis frühmorgens, wenn die Tür vorsichtig aufging und Halldor der Schreiner zaghaft hinaus auf den Kies tapste.

Die alte Lina hatte Grettir nie für ein richtiges Mannsbild gehalten, so ein kleiner, magerer Wurzelzwerg. Halldor der Schreiner war ein Mann nach ihrem Geschmack. Was das betraf, konnte sie Dolli gut verstehen.

Trotzdem war sie mit Tommi einig, daß Halldor sich seiner kranken Frau gegenüber wie ein charakterloser Mistkerl benahm. Daß der Halunke sich das erlaubte! Schließlich sagte Lina zu Dolli, so eine verdammte Hurerei könne sie nicht länger in ihrem Hause dulden.

Dolli fühlte sich im Stich gelassen, noch dazu von ihren nächsten Angehörigen. Sie rannte hoch in ihr Zimmer und schloß sich ein, zutiefst getroffen, wollte weder antworten noch die Tür öffnen, vierundzwanzig Stunden lang, nicht einmal für ihre Kinder; dann kam sie heraus und strafte das alte Paar mit Verachtung; stellte es ziemlich elegant an, indem sie sich schweigend wegdrehte, daß die Haare flogen. Wollte offenbar die Wahrsagerin in einem Nervenkrieg bezwingen, aber die ließ sich nicht aus dem Konzept bringen; als Dolli die Sprache wiederfand und zur Verteidigung ansetzen wollte, packte die Alte sie im Zangenangriff: – Halt's Maul und benimm dich nicht wie ein Ungeheuer. Dolli mit Türenknallen wieder hoch in ihr Zimmer und sofort ans Telephon, rief

Grettir an, völlig aufgelöst, und sagte, man hätte sie beleidigt, erklärte den Hergang mit irgendwer irgendwas irgendwelcher Geheimsprache, und Grettir verstand nicht die Bohne; ebensogut hätte sie Englisch reden können; trotzdem stimmte er zu, wie immer, sagte siebenmal – Sakra ...! und einmal – Sakrament nochmal!, aber nichts weiter.

Mehr konnte Dolli nicht unternehmen. Sie hatte es so prima gefunden, zwei Männer zu haben, einen für werktags und einen fürs Wochenende. Jetzt schien die Herrlichkeit vorbei, sie mußte sich *entscheiden*, so was verdirbt jede Romantik. Halldor der Schreiner verlangte ebenfalls eine Antwort. Seine Frau hatte ihm nämlich mit Scheidung gedroht, wozu Halldor ohne weiteres bereit gewesen wäre, wenn er statt dessen Dolli bekäme. Sonst nicht. Also drängte er Dolli, Grettir rauszuwerfen, damit sie beide fortan in Freuden leben könnten.

Grettir weigerte sich lange, überhaupt etwas zu hören oder zu sehen. Derart verzwickten Sachlagen war er nicht gewachsen. So wie es war, hatte er über nichts zu klagen. Ihr Verhältnis war nie so gut gewesen wie jetzt, abgesehen von der Zeit ihrer Verlobung. Doch eines Tages kam Halldors kranke Frau auf ihn zu, als er durchs Viertel ging, und berichtete ihm erregt und in Tränen aufgelöst die ganze schöne Geschichte. Wie seine Frau, diese skrupellose Hexe, den Halldor von ihr weggelockt hätte. – Wie kannst du mit so einem Teufelsweib verheiratet sein? Und am gleichen

Tag beschimpfte Lina ihn in einer Art Orakelsprache, jedoch nicht übermäßig knifflig, so daß sogar er es verstand: – Wenn du nur einen Funken Männlichkeit in dir hättest, dann würdest in deinem eigenen Ehebett Ordnung schaffen!

Was konnte Grettir tun? Griesgrämig werden! Nicht, daß ihn die Neuigkeiten sonderlich verletzt hätten. Hauptsächlich störte ihn das Gerede um ihn herum. Konnte man ihn nicht in Frieden lassen, einen Mann, der seiner Arbeit nachging? Einen ganzen Tag saß er niedergedrückt herum und rührte mit einem Stummel im halbvollen Aschenbecher. Murmelte vor sich hin, so leise, daß man nur ein Zischen hörte. Dolli ahnte, was los war, ging wie auf Nadeln, war seelisch noch nicht genügend auf eine Auseinandersetzung vorbereitet, verwöhnte ihn von vorne bis hinten und sprach begeistert über dies und jenes, den Film, den sie letzthin im Kino gesehen hatte, mit Marlon Brando. Neiiin war der süß, entfuhr es ihr, und sie schlug die Hände vor den Mund und verstummte, plapperte dann weiter, er hätte ein so phantastisches Motorrad gehabt in dem Film; – aber nicht so toll wie deins! Außerdem würde ihr das Kino keinen Spaß machen, wenn er nicht dabei wäre, sie gingen viel zu selten zusammen, hätte viel mehr Spaß, wenn er auch mitkäme. Eigentlich sollten sie am Wochenende zusammen ins Kino gehen, schlug sie vor, und Grettir hatte Mühe, seine griesgrämige Miene beizubehalten; Stolz und Zufriedenheit ließen ihn erröten und zogen seine Mundwinkel nach oben,

– Jaa, vielleicht ins Kino gehen, murmelte er, obwohl sie beide wußten, daß ihn Kino nur unruhig machte; er hatte zu wenig Sitzfleisch, um einen Film in ganzer Länge anzuschauen, und war meistens heilfroh, wenn das Licht wieder anging und er auf den eingeschlafenen Füßen nach draußen in die Kälte stolpern konnte, benommen und leer im Kopf.

Die Kinosache wurde nicht weiter besprochen, indes suchte Dolli weiter nach etwas, das ihn aufmuntern mochte, und hatte endlich die zündende Idee: Das Motorrad stand kaputt draußen in der Waschküche, und es war ungewiß, ob man es wieder in Gang kriegte. – Du solltest dir einfach ein Auto kaufen, sagte sie.

Jetzt lief der Dynamo auf Touren. Grettir fuhr zwar während der Arbeitszeit meist einen Wagen von der Army, hatte jedoch nur selten in der Freizeit ein Fahrzeug zur Verfügung, während andere Familienväter Frau und Kinder durch die Gegend kutschierten. Gelegentlich mußte er auch mit öffentlichen Verkehrsmitteln zur Arbeit und zurück und war genervt von der Warterei auf die Busse innerhalb der Stadt, oder wenn er sich auf Überlandbusse und Arbeitskollegen verlassen mußte, um nach Keflavik zu kommen. Er hatte nie gewagt, Dolli gegenüber einen Autokauf zur Sprache zu bringen, aber da sie nun selbst davon anfing, wurde er munter und machte sich sofort auf die Suche, ob es irgendwo ein Vehikel zu einem günstigen Preis gäbe. Hlyn der Automechaniker meinte, er könne ihm einen aufgearbeiteten Skoda besorgen, doch Grettir wollte höher hinaus, wollte ein richtiges Auto, einen großen Schlitten, am liebsten einen amerikanischen.

Einen amerikanischen Wagen für wenig Geld? War der Mann verrückt? In diesen Zeiten, wo jedes abgetakelte Wrack einen Haufen Geld kostete! Verrückt oder nicht, er fand einen amerikanischen Wagen für einen lächerlichen Preis; und was für einen! Zehn Jahre alt, wie neu, wenig gefahren, keine Roststellen, im Topzustand! Armaturen, Knöpfe, Lampen, Griffe, alles wie neu. Trotzdem schlug man sich nicht drum; der Wagen stand in einer Garage in städtischem Besitz, und Grettir konnte ihn in Ruhe betrachten und prüfen. Fand es einen Nachteil, daß er nur eine Sitzbank hatte, vorne, für zwei bis drei Personen. Aber wie der Gnom anmerkte, der ihm den Wagen zeigte, wäre es kein Problem, hinten eine weitere Bank einzusetzen, sogar zwei, dann hätte man ein Auto für sechs bis neun Personen.

Es handelte sich um eine Kombi-Spezialanfertigung mit Schwingtüren am Heck. Kohlschwarz, mit vergoldeten Kreuzen an den Seiten. Der Wagen hatte seine Aufgabe, Särge von der Domkirche zum Friedhof zu fahren, nun lange genug erfüllt, und der Leiter des Begräbnisunternehmens hatte sich inzwischen eine neue Karosse als Spezialanfertigung besorgt, die neben der alten stand.

Und wie stolz und glücklich Grettir war, als er mit seinem neuen Gefährt nach Hause ins Viertel kam. Er durfte seinen Schlitten in Hlyns Garage fahren und dort half man ihm, hinten auf der Platte für die Särge neue Sitze zu befestigen und die Kreuze schwarz zu übermalen. Der Wagen war ein Plymouth, und Grettir nannte ihn den schwarzen Plaimont. Die nächsten Abende war er reichlich damit beschäftigt, Leute zu Rundfahrten einzuladen. Die vom Alten Haus drehten einige Versuchstouren durch die Stadt. Alle außer Lina. Die rang die Hände und sagte, sie hoffe nur, man könne lange warten, bis sie sich in so einem Gefährt transportieren lasse.

So vergingen die Tage im Alten Haus. Und draußen im Viertel war immer was los, sogar mehr, als man mitkriegen konnte. Hlyn den Automechaniker und die Schiefe Lauga traf ein Schicksalsschlag, als bekannt wurde, daß ihre Musterknaben von Söhnen in Selfoss und Sudavik gar nicht so musterhaft waren, wie man geglaubt hatte. Inzwischen waren die beiden in die Stadt gezogen und wohnten bei ihren Eltern in der Baracke.

Der eine schien tatsächlich christlich verheiratet und Installateur zu sein, der aus Selfoss. Er hieß Otto und nannte eine umfängliche Frau und zwei lärmende Söhne sein eigen. Doch er war ein verdammter Saufbruder, und im Viertel ging das Gerücht, er hätte sich mit seiner Sauferei in Selfoss um Ruf und Ehre gebracht; dennoch wollte er angeblich nur kurz zu Besuch in der Stadt bleiben.

Zu Besuch? Wozu? Er soff jeden Tag, und die Ohrfeigen saßen ihm locker, er stolzierte herum und drohte allen Schläge aufs Maul an, besonders Frauen und Kindern, schien auch vor niemandem Angst zu haben, pinkelte Hreggvid an die Haustür, und als der Kugelstoßer mit grimmiger Miene herauskam, war Otto der Installateur überhaupt nicht bange, sondern bot ihm K.o. an oder Mord. Dergleichen hatte Hreggvid bisher noch nicht gehört, er stand sprachlos da und sank fast in sich zusammen. Kehrte in seine Baracke zurück, und man spekulierte, er habe einfach Angst vor Otto Hlynsson dem Installateur, der ihm knapp bis zum Gürtel reichte. Aber so ist das manchmal, wie Tommi erläuterte, Hreggvid hatte beispielsweise mehr Angst vor Mäusen als jede Frau im Viertel.

War Otto schon nicht astrein, so war sein Bruder noch erheblich schlimmer. Man konnte sogar von regelrechtem Betrug sprechen. Dieser Musterknabe, Olaf, angeblich mit einer Frau in Sudavik verheiratet und auf dem besten Wege, sich zum Vormann im Gefrierhaus hochzuarbeiten, hatte sich anscheinend für immer in der Stadt niedergelassen. Ohne Frau. Und hatte wohl auch nie eine gehabt.

Nie hatte man solch eine Tunte gesehen. Er schwenkte die Hüften und kicherte wie ein kleines Mädchen. – Suuudavik! sagte er affektiert, wenn man ihn fragte, ob er von da weggezogen sei. In Sudavik hatte er nicht lange gewohnt, nur in Isafjord, wo er einem Künstler Modell gesessen hatte. – Aber dann hat er mich betrogen, sagte Olaf und verzog gequält das Gesicht.

Um was hatte man Olaf betrogen? Geld? Nein. Um Arbeit auch nicht. Das war nun eine mehr als haarige Angelegenheit. Wie zum Teufel konnte man ehrenhaften Leuten so was bieten? Die Männer rieben sich die Knöchel und meinten, den Kerl müßte man zusammenschlagen. Vielen Frauen war Olaf gar nicht unsympathisch; er hing in Tommis Laden herum und plauderte mit den Hausmütterchen darüber, ob diese oder jene Seife schlecht für die Haut sei, so ein besonders liebenswürdiger und lockerer Mensch.

Lina hatte nichts gegen Olaf, indes zweifelte niemand an ihrer überragenden Menschenkenntnis, und als sie gefragt wurde, sprach sie das Urteil: – Er ist offensichtlich pervers! Dieser salomonische Spruch verbreitete sich und blieb an ihm haften; von nun an hieß er der Perverse Olaf oder bloß Olaf Perverso. Was das genau bedeutete, wußte niemand so richtig, aber mit Sicherheit war der Mensch irgendwie verdreht und daher mit Vorsicht zu genießen. Eltern fingen an, ihre Kinder genau zu bewachen, oder hielten sie den lieben langen Tag in der Baracke drinnen, bis sie krank wurden oder durchdrehten.

Herr des Himmels und der Erden! Und der Schweinskerl schien sich noch nicht mal zu schämen. Kinder, die in den Fenstern lagen, behaupteten, sie hätten gesehen, wie Olaf das Nachthemd seiner Mutter anprobierte. Eines Abends kam er, offensichtlich mit Lippenstift geschminkt, zu Saeunn der Katzennärrin und wollte sich Shampoo leihen, und Saeunn erschreckte sich derart, daß sie einen Anfall kriegte und die ganze Nacht lachte.

Solche Irren muß man nur richtig anpacken, sagten die Familienväter, und die Kinder nahmen sie beim Wort und liefen scharenweise hinter Olaf her: – Olaf Scheißer! Olaf Wichser! Olaf Perverso! sogar Olaf Filzlaus! (und letzteres konnte er unmöglich verstehen). Man kippte den Inhalt der Nachttöpfe vor Hlyns Baracke aus, zeichnete Ärsche an die Vorderwand oder pinkelte in die Fenster. Die Erwachsenen ließen es damit genug sein und kümmerten sich nicht weiter um ihn, obwohl einige noch zu Tommi gingen und baten, er möge Olaf aus dem Laden hinauswerfen; man könne es den festen Kunden nicht zumuten, daß so ein Perversling ewig und immer dort herumhing; Tommi versprach, sich die Sache zu überlegen, unternahm jedoch nichts.

Das war schon ein Satansgespann, diese Brüder. Solche Musterknaben! Die Schiefe Lauga schlich die ganze Zeit nur tief gebeugt herum, nicht wegen ihrer Arbeit, denn die Leute wollten ihre Wäsche am liebsten nicht mehr bei ihr waschen lassen, wenn in ihrem Hause solche Zustände herrschten. Und der arme Hlyn ließ die Flügel hängen wegen der Schande, verdient hatte er es, das Großmaul. War sich vorgekommen wie was Besseres, nicht zuletzt wegen seiner Söhne.

Einer allerdings schämte sich mehr als alle anderen über den Perversen Olaf, und das war sein Bruder Otto. Er brüllte ihn an, rasend vor Zorn, verpaßte ihm Ohrfeigen, daß es durchs Viertel klatschte. Äußerlich glichen sich die Brüder sehr, und es war, als versuche Otto die Leute mit Gewalt davon zu überzeugen, daß sie sich wenigstens im Charakter unterschieden. Krafteinsatz und Gewalttätigkeit nahmen eher noch zu; er benahm sich wie ein Stier in der Corrida, der verdammte Kerl. Sauferei und Tobsuchtsanfälle waren nun in dieser Gegend nicht eben ungewöhnlich, doch Otto brach alle Rekorde. Er wurde mit jedem Tag wüster, drohte den Hausfrauen und sogar den Großmüttern, wo sie sich nur sehen ließen, sie zu ficken, hatte ständig die Fäuste oben, wollte den alten Tommi verprügeln, hatte aber zum Glück schon so lange unter Alkohol gestanden, daß Tommi ihn mit einem einzigen Hüftwurf durch die Luft schleudern konnte.

Womit hatte man eine solche Plage verdient? Als niemand mehr aus noch ein wußte wegen dieses Unheils, das mit den Brüdern über das Viertel hereingebrochen war, klärte sich das Problem kurz und schmerzlos. Olaf Perverso landete im Krankenhaus und Otto im Gefängnis.

Die Sache kam so, daß Olaf eines Tages beim Abendessen über Ottos schreckliche Schweißfüße geklagt hatte. Otto schritt sofort zur Tat, zog die Strümpfe aus, stopfte den einen seinem Bruder ins Maul, drehte ihm den anderen um den Hals und zog zu. Die Ärzte bezweifelten, daß Olaf sich je wieder richtig erholen würde, und Otto wurde zu vier Jahren verurteilt.

Doch nicht immer lief es so glimpflich ab. Die Töchter von Hreggvid und Greta waren oft kränklich, jedenfalls schlimm abgemagert, und husteten. Zu jener Zeit erkrankten beide gleichzeitig an einer bösartigen Lungenentzündung und mußten lange liegen. Die jüngere, Susanna, erholte sich schließlich wieder, aber Marianne, die ältere, kam nicht wieder hoch und starb im Spital.

Für Hreggvid war ihr Tod ein schwerer Schock, was die Leute etwas überraschte, da er sich nie viel aus Kindern gemacht hatte. Er magerte ab, wurde grau, und man bekam kaum noch ein Wort aus ihm heraus. Greta dagegen war heiter, als Marianne starb, man sah ihr nicht mehr Kummer an als gewöhnlich, wenn was anstand, außer beim Begräbnis, da warf sie sich plötzlich schreiend über den Sarg, so daß man ihr einen Knebel in den Mund schieben und sie hinaustragen mußte.

Die Bewohner des Viertels waren völlig von diesen Ereignissen in Anspruch genommen, bis auf Dolli, die hatte genug mit sich selbst zu schaffen, die arme Frau, zersprang fast vor Verzweiflung und Kopfschmerzen. Wie immer, wenn es ihr eine Zeitlang gutgegangen war, gönnte man ihr keine Ruhe. Sie mußte zwischen Grettir und Halldor wählen und wollte doch auf keinen von beiden verzichten.

Dann wurde sie schwanger, mit ihrem dritten Kind, und damit hörte das Herumlavieren auf. Eines Montagabends, als Grettir im Auftrag der Army zu einer langen Reise ostwärts nach Stokksnes aufgebrochen war, gab sie endlich Halldors Drängen nach; er sei der Vater des Kindes, das sie unterm Herzen trug, und Grettir konnte sehen wo er blieb.

Die ersten glücklichen Wochen ließen sich gut an. Halldor der Schreiner glaubte, einen großen Sieg in seinem Leben errungen zu haben. Er spürte das, als er sich klar wurde, daß seine Ehe sowieso auf des Messers Schneide gestanden hatte. Sie paßten einfach nicht zusammen. Natürlich mußte er mit seiner Frau reden, als er zum letzten Mal rüber in die Baracke ging, um Zahnbürste und Rasierapparat zu holen, und bei dieser Gelegenheit legte er ihr dar, wie er schon lange unzufrieden gewesen sei in seiner Ehe, und gewußt habe, sie war es ebenfalls, nur hätten sie nie darüber sprechen können. Jetzt könne jeder von ihnen ein neues Leben beginnen, undsoweiter; Halldor war beredt und in guter Form; so wie er die Karten auf den Tisch legte, hätte er es eigentlich verdient gehabt, daß sie ihm herzlich dafür dankte, wenn er seine Sachen packte. Aber manche Weiber sind eben so, können einfach ihre Chance nicht wahrnehmen, Halldors Frau war eine von denen. Sie fing an zu heulen. Halldor sagte, sie würde es nicht nur sich selbst, sondern auch ihm viel schwerer machen, wenn sie sich so aufführte. Aber Rücksichtnahme schien dieser Frau wohl nicht gegeben; als er ging, plärrte sie noch immer. – Wie war's? fragte Dolli. – Bloß ein verdammtes Geflenne! antwortete Halldor.

Halldor nahm sich ein paar Tage frei, damit sie ihr Glück zusammen genießen konnten. Und diese ersten Tage waren sehr glücklich. Dann tauchten die ersten Schatten auf.

Zum Beispiel bekam seine Verflossene einen Nervenzusammenbruch und flüchtete aus der Hauptstadt, diesem schrecklichen Ort, Ursprung all ihres Unglücks. Das war ein Kardinalfehler, denn in der Stadt gab es die Apparate, die sie für die Behandlung ihrer Nierenkrankheit brauchte, aber sie, wie von allen guten Geistern verlassen, fuhr mit den Kindern heim in ihr Dorf an den Westfjorden. Dort wohnten ihre Eltern und Geschwister, aber es gab keinen Arzt, geschweige denn die Geräte, die ihre Gesundheit zu retten vermochten. Tatsächlich verschlimmerte sich ihr Zustand, man fürchtete sogar um ihr Leben.

Offenbar glaubten alle, Halldor sei dafür verantwortlich. Seine Schwiegereltern riefen ihn im Alten Haus an, sie hatten sich geweigert zu glauben, daß er sich so miserabel benehmen könne. Ihre Brüder, baumstarke Fischer, drohten ihr Kommen an, und dann sollte er was erleben.

Es war einfach absurd! Halldor traf doch keine Schuld! Er schrieb einen Brief Richtung Westfjorde und beteuerte seine Unschuld. Sie hätte in der Baracke wohnen bleiben können, und er hatte ihr versprochen, er würde ihr Geld geben, solange sie in Behandlung war. Er hatte sie doch überhaupt nicht in den Westen vertrieben, das war allein ihre Erfindung. Und in dem Brief wies Halldor auch die Behauptung zurück, er sei schlecht zu den Kindern gewesen; wenn sie weiter in der Baracke geblieben wären, womit er gerechnet hatte, dann hätte er seine Kinder treffen können, sie vielleicht hin und wieder am Wochenende geholt, so daß die Scheidung für sie leichter erträglich gewesen wäre. Statt dessen hatten sie ihren Vater verloren, als *sie* die Kinder mit sich nach Westen verschleppte.

Doch die Leute drüben an den Westfjorden weigerten sich, die Tatsachen zu akzeptieren. Seine Eltern schrieben und kündigten an, sie wollten mit ihrem Sohn nichts mehr zu schaffen haben. Er traf alte Bekannte aus der Gegend, die ihm rieten, sich dort die nächsten Jahrzehnte nicht blicken zu lassen. Hinzu kam noch, daß Lina und Tommi ihm die kalte Schulter zeigten und ihn im Alten Haus ignorierten.

Doch all das war nicht das Schlimmste. Was Halldor Kopfzerbrechen machte, war, daß Dolli sich anscheinend doch noch nicht entschieden hatte, wen sie nun haben wollte, ihn oder Grettir. Manchmal schob sie Halldor von sich und vergrub das Gesicht in den Kissen und sagte, sie habe solche Angst vor der Begegnung mit Grettir.

– Aber du mußt! sagte Halldor. Ihretwegen hatte er alles aufgegeben, Frau, Kinder, Eltern, Freunde, Verwandte und sogar sein Heimatdorf. Da wäre es wohl nicht zuviel verlangt, daß sie mit diesem kleinen Gnurpsel Schluß machte. Hatte Grettir was anderes verdient, wo er ständig am Walfjord oben herumhurte?

Doch mit den Launen bei den Weibern ist es immer das gleiche, Halldor war stinkwütend, hatte genug von diesem Zirkus, und Dolli fing an zu heulen. Halldor war in die Stadt zur Arbeit gefahren, als Grettir ahnungslos aus dem Osten zurückkehrte, er kam direkt ins Alte Haus, und Dolli warf sich in seine Arme. Als Halldor von der Arbeit kam, durfte er bitte schön zum zweiten Mal in kurzer Zeit seine Zahnbürste und seinen Rasierapparat einpacken, zwischen ihm und Dolli war alles aus.

Jetzt stellte sich heraus, daß Dolli heilfroh sein konnte, diesen Mann los zu sein. Er brach selbst bei so geringen Belastungen zusammen und fing an zu saufen. Die schrecklichsten Geschichten machten die Runde, Leute hatten ihn sogar bei erbärmlichen Trinkgelagen mit den Stadtpennern beobachtet. Diesen überzeugten Abstinenzler. Irgend jemand sah ihn vor der Ingolfsapotheke stehen, ungereinigten Sprit unterm Mantel. Hreggvid, der seit dem Tod Mariannes trocken war, schüttelte lebenserfahren den Kopf und meinte, er verstünde nicht, daß dieser Mensch da sich nicht aufraffte. Es war, als könne Halldor nun selbst den Tatsachen nicht mehr ins Auge sehen, kapierte nicht, was man zu ihm sagte, rief weiterhin im Alten Haus an und kam vorbei, abwechselnd auf den Knien rutschend oder drohend, und immer besoffen. Dolli war nicht geneigt, sich um sein Flehen zu kümmern; hin und wieder antwortete Tommi trocken und einsilbig. – Nein, nein, ja danke, Wiedersehn. Meistens war es Lina, die im Namen der Familie antwortete, sie wußte nun wirklich so zu reden, daß man es verstand, aber nicht einmal das half. Erst als Dolli selbst an die

Tür kam und den Schreiner verhöhnte wegen seines Aussehens und seines Elends, da gab er auf. Die Sache war verloren.

Er raffte sich auf und fuhr nach den Westfjorden, in Begleitung eines Arztes, damit man ihn nicht gar so schlecht empfing.

Die Frau war am Leben und erholte sich allmählich von dem Schock. Halldor vergoß bittere Tränen und sagte, er sei zu ihr zurückgekehrt, hätte solche Gewissensbisse gehabt, erst als sie weg war, sei ihm klargeworden, daß er nur sie liebte, alles sei wie ein schlechter Traum gewesen.

Er wurde mit Unglauben und Argwohn aufgenommen, versuchte jedoch, mit allen Mitteln dagegen anzugehen. Arbeitete wie ein Berserker, war die Güte selbst und überaus diensteifrig, bezahlte den Flug für Ärzte vom Isafjord, legte Geld hin für teure Medizin und gab an, er spare auf eine Operation in Amerika, falls das notwendig würde. Langsam, aber sicher taute er das Eis auf, spürte, es mochte ihm glücken, wollte Dolli und diese ganze fürchterliche Geschichte in Reykjavik vergessen.

Und der Globus drehte sich, die Blätter fielen vom amerikanischen Kalender in Linas Küche. Tagsüber saß Dolli bei ihr und trank Kaffee aus einer angeschlagenen Tasse. Hatte sie jemals Grund gehabt, bedrückt und schwermütig zu sein, dann war es jetzt; je länger die Schwangerschaft dauerte, desto kränker wurde sie. Schon beim letzten Mal hatte sie Beschwerden gehabt, aber diesmal war es schlimmer als zuvor. Die ersten zwei Monate behielt sie nichts bei sich, magerte ab, und als das überstanden war, schwemmte sie auf vor Wasser und Fett. Und hin und wieder bekam sie Anfälle, Schwindel und Ohnmacht, Herzrasen, Angstattacken, erwachte schreiend und weinend, so daß Lina jede Nacht an ihrem Bett sitzen sollte, wenn Grettir nicht daheim war. Zweimal brachte man sie wegen Magenkrämpfen ins Hospital, und beide Male rechneten die Ärzte mit einer Fehlgeburt. Aber Dolli war zäh und hielt durch, allen Schwierigkeiten zum Trotz.

Im neunten Monat ging es ihr einigermaßen, nur konnte sie schlecht laufen wegen Wasser in den Füßen und Rückenschmerzen und saß blaß, aber ruhig im Stuhl und zählte Maschen und zählte Minuten und Sekunden und wartete auf die Wehen.

Doch es schien, als habe das Schicksal dieser jungen Frau noch nicht genug aufgebürdet. Die Tage vergingen, Wochen, ein ganzer Monat über den berechneten Zeitpunkt hinaus, ohne daß das Kind sich rührte. Arme Dolli, mehr und mehr zerrte es an ihr, und obwohl sie keine Anfälle mehr bekam, fürchteten Tommi und Lina um sie. Sie saß nur schweigend im Schaukelstuhl, leichenblaß, mit blutunterlaufenen Augen, aufgeschwemmt und entstellt. Fühlte sich noch am besten, wenn sie genügend Süßigkeiten zu knabbern hatte.

Grettir war ungewöhnlich viel von zu Hause weg während dieser letzten Wochen, kam so gut wie nie heim. Lina und Tommi versuchten, ihr die Zeit zu vertreiben; da Dolli kaum antwortete, eigneten sich Geschichten dazu am besten. Tommis Lieblingsgeschichten handelten von Abenteuern mit Frauen und Prügeleien mit Türken und Arabern während des ersten Weltkriegs; wenn er versuchte, sich etwas Witziges und Amüsantes aus jener Zeit einfallen zu lassen, merkte er selbst, daß das Männergeschichten waren; jedenfalls nichts für schwangere Frauen.

Lina hatte die geniale Idee, nach Vetter Snjolf zu schicken, Dolli lebte jedesmal auf, wenn er erschien mit seinem Regenschirm, seinem Schnurrbart und dem Tirolerhut.

Vetter Snjolf war ein höflicher Mensch, äußerte, wie hübsch Dolli in diesem vollschlanken Zustand aussehe, und obwohl sie wußte, es war der reine Unsinn, wurde ihr doch warm ums Herz. Snjolf prahlte natürlich unentwegt, und Dolli gefiel das, doch weil sie sich so gut verstanden, sprach Snjolf allmählich offener und aufrichtiger mit ihr, erzählte von seinen Träumen, er befaßte sich mit Malen und Zeichnen und wollte damit berühmt werden wie seine Halbbrüder, die sich in der Stadt als Maler einen Namen gemacht hatten.

Allerdings kannte er diese Halbbrüder kaum, ebensowenig wie seinen Vater; der hatte die beiden Kunstmaler mit irgendeiner Frau in der Stadt gezeugt, lange nach dem Tod von Gislina. Im Suff prahlte Snjolf hin und wieder mit seinen Brüdern, vertraute aber Dolli nun mit sorgenvoller Miene an, daß er für solche berühmten Männer wohl nicht gut genug sei, denn wenn er anrief oder sie besuchen fuhr, um über die gemeinsame Abstammung zu reden oder über die Kunst zu diskutieren, dann knallten sie den Hörer auf oder die Tür zu und wollten ihn nicht kennen.

Solche Leidensgeschichten hörte Dolli gern, besonders wenn Liebe im Spiel war, die konnte Snjolf reihenweise auftischen, schließlich hatte er manche Enttäuschung erlebt; einmal war er zum Beispiel mit einem Mädchen aus Kopasker verlobt, und sie hatten ein Kind zusammen, aber kurz vor der Hochzeit betrog sie ihn mit seinem besten Freund. Da zog Snjolf in den nächsten Bezirk und brütete manch schlaflose Nacht im Schein der blakenden Petroleumlampe über einem Brief an seine Geliebte, einem langen und heißen Brief, mit roter Tinte geschrieben, rot wie Herzblut. Bekam er Antwort? Nein, er bekam nie eine Antwort, weil er den Brief gar nicht abschickte, ihn nur in die Brieftasche steckte, und dort lag er noch immer, nach einem Vierteljahrhundert. Und er zog ihn hervor, zerknittert und vergilbt, und las ihn Dolli vor: diesen Brief, der alle Liebesromane der Wochenblätter in den Schatten stellte; Dolli weinte Tränen der Rührung, und Snjolf mochte Tag für Tag kommen und den Brief vorlesen.

Sechs Wochen waren über die neun Monate hinaus vergangen und Snjolf gerade mitten im Brief, als das Kind kam. So schnell, daß keine Zeit mehr blieb, auf den Arzt oder die Hebamme zu warten, also leisteten Lina und Snjolf Geburtshilfe. Snjolf leitete die Sache und befahl sofort, man solle Wasser kochen, in Büchern und Filmen machte man das immer so, doch als Lina mit einem Kessel kochenden Wassers ankam, stellte sich heraus, daß keiner von beiden eine Ahnung hatte, wozu es diente. Wie dem auch sei, es stand zur Verfügung, für alle Fälle, wurde aber nicht gebraucht, denn das Kind kam wie beiläufig dort im Telephonzimmer des Alten Hauses zur Welt.

Beiläufig ist nun vielleicht übertrieben, aber die beiden, Snjolf und Lina, konnten Wunder vollbringen.

Das Kind hatte soeben seinen ersten Schrei ausgestoßen, als der Arzt auf der Bildfläche erschien und es auf der Stelle ins Krankenhaus brachte. So plötzlich, daß Dolli es nicht einmal hatte sehen können. Bleich und starr schaute sie Lina und Snjolf an, als ihr bewußt wurde, daß alles überstanden war, fragte dann nach dem Kind und merkte sofort, daß sie etwas verschwiegen. Ein Junge, sagten sie, ziemlich groß, und hübsch, tatsächlich stellte sich heraus, daß er 10 Pfund wog, das größte Kind, das jemals in der Familie geboren wurde. Aber Snjolf und Lina wirkten irgendwie bedrückt und flüsterten ratlos miteinander, und Dolli erstarrte vor Furcht und fing an zu weinen, glaubte, nun sei ihr das gleiche geschehen wie Gogo, ihrer Mutter, die ein geistig behindertes Kind zur Welt gebracht hatte, oder etwas noch Schlimmeres.

So schlimm stand es nun doch nicht, nur der rechte Fuß war so verdreht und verkümmert, daß der Arzt das Bein amputieren mußte, direkt unterhalb des Knies.

Körperlich erholte Dolli sich nach kurzer Zeit, wurde den Speck los und gewann wieder Kraft, dennoch blieb sie lange traurig und wortkarg. Grettir wußte nicht, wie er sich verhalten sollte, wagte nicht, fröhlich zu sein, und wollte robust scheinen, betrachtete das Kind mit verlegenem Gesicht, als wenn er eine Pflicht erfüllte. Wirkte schüchtern. Dolli empfing ihn jetzt nicht mehr mit gleicher Begeisterung wie damals während ihrer Beziehung zu Halldor dem Schreiner. Also nahm Grettir weiterhin so häufig wie möglich Aufträge von der Army an, die lange Abwesenheiten erforderlich machten.

Lina schloß den Kleinen sofort ins Herz, obwohl er so verkrüppelt war. Hatte die Wiege bei sich in der Küche stehen, wenn sie wahrsagte oder kochte. Sie sprach mit der Wiege, redete über die Schlechtigkeit der Welt, während sie die Karten schlug, und bewunderte, wie dick und ruhig das Kind war. – Er ist Grettir überhaupt nicht ähnlich! sagte sie plötzlich.

Darüber war sich Dolli mit ihr einig. – Kein Wunder, daß er Grettir nicht ähnlich sieht, meinte sie, er ist schließlich Halldors Sohn.

Und Halldor erhielt Nachricht, er habe in der Hauptstadt einen neugeborenen Sohn. Dolli rief ihn an, dort oben an den Westfjorden, eiskalt. Halldors Frau meldete sich; wahrscheinlich erkannte sie Dollis

Stimme am Telephon, denn sie klang angstvoll, fragte mehrfach, wer da wäre, ob es was Wichtiges sei, ob sie ihm was bestellen könne. – Nichts Besonderes, sagte Dolli und wollte abends nochmal anrufen.

Armer Halldor! Jetzt hatte er da im Westen endlich ein normales Familienleben, hatte sich die größte Mühe gegeben, die Feindseligkeit und das Mißtrauen gegen sich auszuräumen, und dann kommt Dolli ihm ohne Vorwarnung mit diesen Neuigkeiten.

– Was für ein Blödsinn ist das? flüsterte er verzweifelt.

– Ich versteh dich nicht! brüllte Dolli durch die knirschende Überlandverbindung.

– Was für ein Blöd ...

– Blödsinn? Du hast einen Sohn bekommen!

Armer Halldor. Bestimmt hatte seine Frau gelauscht, hatte gespannt hinter der Zeitung gesessen, während Halldor versuchte, nach Süden über himmelhohe Berge und Höhen zu flüstern, und Dolli zurückbrüllte, so daß er eine Heidenangst hatte, daß es durchs ganze Haus dröhnte.

– Laß mich in Frieden, zischte er in den Hörer, ich hab meine Familie und du hast deine! Dann legte er auf. Aber Dolli rief sofort wieder an und las ihm die Leviten; so zu tun, als ginge ihn das nichts an, wenn er ein Kind bekam!

– Was willst du eigentlich erreichen? fragte Halldor.

– Du mußt die Verantwortung übernehmen!

– Was?

– Du mußt Alimente für dein Kind zahlen!

Wieder aufgelegt. Jetzt ist für Halldor das Maß voll. Da zeigt das Pack aus der Hauptstadt sein wahres Gesicht. Ihm ein Kind anhängen, bloß um Geld herauszupressen. Hatte sie selbst am Telephon zugegeben!

Der Schreiner von den Westfjorden war nicht entronnen, obgleich er aufgelegt hatte. Einige Tage später erhielt er einen kurzen, aber deutlichen Brief, wenn er nicht runterkäme, um seine Angelegenheiten zu regeln, würde er vom Anwalt hören. Er zeigte allen Dorfbewohnern den Brief. Solch eine Lüge und Frechheit! Da konnte man mal sehen, dieses Pack aus dem Süden; es müßte Gesetze geben gegen solches Volk, das sich ehrenhaften Männern gegenüber derart unverschämt benahm. Es gelang ihm, alle im Dorf zu überzeugen. Außerdem stand in dem Brief, das Kind wäre irgendwie verkrüppelt; die Leute fanden es kaum wahrscheinlich, daß ein gesunder und gutaussehender Kerl von den Westfjorden ein behindertes Kind haben sollte. Das sähe den Barackenschmarotzern auf ihrem Kieshaufen ähnlich!

Die einzigen im Dorf, die nicht von Halldors Unschuld überzeugt waren, waren er selbst und seine Frau. Jeder für sich. Darüber wurde in der Familie nicht gesprochen. Darüber schwieg man — so verbohrt, daß es in den Wänden knackte. Halldor bekam einen zweiten Brief und sah ein, daß er in die Hauptstadt fahren mußte, in der Hoffnung, es möge ihm endgültig gelingen, sich von dieser Verleumdung zu reinigen.

Die Briefe waren von beiden, Dolli und Grettir, unterschrieben gewesen. Man mußte zugeben, daß Grettir in dieser Krise zu seiner Frau stand. Manch anderer Ehemann wäre vielleicht sauer geworden, wenn seine Frau von einem andern Mann aus der Stadt ein Kind bekommen hätte. Ein behindertes. Nicht so Grettir. Er triumphierte, als eindeutig feststand, daß das Kind in keinem Falle von ihm stammen konnte. Eine Blutuntersuchung hatte es bewiesen; er und Dolli hatten die gleiche verbreitete Blutgruppe, das Kind eine sehr seltene.

Halldor kam in die Hauptstadt mit einiger Verzögerung und unterzog sich ebenfalls einer Blutuntersuchung, und seine Blutgruppe erwies sich als die gleiche wie die des behinderten Jungen. Er sah ein, daß die Sache verloren war. Selbst wenn er weiter leugnete; er wußte, niemand würde ihm mehr glauben. Als gebrochener Mann unterschrieb er vor dem obersten Untersuchungsrichter die Urkunde und seine Zahlungsverpflichtung.

Dolli und Grettir kamen mit der Nachricht strahlend heim ins Alte Haus. Sie hatten gewonnen! Halleluja! Grettir bot Zigarren an, jawohl!, stolzierte herum und murmelte Sakrament noch mal von sich hin. Nahm sogar das Kind aus der Wiege und erzählte ihm die Neuigkeiten. – Hat man Töne! Gegen Abend trafen Toti und Fia und ein paar Nachbarn aus dem Camp zu einem Kaffeeklatsch im Alten Haus ein, um den Erfolg zu feiern. Fia stöhnte und schimpfte über die Frechheit von diesem Kerl, wollte sich doch wirklich davor drücken, all dieses Gäääld zu bezahlen! So eine Unverschämtheit! Mehr wollte sie dazu nicht sagen!

– Jaha! Da hat er sich wohl geschnitten! sagte Grettir; er schmauchte noch immer an seiner Zigarre, rotäugig und aufgedunsen von dem Tabaksqualm um seinen Kopf. Er rechnete Toti und Tommi vor, um wieviel Geld es sich handelte, gut vierhundert im Monat, laß mal sehen, das sind ... äh ... ungefähr fünftausend im Jahr, das summiert sich in sechzehn Jahren zu ... zu ... äh, in sechzehn Jahren zu, was? Neunzigtausend!

– Neunzigtausend! Hohoho, sogar Vetter Toti schien das viel Geld, neunzigtausend, zwei bis drei neue Autos!

Den Rest des Abends tüftelte Grettir weiter. Als die Gäste gegangen waren, nahm er ein Blatt und einen Bleistift und rechnete. Endlich rief er Tommi und zeigte ihm sein Ergebnis. Tommi hatte sich schon hingelegt und kam ärgerlich an den Tisch, wo Grettir saß.

– Sieh mal, da hab ich einen kleinen Fehler gemacht, das ergibt keine neunzigtausend, sondern bloß achtzigtausend.

– Soso.

– Vielleicht sollte ich Vetter Toti anrufen! sagte Grettir und schaute auf seine Armbanduhr. Die Sache richtigstellen!

Tommi stand über Grettir und maß ihn mit Blicken.

– Weißt du was, Grettir! Ich glaub, das spielt nun keine große Rolle.

– Naja, neee, das ist vielleicht wahr, murmelte Grettir, sauer, weil er sich verrechnet hatte.

Ein anderes Gesprächsthema dort bei dem Kaffeeklatsch hatte den Sieg in der Vaterschaftssache fast überschattet: Unter der Überschrift »Siebzehnjähriger des Mordes verdächtigt« erschien der Name des Tauben Grjoni in den Zeitungen. Grjoni Traustason, Maat auf dem Motorschiff Hvanngeiri, saß in Siglufjord in Untersuchungshaft. Nach einem riesigen Besäufnis und einer Schlägerei, die die Goldgräberstadt der Heringsabenteurer erschütterten, während sie auf gutes Wetter warteten, fand man den angejahrten Koch eines Bootes aus den Westfjorden tot auf der Hauptstraße, gestorben an einem gewaltigen Schlag. Grjoni und drei weitere hatte man deswegen verhaftet, nach Aussage von Zeugen hatten sie sich mit der Mannschaft des Bootes am Abend vorher hitzige Kämpfe geliefert, darunter der verstorbene Koch. Alle Verhafteten leugneten entschieden, mit seinem Tod etwas zu tun zu haben, außer Grjoni, der bei allen Vernehmungen taub und stumm blieb, und daher konzentrierte sich der Verdacht auf ihn.

Darüber wurde bei klappernden Kaffeetassen und Kuchentellern gehechelt und getuschelt; hier bewahrheiteten sich Vetter Totis Worte, man dürfe diesen Jungen gegenüber nicht zu nachgiebig sein, man müsse die Sturheit aus ihnen herausprügeln, sofort, bevor sie Leben und Gut anderer gefährdeten, wie man nun sah. Und für so was hat man sich nun krummgelegt und einen Fußballverein gegründet, hätte er am liebsten gesagt, konnte aber nicht, weil Tommi dabeisaß. Fia rang die Hände, fand es das reinste Wunder, daß sie selbst noch am Leben war, erst wenige Jahre war es her, da war dieser Verbrecher doch tatsächlich in ihr Haus gekommen, sogar zweimal; und ihr Gosi, Herr des Himmels! Grjoni hätte es doch beinahe geschafft, ihn mit sich in den Sumpf zu ziehen, wie damals, als er ihn und noch andere unschuldige Kinder zu diesem Einbruch im Hafen verführte. Gar nicht auszudenken, was passiert wäre, wenn sie damals nicht energisch die Zügel in die Hand genommen hätte!

Genau wie Toti mit Rücksicht auf Tommi das Thema Fußballverein vermied, erinnerte Fia in diesem Zusammenhang nicht an Baddi, Linas wegen. Doch Lina wußte, was die Glocke geschlagen hatte, und hörte die Anspielung auf ihren Sonnenschein heraus, der jetzt schon so lange in Amerika war, daß er ihr im Traum erschien, mit Grübchen in den Wangen, wie er auf einer goldenen Harfe spielte. Daß sein Jugendfreund Grjoni etwas so Schlechtes getan haben könnte, war unmöglich; hier waren Pharisäer und Verleumder am Werk, wie die wählten, hatte sie am eigenen Leib erfahren. Selbstverständlich ging sie als Siegerin aus der Diskussion mit Fia und Toti hervor, die sich beschämt verabschiedeten, nachdem Lina seine Unschuld bewiesen hatte, mit Exempeln, wie gut die beiden Freunde zu jener Zeit gleichermaßen gegen Tier und Mensch gewesen waren.

Grettir beteiligte sich nicht an dem Wortwechsel, er war mitten im Kopfrechnen, und die Sache ging ihn nichts an. Und Tommi schwieg ebenfalls, nicht weil ihn die Sache nichts anging, sondern weil er zu tief in Gedanken an Grjoni und an seine Jungen versunken war, als daß er sich mit Fia und Toti hätte streiten wollen. Er hoffte heiß und innig, es möge nicht wahr sein, betete insgeheim zu Gott, früher hatte er immer gefürchtet, daß es so kommen könnte; es war sein Traum und sein ganzer Ehrgeiz gewesen, diese Jungen im Leben zu leiten und sie auf den rechten Weg zu führen, mit dem FC Kauri. Doch wenn Grjoni, dieses rothaarige lange Elend, den er sogar eine Zeitlang in seinem Haus aufgenommen hatte, in seinen jungen Jahren ein solches Verbrechen begehen konnte, dann hatte das alles nicht gereicht. Es konnte nicht wahr sein! Oder doch? Nein.

Lina war so felsenfest von Grjonis Unschuld überzeugt, daß sie alles unternahm, damit er bedingungslos aus der Haft entlassen und von dem Verdacht befreit würde. Gleich am nächsten Tag machte sie sich auf, die Familienbande zu einem entfernten Verwandten wieder aufzunehmen, der Gudlaug hieß und sich glücklich zum Inspektor bei der Reykjaviker Polizei hochgearbeitet hatte. Lina suchte ihn auf und befahl Vetter Gudlaug klar und deutlich, dafür zu sorgen, daß Grjoni sofort freigesetzt würde. Sie sagte, sie schätze Grjoni wie ihr eigenes Kind, redete jedoch ansonsten in keiner Weise um den heißen Brei herum. Gudlaug kannte seine großartige Verwandte fast nur vom Hörensagen; er rutschte auf seinem Stuhl hin und her und nickte so schnell hintereinander, daß ihn die Halswirbel schmerzten, als sie gegangen war. Erst da begriff dieser gewissenhafte Hüter des Gesetzes zu seinem Schrecken, daß er ihr versprochen hatte, für die Freilassung eines Mordverdächtigen in einem andern Teil des Landes zu sorgen. Sollten seine Vorgesetzten von diesen Allüren Wind kriegen, durfte er froh sein, wenn er als Verkehrspolizist wieder anfangen und Parksünder verdonnern konnte.

Damit hatte die Alte auch einen Anlaß, nach Westen übers Meer zu telephonieren, um Baddi die Neuigkeit mitzuteilen. Er schien zuzuhören, denn es war still in der Leitung, während die Wahrsagerin sprach, dann kam ein Pfiff und ein kurzes *Whow!*, wahrscheinlich schüttelte er den Kopf und hielt Gogo den Hörer hin, weil sie ans Telephon kam und sagte, Baddi würde sich bei ihnen ziemlich langweilen, und sie würde ihn demnächst nach Hause schicken.

Wenige Tage später telephonierte die Wahrsagerin ein zweites Mal, diesmal mit Inspektor Gudlaug, um ihm für sein forsches Vorgehen in der Sache Grjoni zu danken. Gudlaug wischte sich den Schweiß von der Stirn, genoß das Lob und korrigierte daher das Mißverständnis nicht.

Es hatte nämlich fast einen Skandal gegeben, als die Verhandlung da oben im Norden begann und der Richter die Akten studierte, denn dabei kam eine Tatsache ans Licht, die Polizei und Anklagevertreter übersehen hatten, nämlich daß Grjoni vor zwei Uhr nachts verhaftet und hinter Schloß und Riegel gebracht worden war wegen Einbruchs sowohl in die Konsumgenossenschaft als auch ins Postamt, und noch gut eine Stunde danach war der Verstorbene bei bester Gesundheit in der Stadt gesehen worden. Daher ließ man die Mordanklage gegen Grjoni auf der Stelle fallen, verurteilte ihn jedoch wegen der beiden Einbrüche und Ladendiebstahls und Körperverletzung und anderer kleinerer Vergehen, die zusammen ein hübsches Sündenregister ergaben; er bekam anderthalb Jahre Gefängnis, mit Rücksicht auf das jugendliche Alter des Angeklagten wurde ein Jahr davon zur Bewährung ausgesetzt.

Da der neugeborene verkrüppelte Junge ein Sohn von Halldor dem Schreiner war, schien es Dolli angebracht, dem Kind dessen vollen Namen zu geben: Halldor Halldorsson. Darüber hinaus hatten sie wenig gemeinsam; Halldor der Schreiner war ein heller und fröhlicher Mensch gewesen, sein Sohn war schwermütig und dunkel.

Lina mochte den Halldor-Namen nicht; sie nannte den Jungen Bobo. Der kleine Bobo fand früh heraus, wie man mit drei Stützen gegen konnte: den beiden Händen und dem linken Fuß. Auf diese Weise fegte er im ganzen Haus herum und bald durch das ganze Viertel. Er war ein schweigsamer und zurückhaltender Junge, besonders wenn man ihn ärgerte, dann schwieg er manchmal so hartnäckig, daß die Familienmitglieder viele Tage lang wie auf glühenden Kohlen gingen. Als der kleine Bobo fünf war, bekam er einen spezialangefertigten Schuh. Er bestand aus einem zehn Zentimeter langen Holzstumpf, der unten am rechten Bein befestigt wurde. Er lernte schnell, damit zu laufen, und seine Augen strahlten glücklich und triumphierend, als er aufrecht wie andere Menschen auch einhergehen konnte; stakte mit festem Schritt über den Holzfußboden wie Admiral Nelson, so daß das Haus erzitterte.

Halldor der Schreiner kehrte nie an die Westfjorde zurück. Innerhalb weniger Wochen wurde er grau; er suchte sich Arbeit in einer Möbelwerkstatt und mietete ein Kellerzimmer im Bankblock.

Vater und Sohn sollten die nächsten zwanzig Jahre in nächster Nachbarschaft zueinander wohnen. Begegneten sich täglich. Ohne zu grüßen.

Zäh und entschlossen wirst du auf deinem Wege gehn.

Drüben in Amerika, dort, wo die Sonne versinkt, nachdem sie trotz der Wolkendecke ein paar Strahlen über dem Alten Haus und der gefrorenen Erde Islands verloren hat, lebten Gogo und Baddi und Danni.

Hin und wieder schickte Gogo Photos, sie glichen alten, vergilbten Postkarten. Zum Beispiel das Bild einer langen Straße mit einer Reihe von großen weißen Häusern, halb verdeckt hinter Ziergärten und gepflegten Hecken, von Familienvätern in weißen Hemden geschnitten und gewässert. Hinten auf das Bild hatte Gogo geschrieben — Unsere Straße — ; und damit waren der Phantasie der Familie im Alten Haus keine Grenzen gesetzt. Gehörten Gogo all diese Häuser? All diese Paläste, ähnlich den Landsitzen auf den Photos bei den Liebesgeschichten in dänischen Illustrierten? Gehörten ihr dann auch alle diese Ehemänner in weißen Hemden, die entweder den Garten pflegten oder ihre Autos wachsten; Autos reihenweise vor den Häusern, derart elegant, daß Grettirs vornehmer Leichenwagen sich dagegen ausnahm wie eine Pferdekarre. Das sähe Gogo ähnlich. Dann gab es noch ein Bild von Baddi mit Polizistenmütze, und das verursachte einiges Kopfzerbrechen. Tommi sagte, das könne er sich nicht vorstellen, daß der Junge jetzt bei der Polizei sei; viel eher handele es sich um eine Kapitänsmütze.

– Ja findest du es denn wahrscheinlicher, daß er Kapitän geworden ist? fragte Dolli höhnisch, und darauf wollte Tommi nichts erwidern; um seine Meinung gab man ohnehin nicht viel. Obwohl er als Versorger der Familie galt und das Geld für das tägliche Brot herbeischaffte, glich er in mancher Hinsicht eher einem Mieter oder Kostgänger, tatsächlich war er ja auch mit keinem verwandt. Es war Gogo, die alles besorgte, was dem Dasein in diesen Zeiten des Wohlstands Leben und Farbe verlieh.

Und Baddi: er gab allem irdischen Streben ein Ziel. Dieser vielversprechende, aufgeweckte und hübsche Junge, Stolz der Familie, der Herzensschatz in Großmutters Gebeten, die die Königin des Alten Hauses am Spülbecken laut vor sich hinsang oder schweigend, während sie über Karten und fremden Schicksalen grübelte. Der Junge mit seinen strahlenden Augen, dem Lächeln, der Hilfsbereitschaft und Güte allem gegenüber, was da lebte und atmete.

Nun stand seine Heimkehr bevor.

Glücklich die Amerikaner, daß sie seine Anwesenheit während der letzten Jahre genießen durften, fand Lina, dieses beinharte Wesen, das sich jahrzehntelang keine Sentimentalitäten geleistet hatte. Jetzt sprach sie mit so tränenerstickter Sehnsucht von ihrem Baddi, daß sogar Tommi gerührt war und sich einbildete, nun, da der Engel heimkäme, würde alles hell und schön. Trotzdem — Danni hatte Tommi immer nähergestanden; sie hatten so vieles gemeinsam, er und der jüngere der Brüder. Er, den man kaum vermißte und der selten in den Erinnerungen der Familie auftauchte, höchstens, wie wenn ein Rabe sich flüchtig auf dem Giebel niederläßt und krächzt.

Wenn Tommi zurückdachte, sah er, daß Baddi nie wirklich ein unartiges Kind gewesen war. Alles Übertreibungen und mangelndes Verständnis gegenüber der Jugend. Sind und bleiben Jungs nicht immer Jungs? Zuletzt war er für Tommi eine rechte Bürde gewesen wegen der Geldstrafen und Entschädigungen für alle möglichen kleinen Vergehen, bei denen Baddi Anführer gewesen war; aber so was wächst sich doch aus. Am meisten machte Tommi sich Sorgen um die Burschen, wenn sie Schnaps entdeckten, Flaschen klauten und sich betranken und in Garagen und Schuppen mit den Mädchen verschwanden, die aufschrien und heulten und herausgerannt kamen, aufgelöst, feurige Wildheit in den Augen, sich aber doch immer wieder in die Garage locken ließen. Aber wozu machte Tommi sich Sorgen? Jung und zu allem aufgelegt eben; Tommi war zu der Ansicht gekommen, die Erwachsenen regten sich nur aus Neid über die Jugend auf, die das Leben noch leichtnehmen durfte. Tommi selbst: vor einem halben Jahrhundert war er genau wie Baddi, so war die Zeit vergangen. Die Leute behaupteten auch, er und Baddi wären einander ungeheuer ähnlich, und das bewegte Tommi, und er wurde verlegen und wollte nicht weiter darüber reden. Auch wenn es unlogisch war, so wußte er, eine solche Ähnlichkeit war nicht völlig von der Hand zu weisen; er sah sich oft selbst in Baddi; beide waren sie zum Beispiel ausgesprochene Frostbeulen, und bevor Baddi hinausging, zog er sich oft dickes Unterzeug an und lange Wollstrümpfe bis an die Schenkel — dieser fünfzehnjährige Don Juan. Und wenn Zigarrettentabak rar war, dann schnupften die Burschen eben nach Art der gesunden isländischen Jugend.

Außerdem vergaß Tommi nie, wie gut der Junge Fußball spielen konnte. Eine Schande, daß er das Training aufgegeben hatte, kurz nach dem Turnier auf den Färöern und in Norwegen; damals hörten auch Grjoni und Luddi auf sowie die meisten von dem alten harten Kern, und eine neue Generation folgte nach, mit Danni und solchen Pimpfen an der Spitze. Ein denkwürdiger Tag, als Baddi ein letztes Mal zum Training erschien und verkündete, er habe keine

Lust mehr zu solchen Kindereien. Trollte sich dann in seinen Gummischuhen, zündete sich im Gehen mit blitzschnellen Handbewegungen einen Zigarettenstummel an, warf das Streichholz in die Luft und kickte es mit der Ferse weg.

Damit endete jenes Fußballtraining.

Baddi war etwas über fünfzehn, als er in die Welt hinauszog, in einem großen Flugzeug. Großmutters Liebling, sie erinnerte sich so gut, wie er sich auf dem Flugplatz verabschiedete — einsilbig, doch furchtlos.

»Mag auch im Lebenssturme
dir viel entgegenwehn,
zäh und entschlossen wirst du
auf deinem Wege gehn.«

Natürlich war er aufgeregt, fragte alle zwei Minuten, welche Maschine seine war, um sicherzugehen. Trat von einem Fuß auf den andern und schielte nach seinen nagelneuen Leinenschuhen, in seinem gemusterten Wollpullover und mit frischem Topfschnitt. Im Gepäck hatte er eine Ersatzgarnitur Wollsachen, dazu Hartfisch und eingemachte Wurst, damit er auch bestimmt nicht hungern mußte. All das steckte in einem großen, kistenartigen Schrankkoffer, den Tommi noch aus den Zeiten der Seefahrt besaß.

Dann wurden die Fluggäste gebeten an Bord zu gehen, und plötzlich machte der Junge einen Satz und schoß hinaus. Sagte niemandem Lebewohl.

Unentwegt klangen die großmütterlichen Litaneien durchs Haus während dieser letzten Tage, bevor Baddi heimkam, das ganze Viertel ließ sich davon anstecken, an allen Waschtrögen standen trällernde Frauen:

»Alle guten Geister beschützen dich, mein Sohn,
behüten und geleiten dich in des Lebens Fron.
Auf allen deinen Wegen schenken sie Glück und Mut
einem treuen Freunde, unschätzbares Gut.«

Falls jemandes Erinnerungen an Baddi verblaßten, frischte Lina sie schnell mit einigen Exempeln auf. Allerdings war das selten notwendig, Baddi war immer ein Junge von der Art gewesen, wie ihn die Erwachsenen mögen: ein lebhafter Bursche mit offenem, lächelndem Gesicht. Und wahrhaftig, er wußte, wie man diese Saite anschlägt; als kleiner Bub sang er mit heller Stimme Frühlingsverse und Weihnachtslieder für die Hausmütter, die in Tränen der Rührung zerflossen, während sie Kuchenstücke aufeinanderstapelten.

Es war im frühen Winter, als der Junge zu Hause erwartet wurde, und die Dunkelheit der Tage lastete schwer auf den Häusern; dennoch war die Rückkehr des Helden Anlaß zu einer in der Geschichte des Viertels nie dagewesenen Renovierungsorgie. Tommi und Grettir teerten das Dach des Alten Hauses, Dolli harkte den Kies ringsum, der Abfall zwischen den Baracken wurde weggeräumt und manches zerbrochene Fenster ersetzt, und Hlyn sollte bitteschön seinen Haufen Autowracks ein bißchen in Ordnung bringen. – Die glauben wohl, dieser Bengel Baddi ist inzwischen Präsident der Vereinigten Staaten, sagte Hlyn, allerdings nur zur Schiefen Lauga, nicht laut; es brachte nichts ein, wenn er sich in diesen schweren Zeiten Ärger einhandelte.

Dann kam Baddi, Grettir startete den Leichenwagen, und man fuhr nach Keflavik; Dolli und die Kinder waren natürlich dabei und Lina und Tommi und Vetter Snjolf, Bard Högnason durfte mit und zwei Frauen aus dem Fanclub, das Auto war voll bis unters Dach; es konnten nicht einmal alle mit, die gern wollten. Bei der Rückfahrt die gleiche Geschichte, der Held hatte so viel Gepäck, daß das Auto alleine davon schon fast platzte. Man versuchte, das Zeug zu stapeln und zusammenzuquetschen, doch der Platz reichte nicht, irgend jemand mußte zurückbleiben. Bard Högnason als erster, aber auch das war nicht genug, Tommi sollte ebenfalls seinen Platz räumen, dann Snjolf und die beiden Frauen und die älteren Kinder von Dolli, sie wollte sogar den kleinen Bobo abschieben, kaum mehr als ein Jahr alt, in Tommis Arme, wie er da vor dem Flughafengebäude im Regen herumtrippelte. Aber Baddi selbst wollte nichts davon hören, – *No way!* eher würde er selbst zu Fuß laufen als ein behindertes Kleinkind zurücklassen. Man löste das Problem, indem Tommi statt dessen einen Koffer in die Arme bekam. Auch das langte nicht, der einzige freie Platz war die Sitzbank vorne, und die bot nicht vier Erwachsenen Platz, die alle unentbehrlich schienen: Grettir, Dolli, Lina und der Ehrengast.

Grettir saß klein und gebeugt hinter dem riesigen Lenkrad und sagte, sie müßten unbedingt eine Löööserung finden!, meinte, er sei nie zuvor so wichtig und unersetzlich gewesen, der Chauffeur höchstselbst in diesem Wirrwarr; – ohne mich könnt ihr nichts machen, wie der zum Tode Verurteilte sagte. Baddi seinerseits war relaxed, zuckte die Achseln, helläugig und smart, und betrachtete die amerikanischen Militärmaschinen, während Dolli und Lina herumrannten und riefen und zeigten und widersprechende Befehle gaben, Tommi bekam vorgehalten, er sei ein dickfelliges Schaf, als ob das alles seine Schuld wäre. Dolli und Lina schienen beide das gleiche zu denken, nämlich daß die andere weichen sollte, was völlig unmöglich war; doch endlich fand man die Lösung, so einfach wie selbstverständlich: Natürlich kannte Baddi sich mit solchen Autos aus, soeben aus dem Land heimgekehrt, wo sie produziert wurden, und damit war Grettir wieder zur Null degradiert und durfte sich vom Steuer des Leichenwagens trollen. Was war der Mann sauer!

Baddi kannte sich wahrhaftig mit solchen Kutschen aus, eine Kleinigkeit für ihn, nur mit einer Hand zu steuern und mit der anderen den kleinen Bobo auf dem Schoß zu halten. Die Zurückgebliebenen zukkelten den Ausläufer des Flughafenzubringers entlang, und Grettir schaute ängstlich hinter seinem feinen schwarzen Schlitten her, wie er an ihnen vorbei über die matschige Straße sauste.

Die Gruppe, die in Keflavik zurückgelassen worden war, brauchte gottlob nicht die fünfzig Kilometer bis Reykjavik zu laufen, sondern hatte Glück und durfte auf einem Pritschenwagen der Army hinten aufsitzen und den ganzen Weg in die Stadt mitfahren. Als sie endlich bibbernd vor Kälte und todmüde zu Hause im Thulecamp eintrafen, wimmelte das Alte Haus von Nachbarn und Verwandten, die sich gegenseitig auf die Füße traten, um das frisch importierte Wunder zu betrachten.

Baddi ließ sich nichts anmerken, so als sei diese immense Aufmerksamkeit für ihn alltägliche Gewohnheit. Es war nicht möglich, ihn in die Stube zu bewegen, wo es mehr Platz gab, er blieb in der Küche sitzen. Hatte sich in eine Ecke am Fenster zurückgezogen, und von dem Tage an durfte sich niemand mehr in diese Ecke setzen außer ihm und vielleicht hin und wieder Snjolf oder ähnliche Ehrengäste.

Einige versuchten, sich ein Herz zu fassen und nach Neuigkeiten zu fragen, aber dazu brauchte es Mut, denn manchmal antwortete Baddi überhaupt nicht, sondern pfiff nur vor sich hin, schnipste mit den Fingern oder schnitt Grimassen für Bobo, der übers ganze Gesicht strahlte und jauchzte, was selten vorkam; – *Cosy guy,* urteilte Baddi, ließ Bobo zur Melodie des Spruches *shave and a haircut, two bits* hopsen, den Baldur und Conny auf diese unvergeßliche Art ins Isländische übersetzten: Salzfleisch mit Erbsen, hau rein! Der kleine *cosy guy* lachte. Dann hob Baddie seinen Neffen hoch, schaute ihm ernsthaft in die Augen und fragte:

– *Hey Joe!*
What do you know,
you come from Mexico?

Das Haus durchlief ein Schauer. Wie phantastisch der Held amerikanisch redete, diese wichtigste Fremdsprache der Welt! Man bedrängte ihn, noch mehr auf amerikanisch zu sagen, etwas, bloß irgendwas! Der Titan runzelte die Brauen und bedachte sich eine Weile, sprach dann:

– *Wipe the window, check the oil, dollar gas!*

Nein wie war der Junge verändert. Jetzt war er eigentlich kein Junge mehr, die Stimme tief, lebenserfahren und männlich. Und nicht nur die Stimme, auch die Sprache; er erzählte nicht, sondern verkündete Urteile in einem dunkel raunenden Orakelstil, kleidete seine Weisheit nicht in die erdgebundene Sprache seiner Väter, sondern bediente sich des Amerikanischen und der Texte des Rock 'n' Roll. Als der zehnfach disharmonische Chor ihn über Dollis Verhältnis und die Herkunft des kleinen Bobo aufgeklärt hatte, spielte der Held eine Weile nachdenklich auf der Tischplatte herum, schüttelte dann den Kopf und sagte: – *Too much monkey business.*

Alles war verändert. Das lebhafte Kerlchen war so ruhig und besonnen geworden, wie ein Soldat, der aus einem blutigen Krieg heimkehrt. Und das *outfit* bei diesem *guy,* die brillantineglänzende Frisur mit den vielen Wellen wirkte an ihm ganz natürlich, die

Cowboystiefel, die Lederjacke, die Jeans und das Hemd mit dem aufgestellten Kragen, es war, als wäre er darin geboren. Die Lebenserfahrung und der militärische *touch* paßten auch so gut zu seiner dunklen Farbe und den festen Gesichtszügen. Wer von Marlon Brando oder James Dean in den Kinofilmen begeistert gewesen war, stand sprachlos, wenn Baddi erschien. Höchstselbst.

Außerdem kannte Baddi Elvis Presley, zumindest konnte man ihn so verstehen, denn er sprach von jenem weltberühmten Mann wie von einem Bruder — oder sogar von mehr als einem Bruder; keine Silbe über Danni, wenn man nach Neuigkeiten aus Amerika fragte, nur Elvis, dieser Mann, von dem in den Zeitungen fast pornographische Bilder erschienen und den der isländische Rundfunk kaum zu spielen wagte, weil er sang, schrie und stöhnte wie ein Irrer, Verbrecher oder Mädchenschänder.

– Elvis ist der einzige Mensch auf der Welt, den ich hochachte, sollte Baddi noch oft sagen, gelegentlich auch von anderen als von Elvis, aber dann von jemandem der gleichen Art. Kein Wunder, daß die Leute vermieden, nach Gogos kleiner Tochter zu fragen, mit der was nicht stimmte, nach den Autos von Charlie Brown oder nach ähnlich banalen Dingen.

– Und was gibt es Neues von Elvisssh?! fragte Grettir schließlich nach langem, quälendem Schweigen, und da legte sich ein Schatten über den Helden. Es stand nicht gut um Elvis, und warum, das bekam man schließlich bröckchenweise aus ihm heraus, mit langen dramatischen Pausen dazwischen: Selbstverständlich ließ man Elvis nicht in Frieden, *die* mußten ihn natürlich zum Schweigen bringen, und nun hatte man diesen Propheten aus den Konzertsälen und Studios herausgeholt und ihn in ein Militärcamp nach Deutschland verbannt. Und da hatte auch Baddi nichts mehr in dem großen Land gehalten, er war in seine Verbannung ins Camp Thule gezogen, Reykjavik, Iceland, und beide reisten sie am selben Tag ab: Elvis mußte die Morgenmaschine nach Deutschland nehmen, es fehlte nicht viel und sie wären sich auf dem Flugplatz begegnet.

Dann ging es ans Auspacken: Im Reykjavik jener Tage hätte Baddi ein wohlhabender Mann werden können, wenn er die Sachen aus seinem Gepäck verkauft hätte. All die Kleidung, Schuhe, Spielzeug für die Kinder der Familie, Bilder und Rockplatten, nicht zu vergessen den Plattenspieler, riesig und wattstark, der aus einer Kiste zum Vorschein kam. Und doch stand die größte Überraschung noch aus, ein neuer *custom made* Ford Sportwagen, der ein paar Tage später mit dem Schiff kam. Flotter als das Auto des Staatspräsidenten, bestimmt hatte er selbst in Amerika ein Vermögen gekostet. Doch damit war es nicht getan: In Island mußte man Einfuhrzoll bezahlen, und alle möglichen Gebühren und andere Zölle, zusammen ein enormer Betrag. Jetzt traf es sich gut, daß Tommi all die Jahre gespart hatte, heimlich still und leise hier einen Fünfer und da einen Zehner beiseite gelegt und auf ein Sparbuch getragen hatte, von dem niemand etwas wußte. Manchmal fand er es nämlich verantwortungslos, wie man mit dem Geld umging, alles sofort ausgegeben. Nun konnte Tommi auf seinen Schatz zurückgreifen, obwohl die sieben mageren Jahre noch nicht gekommen waren; sehr schnell wurde ihm klargemacht, daß sie die Pflicht hätten, den Wagen für den geliebten Jungen auszulösen. Und im tiefsten Innern war Tommi geradezu froh, die Ersparnisse los zu sein, faktisch hatte diese Kleingeldkrämerei wie Gift in seinem Blut gesessen. Tommi der Kaufmann war ein Mann von Format. Kein Pfennigfuchser wie Fia und Toti.

In dem Wagen gab es auch einen Plattenspieler, was man selten sah, ein Grammophon, in das man die Platten hineinsteckte. Die neuesten Rocksongs der Welt dröhnten wie eine Freudenbotschaft durch die Innenstadt, wenn der Straßenkreuzer langsam die Runde machte, alle Fenster heruntergelassen. Am Steuer saß der junge Weltmann in seinen modischen Klamotten und mit Brillantinefrisur. Die meisten glaubten, er wäre ein Ami; solche Isländer existierten nicht, und Baddi spielte ein bißchen damit, kam in einen brechend vollen Kiosk und bat auf englisch um Zigaretten und hörte hinter seinem Rücken, wie die Mädchen, die in der Ecke hingen und Malzbier durch einen Strohhalm schlürften, ihn in der Sprache seiner Väter bewunderten. Beim Hinausgehen drehte er sich um, warf den Gänschen einen Blick zu und sagte:
– Wir sehn uns im Krieg!

Allerdings konnte er nicht lange den Amerikaner spielen; nach vierzehn Tagen wußten alle jungen Leute in der Stadt, wer er war. Alle wollten das Genie kennenlernen, Temperaturen weit unter dem Gefrierpunkt stiegen auf Zimmerwärme, wenn man nur in Gesellschaft von Baddi aus Thule war. Die Freunde sammelten sich um ihn. Nie fuhr der Wagen weiter als ein paar Schritte, da war er bereits vollgestopft mit Menschen. Und wenn er seine Runde drehte, ordnete sich das übliche Verkehrschaos zu einem wohlgeordneten Konvoi mit Baddi an der Spitze und der ganzen Schlange hinterher. – Das sieht aus wie eine Beerdigung, sagte Höskuld der Taxichauffeur, und der Satz brachte Baddi auf eine Idee; ohne zu fragen, schnappte er sich Grettirs Wagen, und an jenem Abend war der schwarze Plaimont vorderster in der Autokolonne.

Unter den neuen Freunden gab es auch einige alte Bekannte aus dem Viertel und aus dem Fußballverein. Stine Beggas Luddi, der patente Torwart aus der ersten Kampftruppe des FC Kauri, den das feine Komitee damals aus dem Verkehr gezogen und aufs Land geschickt hatte, war aus der jahrelangen Verbannung zurückgekehrt und hatte sich in der Hauptstadt einen zweifelhaften Ruhm erworben. – Sieh mal an, Lui Lui *back again!* sagte Baddi, als sie sich das erste Mal trafen, und von dem Tage an hieß er Lui Lui. Aus dem großen Maggi vom Thulecamp war inzwischen eine schillernde Figur im Nachtleben geworden, ein Schläger und Seebär. Maggi sah nicht eben vorteilhaft aus, aufgeschwemmt, kaum Zähne und grobschlächtig, mit einem dunkelroten Riechkolben, der irgendwann bei einer Schlägerei zu Bruch gegangen war und sich von da an zur Seite bog. Alle Kleidung saß Maggi zu eng. Sogar das Ölzeug. Sein Atem röchelte wie Windesheulen in einem alten Geisterschloß. Baddi gab ihm den Namen Maggi Beauty. Und dann kam der Taube Grjoni in die Stadt, nachdem er sechs Monate im Gefängnis abgesessen hatte. Was war er in diesen letzten Jahren gealtert! Körperlich immer noch ein Hüne, war sein Gesicht jetzt eingefallen und blaß, die Augen wäßrig und matt und die Augenbrauen fast weiß. Der rote Schopf — ein dünner, ausgebleichter Kranz um die Stirnglatze. Dennoch war er putzmunter und seine Begeisterung ein wahrer Freudenschrei des Herzens, als er und Baddi sich über den Weg liefen. Das Wiedersehen mußte natürlich gefeiert werden, fanden die Freunde, als sie in der Küche saßen und Linas kräftige Fleischbrühe in sich hineingeschüttet hatten; jetzt fehlte bloß noch das Geld für eine kleine Pulle. Der alte Tommi lag an diesem Tag krank zu Hause, das erste Mal seit Jahrzehnten, daß er sich schlecht fühlte. Da lag er im Bett und behielt nichts bei sich, krümmte sich vor Bauchschmerzen und Gewissensbissen, weil er die Arbeit im Stich ließ, und natürlich kam es gar nicht in Frage, daß man den Arzt rief.

Trotz seiner Schmerzen lebte der alte Mann auf, als er Grjoni sah. Er drückte dem Jungen die Hand und sagte, er habe immer gewußt, daß er es schaffen würde. Geld? Da finden wir schon Rat, Jungs, gib mir mal die Hosen vom Stuhl, Baddi; und aus der abgenutzten Brieftasche fischte der Alte ein paar Scheine, die eine halbe Stunde später in der Kasse des staatlichen Spirituosenhandels landeten. Tommi lag da und sein Zustand verschlechterte sich eher noch; wenn zwischendurch die Schmerzen nachließen, dachte er an die Jungen, die sich bei einem Glas amüsieren wollten, vielleicht ein Spiel machen oder tanzen gehen, sie waren jetzt dem Alter.

Sicher ist nur, daß die Freunde an diesem Abend weder Karten spielten noch tanzen gingen, alles andere ist ungeklärt. In dieser Nacht gab es einen Radau, einen Krach, der noch lange in Erinnerung blieb, über den man jedoch nicht sprach. Baddis erstes Saufgelage im Alten Haus – ihr erinnert euch noch an das Höllenspektakel damals! sagte jemand hin und wieder, und nicht mehr; oder später murmelte man – als Tommi Blinddarmentzündung bekam, und mehr brauchte man nicht zu erwähnen.

Was war also geschehen? Schon aus der Ferne hörte man das Röhren, als die Wagenkolonne sich näherte, dann durch das Viertel brauste mit vollem Scheinwerferlicht, knatterndem Auspuff und wildem Hupen. Viele Schäden am Alten Haus führte man auf diesen Abend zurück, als die Sippschaft hereinbrach und die Wahrsagerin glaubte, ihr Sonnenschein habe zu einem Fest mit Kaffee und Kuchen eingeladen, und Dolli zum Kuchenbacken rief und mit Baddi schimpfte in freundlichem Ton, als er unter der Küchentür erschien: Er hätte sie vorher wissen lassen sollen, daß er Gäste mitbrachte, dann hätte sie Waffeln und heiße Schokolade vorbereitet, aber diesmal war kein Großmutters Liebling in den Augen des Jungen, nur eiskalte Wut und Jähzorn brannten darin; Dolli wurde mit Flüchen überschüttet: *fucking bitch!*, angstvoll und verwirrt floh sie hinauf in ihr Zimmer, in Tränen aufgelöst. Die Alte kam nicht zum Backen, denn die Küche füllte sich umgehend mit Menschen, zwei Männer prügelten sich um eine Flasche, obwohl es offensichtlich genug davon gab, das Geschirr zerbrach auf dem Fußboden unter den Absätzen, und der Kenwood Mixmaster von Gogo flog durchs Fenster. Was ging da vor sich? Tommi oben wurde noch kränker und versuchte, etwas in den Krach zu murmeln, aber natürlich hörte man keinen Ton, hörte kaum das eigene Gebrüll, und die Musik dröhnte derart, daß die Fenster der nächstgelegenen Baracken in den Rahmen bebten und alles im Lärm ertrank. Noch mehr Leute tauchten auf, und die Party überschwemmte fast das gesamte Viertel; im Laufe des Abends zündete jemand das Klo von Hreggvids Baracke an, und die Wolke, die vom kochenden Jauchefaß aufstieg, war alles andere als wohlriechend. Es wurde behauptet, Lui Lui und noch einer hätten sich in der Waschküche mit einem Mädchen eingeschlossen, das sich auf die Party geschlichen hatte, und aus der Waschküche drangen Schreie und Schluchzen, und einige Zeit danach sah man sie fürchterlich zerdroschen und halbnackt in die Dunkelheit hinausfallen. Kam wenig später zurück in Begleitung ihres Vaters, einem gestandenen Mann mit mordlüsternem Blick; leider stieß er zuerst auf Baddi und Grjoni, bereit zu Kampf und schneller Verteidigung, und glücklicherweise gelang es dem Mädchen mit knapper Not, seinen Vater mit sich wegzuziehen. Kriegszustand. Die Bewohner des Souterains im Künstlerblock riefen die Polizei, als Maggi Beauty mit seinen zweihundert Pfund durch das Fenster und auf den Fußboden rollte. Heulend lag er dort und lallte irgendeinen Unsinn, auf den die Künstler sich keinen Reim machen konnten, und immer noch heulend wurde Beauty in die Grüne Minna getragen, die draußen wartete. Weiter wurde die Sache nie aufgeklärt. Innerhalb des Viertels hatte man ein Hindernisrennen durch die Gassen begonnen, und wahrscheinlich war es die Polizei, die sich an Baddis Wagen heftete, um einen schweren Unfall zu verhindern. Womöglich waren es auch die Beamten aus diesem Auto, die längere Zeit des Abends im Alten Haus eingesperrt waren und ihrer Mützen, Pfeifen und vergoldeten Knöpfe verlustig gingen. Andererseits weiß niemand, wann die Polizei zum Angriff blies, vielleicht kam sie erst mit der Feuerwehr, die wegen des Feuers in Hreggvids Klo auf der Bildfläche erschien. Doch irgendwie verbreitete sich die Nachricht, in diesem ganzen Radau liege ein schwerkranker Mann, vielleicht sprach Lina davon, oder wahrscheinlich Dolli, denn Lina hatte es zum ersten Mal seit Menschengedenken die Sprache verschlagen, als sie und Dolli auf Hausschuhen ziellos mit den Kindern durch das Viertel irrten. Um Mitternacht, als der Tumult am größten war, kam der Krankenwagen, die Sanitäter bahnten sich ihren Weg ins Haus, schafften es jedoch nur bis in die Diele, wo ihnen irgendein Unheil widerfuhr, jedenfalls schmückten ihre Mützen den Tauben Grjoni und Lui Lui, als sie mit der Trage herauskamen, und darauf saß Baddi in höchsteigener Person, aufrecht, und warf mit Kußhänden um sich. Auf ihren Fersen die Sanitäter, kochend vor Wut; sie schrien nach der Polizei um Hilfe, aber die hatte genug mit sich selbst zu tun; wenig später jedoch traf in zwei Autos schlagkräftige Verstärkung ein, und nunmehr ging man daran, dem Spielchen ein Ende zu bereiten. Die drei mit der Trage wurden festgenommen, Baddi und Grjoni in den Wagen gebracht, während Lui sich gegen die Übermacht zur Wehr setzte, und in dem Durcheinander gelang es den beiden, hinauszuschlüpfen und in die Dunkelheit zu entkommen. Wieder begab man sich mit der Trage ins Haus und diesmal konnte man Tommi aufpacken, der offenbar eine akute Blinddarmentzündung hatte und ohne Verzögerung unters Messer mußte. Danach beruhigte sich der Radau allmählich, und etwa gegen drei Uhr nachts wagten sich Dolli und Lina wieder ins Alte Haus zurück; auf das Schlachtfeld.

Teufel noch mal, was ging es Dolli auf die Nerven, daß man so wenig Aufhebens von dem Spektakel machte, unter dem sie doch am meisten gelitten hatte. Dieser Kerl hatte ihr Gewalt angedroht, sie angegriffen und sogar ihre Kinder, und doch schien es, als habe Lina die Sache in dem Moment schon vergessen, als sie am nächsten Tag das Schlimmste aufgeräumt hatten. – Er hat mich mit Schimpfnamen beworfen, jammerte Dolli in der Küche. – Er hat gesagt, er will mich umbringen, fuhr sie fort, als Lina nicht zu hören schien. – Was hab ich ihm denn bloß getan?! schrie sie schließlich, aber Lina hielt den Finger an den Mund, denn der geliebte Junge lag drinnen schnarchend auf dem Sofa. Dolli kochte. Als ob sie ihr zustimmte, meinte Lina, Baddi müsse sich seine Freunde besser aussuchen, mehr bekam man nicht aus ihr heraus. Also rannte Dolli durchs Viertel und suchte Zeugen dafür, wie ihr Bruder sie schikaniert hatte, doch als die Einwohner des Viertels merkten, daß Lina die Wahrsagerin nichts von diesem Gerede hielt, wurden sie ärgerlich und geistesabwesend, wenn man die Geschichte erwähnte. Dolli stand da mit jagendem Puls und heulte fast vor Wut; allerdings war der Hauptschuldige auch noch da, und als der gegen Abend heiser und verkatert erwachte, bekam er einiges zu hören über die Ereignisse der vergangenen Nacht.

– Und was hast du dir eigentlich dabei gedacht?

Baddi verdrehte erschöpft die Augen und streckte die Kaffeetasse aus, die Lina wortlos füllte.

– Und was hast du dir dabei gedacht, Bjarni Heinrich Kreutzhage, antworte mir?! wiederholte Dolli.

Baddi maß sie mit lebenserfahrener Miene. – Fehlt dir was? fragte er. Dann stand er mitten in ihrer Standpauke auf und ging vors Haus. Trotz alledem schien er Gewissensbisse zu haben, denn er kehrte sofort wieder um, erbost und verbittert über diese verfluchten Idioten, die da ins Haus gekommen waren. – Und der arme Großvater, ein schwerkranker Mann, *whow!* Ich muß ihn unbedingt besuchen gehen da im ... Mount Sinai Hospital. Und dann haben sie mir sogar noch das Auto zerbeult, Mensch! Maulend und zornig setzte er sich in die Stube, legte sich dann aufs Sofa und lauschte den wehmütigen Balladen seines Freundes Elvis auf dem Plattenspieler. Er hatte Lina gezeigt, wie man mit dem Grammophon umgeht, damit sie die Platten für ihn umdrehen konnte, sie schickte die Kinder zum Kiosk nach Camel und Sinalco, und allmählich fühlte der Junge sich besser.

Gegen Abend rollte, für alle unerwartet, der Leichenwagen auf den Vorplatz, und Grettir kam niedergeschlagen und wortkarg herein. Dolli lebte ein wenig auf. Grettir lag offensichtlich etwas auf der Seele, obwohl man kaum ein Wort aus ihm herauskriegte.

– Ich hab bei den Amis aufgehört, sagte er schließlich. Is nich gut, bei denen zu arbeiten! Die Amrikaner sind vielleicht nich so schlimm, aber die Isssländer sind immer so verdammt hochnäsig. Is denen nich fein genug, wenn man Isländer is. Müssen immer amrikaaanisch reden!

Am nächsten Tag nahm er eine Stelle in einem Sportgeschäft an, das Gewehre und Schrotflinten importierte. Baddi holte Grjoni ab, und gemeinsam gingen sie den alten Tommi im Krankenhaus besuchen.

Zuerst war Tommi einsilbig, er erinnerte sich an diesen unerhörten Radau der Jungen während seiner Leidensstunden im Alten Haus. Hatte er das von ihnen verdient? Aber die Jungen benahmen sich so freundlich und kameradschaftlich während des Besuchs, daß Tommi ihnen für den Augenblick verzieh, sogar anfing zu glauben, daß er bloß Alpträume gehabt hätte. Baddi wollte ihm jeden Wunsch erfüllen, holte Wasser, lieh dem Alten sein Taschentuch, – Behalt es nur, Papi! Und gemeinsam schüttelten die Freunde das Bettzeug des Kleinkaufmanns auf, trotz energischer Proteste, wie erwartet kannten die beiden sich in dergleichen Kunst nicht aus; die Decke verknotete sich, und das Laken riß. Doch Tommi nahm die Absicht für die Tat und war mit diesem kurzen Besuch zufrieden, und erst viel später kam ihm in den Sinn, daß Baddi vielleicht zu dem einzigen Zweck gekommen war, um Geld für die Autoreparatur zu erbitten.

Wahrscheinlich lohnte sich ein Aufenthalt in Amerika kaum, nachdem man die Freunde Baddi und Elvis in die Emigration getrieben hatte; der Lack war ab von diesem Teil der Welt. Einige Monate später kam ein baumlanger Jüngling mit Tommis altem Schrankkoffer auf dem Rücken aus der Winternacht getrottet. Ohne ein Wort öffnete er die Außentür des Alten

Hauses, und die Dielen knarrten unter seinem Gewicht, als er mit langsamen Schritten unter die Küchentür trat. Am Küchentisch, dem Herzen des Hauses, saß Lina und wahrsagte einer ehrbaren jungen Frau. Beide schauten auf und betrachteten neugierig den Riesen, der da in der Tür erschien, bekleidet mit geschnürten Lederstiefeln, einem hellen Militärhemd und Jeans mit schwarzen Hosenträgern. Das Haar war hinter die Ohren zurückgekämmt, aber eine Weile fiel in die Stirn und überschattete dunkle Augen.

– Tag Oma!

– Bist du das, Kind? Nein, bist du groß geworden!

– Ja.

– Das ist Daniel, mein Enkel, erklärte Lina der jungen Frau. – Bestimmt hat er sich in Amerika gelangweilt.

Danni wurde rot, er trat einen Schritt zurück und reckte sich, so daß Stirn und Augen hinter dem Querbalken der Tür verschwanden. Dann drehte er sich um und stieg die Treppe hinauf, mit dem Koffer auf dem Rücken, und unter seinen Schuhen ächzten die Stufen, als wollten sie brechen.

Im Alten Haus sprach niemand leise. Alles Murmeln und Flüstern galt als Unsitte; man folgte dem Brauch, ständig in voller Lautstärke zu reden, entweder mit allen oder keinem.

Nach Dannis Rückkehr aus dem Westen gewöhnten er und Tommi sich jedoch an, jeden Abend beisammenzuhocken und leise miteinander zu plaudern, irgendwo in einer Ecke und weit weg von den anderen. Himmel, war das irritierend. Am allerwenigsten konnten Lina und Dolli verstehen, was solch ein verschwörerisches Geflüster sollte. Welche Arglist und Geheimniskrämerei verbarg sich dahinter? Machten sie vielleicht die ganze Zeit die Leute schlecht? Einmal belauschte Lina die beiden und hörte, wie Tommi mit seinen Weibergeschichten und Abenteuern aufwartete.

– . . . mich in der Welt umgesehen und mir die Hörner abgestoßen und hab mich in Norwegen auf einem Postschiff anheuern lassen. Feine Kerle, die Norweger, aber dann kam der erste Weltkrieg und die Engländer beschlagnahmten das Schiff, bezahlten natürlich dafür, immer *gentlemen*, die Engländer, brauchten es für Nachschubtransporte und so was, weil sie da gegen den österreichischen Kaiser kämpften und . . . die. Naja, da sitze ich also fest in dieser Engländergeschichte, mehr als drei Jahre! Natürlich kam man dabei weit rum, bis rüber nach Arabien . . . ein Scheißpack, diese Araber, phüü! Paß bloß auf, Danni, falls du irgendwann mit denen zu tun kriegst. Ja. Wieso? Diebisches Volk, denen kannst du nicht trauen, und ständig mit dem Messer in der Hand. Murksen dich im Handumdrehen ab wie nichts. Ich hab sie kennengelernt . . . nein, zum Glück haben sie mich nicht umgebracht, aber aufschwatzen wollten sie mir irgendein Gaunerzeug, aber ich sagte bloß, fahrt zur Hölle mit eurem Mist! Ich will nichts kaufen! Macht, daß ihr wegkommt! Jawohl! Auf norwegisch!

Wir waren damals mehrere zusammen, ich und ein paar Norweger, alles kräftige Kerls und soweit immer parat, denen eins drauf zu geben, wenn sie aufdringlich wurden. Wir hatten einen gekippt ... was? Jaja, manchmal haben wir uns einen genehmigt, wir Jungs, wenn wir uns einen schönen Tag machen wollten, nicht so ein Radau und Blödsinn wie ... Na, jedenfalls treiben die sich da herum, haben aber keine Traute, weil wir so viele waren. Dann komm ich irgendwie ein bißchen von den anderen weg, traf da nämlich eine niedliche Tänzerin, die mir schöne Augen machte (Tommi senkt die Stimme, streckt den Kopf vor und schielt in die Küche), und sie wollte mich unbedingt ihren Eltern vorstellen, obwohl ... Was soll's, als ich wieder an Bord will, warten da diese Araberhunde mit den blitzenden Messern unter ihren Laken. Aber damals war ich noch jung und kräftig und hab sie mit einem einzigen isländischen Fersentrick plattgemacht! Jawohl! Hehe! Und da liegen sie auf dem Kai und stöhnen, in diesen ... diesen ... Bettlaken! Und ich springe an Bord und sage *Farewell France! Bisquit!* Hehehe!

– Zu was soll das gut sein, Tomas, wenn du dem Jungen diese Lügengeschichten erzählst, der hat den Kopf schon genug in den Wolken. Er sollte endlich anfangen, an seine Nächsten zu denken! sagte Lina, die plötzlich über ihnen stand, so daß sie schwiegen und verärgert zu Boden starrten.

Es kam vor, daß Grettir sich diesem Gespräch unter Männern anschloß, und meist kümmerten sich die beiden nicht darum und redeten einfach weiter, außer wenn Grettir eine Bemerkung einflocht; irgendwie schien sie immer unpassend, die Verbindung brach ab, und Schweigen legte sich über die Ecke, wo sie saßen.

Nachdem Grettir bei ihnen gesessen hatte, pflegte Dolli ihn zu verhören, wenn sie im Bett lagen.

– Was hattet ihr da zu murmeln?

– Nur so geredet. Uns unterhalten!

– Über was?

– Weißichnich. Flugschein.

– Flug-schein?!

– Ja, Fliegenlernen!

– Wer will fliegen lernen? Danni kann vielleicht auf seinen Segelohren fliegen!

– Weißichnich! Hab nich gefragt!

Hin und wieder setzte sich Baddi zu ihnen, wenn er zu Hause war, dann führte er für gewöhnlich das Wort und sprach nicht so gedämpft wie sie; wenig später lagen Elvis und Jerry Lee auf dem Plattenteller, und dann blieb Tommi selten länger sitzen, ihm gefiel nur Harmonikamusik, nichts anderes. Zurück blieben die beiden Brüder, legten sich meist auf die Sofas, die Hände im Nacken verschränkt, und lauschten in andächtigem Schweigen dem Grammophon, das einen schweren Takt schlug, und in diesen Stunden schienen sich die Brüder gut zu verstehen, obgleich sie nicht miteinander sprachen.

Sie unterhielten sich selten und hatten wenig Kontakt, außer am Wochenende, wenn Baddi fröhliche

Saufgelage im Haus veranstaltete, die häufig so ausgingen, daß Tommi versuchte, dem Spiel ein Ende zu setzen, und Danni ihm zu Hilfe kam, und nachdem alle gegangen waren, schlugen sich die Brüder wie Hund und Katze.

Ein alter Mann rief im Alten Haus an und fragte nach Grjoni Traustason. Es war sein Großvater, und Grjoni nach ihm benannt, er lebte seit Jahren im Altersheim, schon seit der Zeit, als seine Tochter Thorgunn mit Grjoni und den Geschwistern in die Baracke im Thulecamp gezogen war.

Ach ja, der alte Grjoni. Thorgunn war seine einzige Tochter, und die Trennung von ihr war ihm nicht leichtgefallen, ganz gewiß nicht, aber ein Mensch muß seinen Stolz haben, und dieser Drucker, der viel erlebt und für die Unabhängigkeit des Landes und die Rechte der Arbeiter gekämpft hatte, konnte nun wirklich nicht im Alter noch hingehen und die Rute küssen, indem er sich in einem amerikanischen Heerlager niederließ. Schande genug, daß seine Tochter so tief sinken sollte, und seither hatte er versucht, die Erinnerung an sie zu tilgen. Doch das war nicht einfach; die beiden hatten im selben Haushalt gelebt, nachdem er Witwer und sie Witwe geworden war, standen einander nahe, aber sie war schlecht gegen sich und die lieben Kleinen, von denen der alte Grjoni wußte, daß sie sich nie mehr von einer Kindheit an so einem Ort erholen würden. Tatsächlich bewahrheitete sich seine Prophezeihung noch entsetzlicher, als er je gefürchtet hatte, als der kleine Diddi sich umbrachte. Oder als die Zeitungen mehrfach über Grjoni und den Prozeß in Siglufjord schrieben; da fühlte der Alte sein Gewissen immer stärker mahnen. Der Verdacht wuchs in ihm, er habe bei seinen Enkeln versagt, und als die Mordanklage gegen seinen Tochtersohn fallengelassen wurde, entschloß er sich, seinen Hochmut zu überwinden und so bald als möglich Kontakt mit ihm aufzunehmen. Das glückte ihm endlich mit Hilfe der Polizei, und der Taube Grjoni beschloß, den Alten zu einer Autotour einzuladen; er hatte Karolina so verstanden, daß man auf diese Weise alten Leuten am leichtesten eine Freude macht. Baddi wollte das Auto zur Verfügung stellen und chauffieren.

Sie drehten einige Runden durch die Stadt, und Grjoni war nachdenklich. Baddi wußte, daß Männer ab und zu mit ihren Gedanken allein sein müssen, und sagte nichts, trug trotz der Kälte ein kurzärmliges Hemd und ließ den linken Ellbogen aus dem Fenster stehen. Im Mundwinkel hing eine Zigarette, und wenn ein beißender Windstoß hereindrang, flogen die Funken über das Armaturenbrett. Auf dem Tachometer lag eine Sonnenbrille.

– Ich glaub, der Alte hat Geld, sagte Grjoni schließlich. – Sonst würde ich ihn nicht besuchen.

– Ist schließlich *dein* Großvater.

– Was würdest du machen?

– Ich würde meinen Großvater auf so einer ... *funny farm* besuchen, wenn er *money* hätte.

Grjoni schwieg gedankenversunken. – Deinen Großvater?! fragte er schließlich.

– Ja was, meinst du ich hätte keinen Großvater? *The flowers and the bees,* Grjoni *boy.*

– Wer ist dein Großvater?

– Wer mein Großvater ist? Daaas ist äh ... der Vater des Satans.

– Naja, laß mal gehn! sagte Grjoni. Er zeigte den Weg, und einige Minuten später rollte Baddis röhrender Schlitten auf den Hof des Altenheims. Grjoni blieb eine Weile sitzen, nahm allen Mut zusammen, um hineinzugehen. Sie betrachteten das trübe Haus und begegneten den selbstanklagenden Blicken der Alten in den Fenstern.

– *Heartbreak Hotel,* urteilte Baddi.

Der alte Grjoni empfing sie in seinem Zimmer, er versuchte sich gerade zu halten, obgleich er unsicher auf den Beinen stand, hatte mit schwarzer Schuhcreme seine Galoschen gewichst, aus denen die Leinenfetzen unter dem Gummi hervorlugten. Nicht, daß er sich keine neuen Schuhe hätte leisten können, gerade eben war die Rente ausgezahlt worden, nur gehörte er zu den alten Leuten, die an dem hängen, was ihnen lange Zeit gute Dienste geleistet hat. Sogar die Stiefel. Galoschen nannte er sie. Als die Kumpane unter der Tür erschienen, warf er einen zurechtweisenden Blick auf seine Taschenuhr an der goldenen Kette; wie ein Lehrer, wenn die Schüler zu spät kommen.

Großvater hatte seit einigen Tagen gespannt gewartet und Grjoni in Gedanken umarmt, seinen ältesten Enkel und Namensnachfolger, doch wahre Abwehrmauern wuchsen rings um ihn empor, als diese beiden nachlässigen jungen Männer hereinplatzten, die Jacken an den Zeigefingern über die Schulter gehängt. Baddi mahlte auf einem Kaugummi zwischen den Kiefern, so daß die Zigarette im Mundwinkel wippte. Grjoni trat zögernd ein, strich mit der rechten Hand über die Hose wie ein Maschinist, der Schmieröl abwischt, bevor er einen Empfang bestätigt, streckte sie aus und begrüßte seinen Großvater mit Handschlag.

– Hey. Einen Moment standen sie da, verlegen, dann löste Grjoni den Griff und zeigte auf Baddi.

– Ein Bekannter von mir.

Großvater betrachtete Baddi argwöhnisch.

– Bist du ein Freund von Grjoni?

– *Ay ay, Sir,* antwortete Baddi, er trat höflich auf wie einfache Soldaten gegenüber ihrem Captain im Kriegsfilm.

– Rauchen wird in dieser Abteilung nicht gern gesehen, sagte Großvater; Baddi reagierte blitzschnell, schlug die Hacken zusammen und beförderte den glimmenden Zigarettenstummel ins Waschbecken in der Zimmerecke.

Der Alte verzog das Gesicht.

– Das gleiche gilt für Wiederkäugummis.

– Was?

– Er meint das Kaugummi, erläuterte Grjoni, der mit Leuten aus der Provinz zur See gefahren war.

Baddi zog ein zerknittertes Päckchen aus der Hosentasche und bot dem Großvater einen Streifen

Wrigleys an. – Sonst heb ich es meistens für die Damen auf, sagte er und stieß dem Alten spöttisch den Ellenbogen in die Seite, daß er zusammenfuhr.

Draußen im Auto war der Alte ganz hysterisch vor Ärger. Alles paßte ihm nicht. Er befahl Baddi, um Gottes willen diesen kreischenden, jaulenden Amisender auszuschalten. Baddi gehorchte, legte statt dessen jedoch eine Platte auf. Grjoni fragte, ob das nicht ein smartes Auto sei, aber Großvater antwortete nicht, er fand, daß es schlecht roch, litt an Atemnot. Und Baddi fuhr allzu schnell; wie eine gesengte Sau! sagte der Alte, und Baddi reagierte, indem er die Geschwindigkeit erhöhte und auf zwei Reifen um die nächste Kurve schlitterte. Er summte mit tonloser Stimme zur Begleitung des Grammophons und schien nicht zu bemerken, wenn Großvater auf dem Rücksitz hin und her geworfen wurde. Grjoni saß vorne und runzelte die farblosen Augenbrauen, als der alte Mann ihn an der Schulter faßte und sagte, er wolle aussteigen. Baddi stoppte den Wagen und schaute Grjoni fragend an. Grjoni schwieg kurz, drehte sich dann um und meinte:

– Wir fahren ihn einfach zurück ins Altersheim.

Wenn jemand wußte, wann man nicht zögern oder diskutieren darf, sondern schnell und sicher Befehle ausführt, dann war es Baddi. Er wendete auf der Straße um hundertachtzig Grad und fuhr auf kürzestem Wege zurück. Als der alte Mann begriff, was vor sich ging, wurden seine Augen groß und traurig; die Lehrermiene war weggewischt wie ein Kreidestrich von einer Schultafel. Grjoni vermied seinen Blick und versuchte, ein grimmiges Gesicht aufzusetzen, während er durch die Frontscheibe starrte. Ohne ein weiteres Wort erreichten sie ihr Ziel, Baddi streckte sich nach der hinteren Tür und öffnete, sobald das Auto stand. Gebeugt stieg Großvater aus und trat in den Schneematsch, der die Schuhcreme über den Leinenfetzen seiner Galoschen auflöste, und es glitzerte schwarz in seiner Fußspur. Dann drehte er sich um und schaute dem Auto nach, das sich mit großen roten Rücklichtern und dröhnendem Auspuff verabschiedete, als die Räder den Kies aufwirbelten.

Alten Leuten kann man nicht böse sein, am allerwenigsten, wenn sie mit Geld etwas gutmachen wollen und gebeugt und einsam auf ihren Galoschen die Treppen des Altersheims hochsteigen. Grjoni senior rief im Alten Haus an und ließ dem Tauben Grjoni über Baddi die Nachricht vermitteln, er möge ihn besuchen kommen. Und jetzt ging Grjoni allein hin, die Freunde waren sich einig, das Auto diesmal nicht mitzunehmen. Sie hatten eine Flasche, von der Grjoni seinen Teil abbekommen hatte, und Baddi sollte mit dem Rest unten im Hafencafé warten.

Als die beiden Grjonis im Taxi dort angerauscht kamen, hatten sie sich kaum Zeit genommen, einander zu begrüßen. Der Alte wollte nun sein Möglichstes tun, um die jungen Männer freundlich zu stimmen, und protestierte nicht, wenn sie jedesmal auch in seine Kaffeetasse einen Schuß kippten. Bald war die Pulle leer und alle drei angeheitert, die jungen Männer lärmend in Hochform, und Großvater, dem keiner zuhörte, sabberte irgendwas vor sich hin über die alten Tage. Man brauchte mehr Sprit, und Grjoni senior hatte Geld und bezahlte das Taxi zum Spirituosenladen und ging selbst hinein einkaufen. Dort mußte er in der Schlange warten und sich derweil Späße anhören, was so ein alter Mann in Galoschen wohl mit drei ganzen Flaschen Schnaps anfangen wollte; und dann noch mal die Schelte im Taxi, weil die Kumpane bereits allzu lange gewartet hatten. Als Wiedergutmachung sollte der Alte sozial sein und mit ihnen im Taxi trinken, während der Fahrer das Radio aufdrehte, um des Alten Beichtgefasel nicht hören zu müssen, und sagte, sie könnten so viel saufen wie sie wollten, wenn sie keinen Schnaps im Auto verschütteten und ohne zu meckern bezahlten.

Der Alte zeigte ihm das Geld in seiner Brieftasche, die frisch ausbezahlte Rente, zählte die Scheine und stierte sie an, kurzsichtig und argwöhnisch, als vermutete er, daß sie gefälscht wären. Ließ das Bündel auf den Boden fallen, als das Taxi bei Grün plötzlich losschoß, und die jungen Männer auf dem Rücksitz lachten ihn herablassend aus. Weiter kümmerten sie sich nicht um Großvater, der mit der Flasche zwischen den Schenkeln vorne saß.

– Fahr bloß durch die Gegend, sagten die Freunde zum *driver;* sie waren in ihre eigene Welt zurückgekehrt. Grjoni fragte nach Amerika; große Häuser, reiche Männer, Verbrecher und Indianer, und Baddi kannte alles. – Spinnst du, Mensch; die Indianer! Verdammt *cosy*, schneiden bloß ein Loch in eine Decke und stecken den Kopf durch und fertig, wird ihnen nie kalt. Und dann tanzen sie wie wild im Kreis rum, so Uhuuhuhuhu! und alles mögliche *monkey business*. Ich glaub, meine Großmutter ist auch Indianer, sie tanzt so uhuhuhu, wenn sie sich aufregt und *crazy* wird. Derart flossen Baddis Geschichten ineinander, und Grjoni wollte nicht zurückstehen, schließlich gab es in Siglufjord auch das ein oder andere zu sehen; – ununterbrochen Radau und Trara, Mensch, immer Keilerei, alle total durchgedreht! So ein kleiner Wicht mit Brille vielleicht, kaum war er in Siglufjord, boxte der schon wie ein Weltmeister; und der Bums jede Nacht in den Schuppen, die Weiber wie verrückt. Sogar solche Bauerngänse, weißt du, dumm wie Bohnenstroh! Nach zwei oder drei Tagen in der Stadt konnten sie mit der Möse flöten!

Man konnte nicht erwarten, daß die Kumpane, in ihr Gespräch versunken, sich viel um den alten Mann auf dem Vordersitz kümmerten, es mußte wahrhaftig einiges geschehen, bis sie reagierten. Der alte Grjoni hielt sich nämlich nicht an die Bedingungen des Taxifahrers und verschüttete den Schnaps, bekleckerte das Armaturenbrett, und der Fahrer fackelte nicht lange, stoppte den Wagen, öffnete die Beifahrertür, und Grjoni senior rollte in den Rinnstein, hinaus in den dreckigen Schneematsch. Erst als das Auto wieder anfuhr, bemerkten die jungen Burschen sein Verschwinden und fanden die Sache ungeheuer lustig, bis sich herausstellte, daß der Alte die Moneten hatte, und der Fahrer begriff, er würde nicht eine Öre für die Tour kriegen, wenn er den Alten nicht wieder auflas. Das geschah, aber der Chauffeur hatte inzwischen genug von der Schweinerei im Wagen und wollte die drei loswerden, und da die beiden Kumpane einen Bärenhunger hatten, beschlossen sie, keinen großen Aufstand zu machen, sondern wie feine Herren ins Hotel zu gehen und das Tagesmenü zu bestellen.

Der Alte starrte vor Dreck, und der Portier weigerte sich, ihn einzulassen. Die jungen Burschen standen mit dem Kerl da und protestierten: – Was solll das, Mensch!, aber es war kalt geworden und sie hatten keine Lust, noch länger draußen auf dem Bürgersteig herumzustehen, also gingen die beiden hinein, nachdem Grjoni dem Alten das Geldbündel abgeluchst hatte.

Im Restaurant traten sie auf wie Grafen, rauchten Zigarren und fläzten sich auf den Stühlen, während sie auf das Essen warteten. Hochfeine Steaks, die nach ewiger Warterei endlich serviert wurden, und unter lautem Schmatzen war die Platte im Nu geleert. Grjoni zerknackte die Knochen zwischen den Kiefern und spülte die Kehle mit Aquavit. Abgesehen davon legten sie bei der Mahlzeit nicht gerade ein flottes Arbeitstempo vor, und erst fast zwei Stunden später traten sie als zwei rundum gesättigte junge Männer aus dem Hotel.

Natürlich hatten sie den Alten völlig vergessen, er sie allerdings nicht, denn er hatte die ganze Zeit draußen auf sie gewartet und sah aus wie ein Schneemann im Morast. Allmählich wurde der verdammte Tattergreis lästig, das Geld war alle, und der Scherz hörte auf, wenn der Alte einem so an den Fersen klebte. Die Freunde marschierten los durch den Matsch und der Alte hinterher, sie drehten sich um und baten, er solle bloß zurückgehen ins Altersheim, aber er flehte sie an zu warten, weinerlich und verwirrt, und greinte, er wolle nicht wieder ins Heim. – Wart auf mich, Grjoni! Doch die beiden hatten weder Zeit noch Geduld, sie stapften weiter durch die Dunkelheit, nach Hause in Richtung Thulecamp, und obwohl der Alte schlecht zu Fuß war und ständig stolperte, gelang es ihm erstaunlicherweise doch, den beiden zu folgen, und an der Grenze zum Viertel war er immer noch in Sichtweite. Durch das dämmrige Schneetreiben konnten sie seine schwankende Silhouette erkennen und hörten frostdünne Rufe. Vielleicht lag es an den Galoschen; die jungen Männer auf ihren glatten Ledersohlen fanden nicht so leicht Halt. Grjoni blieb stehen und betrachtete den sich nähernden Schatten. Baddi war ungeduldig und wollte heim ins Alte Haus, doch Grjoni schien an anderes zu denken und wartete, bis Großvater sie fast erreicht hatte. Dann zog Grjoni mit Baddi im Schlepptau gemächlich los ins Camp, und Großvater folgte ihnen auf den Fersen und schwätzte irgendeinen unzusammenhängenden Blödsinn. Grjoni hatte eine entschlossene und harte Miene aufgesetzt, und die Freunde gingen an der Tür des Alten Hauses vorbei, das sie dort erwartete, warm, hell und lebendig; vorbei am Alten Haus, über die Brandreste von Hreggvids Klo bis zu Grjonis früherer Wohnung, Thorgunns Baracke, dunkel und kalt und einladend wie ein vergammelter Salzfischschuppen. Grjoni stieß die Tür auf und knallte sie dem Alten, der hinter ihnen herwackelte, vor der Nase zu.

– Laß ihn doch klopfen! zischte Grjoni, als er sich auf die Kante der Pritsche gesetzt hatte, während Baddi auf dem schwankenden Fußboden von einem Bein auf das andere trat und sich die frostblauen Hände rieb. Draußen herrschten Dunkelheit und Schneetreiben, und durch die Windstöße hörte man das kraftlose Pochen des alten Mannes an der Tür. Thorgunn war nicht zu Hause, die beiden saßen allein in der Baracke, und obwohl Baddi am liebsten heim wollte in Omas warme Küche, sagte er nichts, zuckte nur die Achseln, zündete sich eine Zigarette an und setzte sich auf den Stuhl neben dem Kohleofen. Manchmal müssen Männer mit ihren Gedanken allein sein, und das galt jetzt für Grjoni; er streckte sich auf der Pritsche aus, faßte sich mit beiden Händen an den Kopf, raufte sich die paar verbliebenen Haare und brach beim nächsten Klopfen unvermittelt in ein gekünsteltes Lachen aus. Stand auf und wanderte herum, zischend und murmelnd und hin und wieder lachend. Baddi saß reglos auf seinem Stuhl, rauchte eine Zigarette nach der anderen und gab auf Grjoni acht.

Der stand jetzt an der Tür, als ginge er mit sich zu Rate, ob er öffnen sollte. Das Pochen von draußen wurde seltener und schwächer.

Da umspannte Grjoni mit beiden Händen den Kopf und heulte die Tür an:

– Ffffriß doch deine eigene Scheiße, du da!

Was willste hier, hä?!

Hä?!

K-kannste nich antworten?!

Wieso k-kannste nich antworten?!

Has'wohl Angst?!

Zisch ab!

Du bis'nich mein Opa!

Ich hab nur einen Opa, den Tommi drüben im Alten Haus!

Du bis'doch schwachsinnig!

Warum kommste erst jetzt?

Mamma hat so gehofft, daßde zu Diddis Beerdigung kommst! Und ich auch; weil sonst würd sie ewig und immer heulen!

Biste da gekommen? NEEE!

Und deswegen kannste deine eigene Scheiße fressen, du da!!!

Trottel, Blödmann!!!

Das Klopfen an der Tür hatte aufgehört, doch wie zum Ausgleich donnerte Grjoni von innen davor, so hart, daß die Baracke bei jedem Schlag zitterte; seine Stimme überschlug sich fast, und sicher wäre die Tür in Stücke gegangen, wenn nicht von der anderen Seite ein Schlüssel ins Schloß gesteckt worden wäre, die Tür sich öffnete und Thorgunn und der alte Grjoni laut weinend hereinschwankten, sich gegenseitig stützend. Das Jammern der beiden erfüllte die Baracke, und bei diesem Anblick sanken Grjoni die Hände. Er stand stierend und grimmig und bewegungslos in der offenen Tür, und die Schneeflocken wirbelten in die Baracke und über Großvater und Thorgunn, die auf dem Fußboden zusammengesunken waren . . .

Summer-times Blues

The doctor told me:
Man, you don't need no pills,
just a handful of nickels
and a jukebox to cure your ills.
Carl Perkins

Wenn die Sonne sich über dem Viertel blicken ließ, glühte sie heiß und röstete die Baracken, von deren Tonnendächern manche behaupteten, sie glichen Würmern oder geplatzten Reifen. Vom Standpunkt der Sonne aus wirkten sie wie platte gelbe Pflaster auf der Erde. Auf dem Geröll. Auf dem holprigen Schotter.

Doch im Alten Haus, mitten zwischen den Pflastern, blühte an solchen Sonnentagen das Leben. In aller Herrgottsfrühe wurde die knarrende Tür das erste Mal aufgestoßen, der alte Tommi erschien mit seiner Schiffermütze; es war so zeitig, daß die Sonne noch hinter den Berggipfeln verborgen stand und Nebelschwaden zwischen die Stiefel des alten Mannes krochen, als er lostrottete, schnaufend wie eine Lokomotive bei den Atemstößen, die dem dünnen Morgenhusten folgten.

Tommi hatte schon mehrere Stunden lang gewogen und sortiert und Waren ausgezeichnet, wenn die Tür das nächste Mal in den Angeln knarrte. Als erstes sah man einen langen, sonnengebräunten Arm sich durch die Öffnung strecken, mit einem kleinen, hellblauen Klappstuhl, der fast in der Pranke verschwand. Der Stuhl wurde an die Hauswand gestellt. Wenig später erschien Danni in voller Größe mit einer riesigen Stulle in der einen, einem Glas Milch in der anderen Hand, einer Decke unter dem Arm und einem Buch zwischen den Zähnen. Er richtete sich draußen auf dem kümmerlichen Grasflecken ein, der sich mühsam in der Ecke, wo die Waschküche an die Ostwand stieß, emporgequält hatte. Die Familie nannte ihn die Wiese. Danni saß glückstrahlend im Stuhl, genoß zuerst sein Frühstück und blätterte anschließend im Buch, zwischendurch machte er leichte Yogaübungen zur Stärkung des vegetativen Nervensystems, während die Sonnenstrahlen hinter den geschlossenen Augenlidern in einem hellen, seltsamen Farbspektrum flirrten. Er hatte Frieden.

Als nächster kam Grettir in die Socken, huschte kurzbeinig und pfeifend nach draußen, im Anzug, auf dem Weg zur Arbeit, hinein in den großen schwarzen

Leichenwagen, der nie starten wollte, schließlich jedoch stotternd ansprang, wenn Danni schon das Buch weggelegt und seufzend aufgestanden war, um zu schieben. Das Auto hüllte sich in eine Abgaswolke, weil Grettir den Motor im Stand auf Hochtouren jagte, damit er warm wurde; dann hörte man den Wagen langsam vom Hof rollen und verschwinden; wenn die Wolke sich hob, erschienen die Barackenkinder auf der Bildfläche, dreckig, zerlumpt und quirlig.

Die fettigen Küchenfenster des Alten Hauses glänzten unter den Sonnenstrahlen wie geölt, drinnen tranken Lina und Dolli ihren Morgenkaffee, und Dolli qualmte Zigaretten aus dem Mundstück, im Morgenrock, mit Wicklern in den Haaren, blaß und abgezehrt, während Lina mit dem Daumen Butter aufs Roggenbrot schmierte und kalte Milch in Gläser schenkte für Dollis Kinder, die träge und schläfrig über dem fleckigen Wachstuch auf dem Küchentisch lagen. Wenn Gilli sein Glas geleert hatte und mehr wollte, sagte Lina, zuviel kalte Milch sei gefährlich für Kinder, jemand den sie kannte, hätte eines Morgens eine solche Unmenge eiskalte Milch in sich hineingeschüttet, daß er geradezu erstarrte und tot umfiel.

Dolli zog die zerschlissenen Gardinen vom Fenster weg und ihr Gesicht verfinsterte sich, als sie hinausschaute; es war, wie sie befürchtet hatte, dort lag der braungebrannte Muskelberg unbeweglich auf der Wiese und drehte sein Gesicht zur Sonne, als wenn alle Probleme der Welt, mit denen sie sich herumquälte, ihn nichts angingen.

– Sieh dir das an! sagte sie zu Lina und zeigte durch die Scheiben, – da liegt der verdammte Tagedieb und läßt es sich gutgehen! Wird bald achtzehn und tut keinen Handschlag! Ich hab es endgültig satt, diesen Kerl von hinten bis vorne zu bedienen, Graf Rotz persönlich.

Dollis Stimme klang nach Tränen, und mit zittrigen Händen drückte sie die Zigarette aus, derweil die Zwillinge schnell in die Gummischuhe schlüpften, denn sie wußten, wenn Danni sich auf der Wiese sonnte, dann wurde es lustig, dann erzählte er immer Sonnenbadgeschichten, Abenteuer, die er sich ausdachte.

Sie spielten im afrikanischen Dschungel oder bei den Piraten im Stillen Ozean oder in fremden Großstädten, die Kinder selbst waren die Hauptpersonen und kämpften gegen Naturgewalten und Verbrecher und wilde Bestien, ließen sich in Felsspalten hinab und erkletterten Berge und flogen in Ballons und jagten in Schnellbooten dahin. In diesen Sonnenbadgeschichten waren immer die dicken und plumpen und sonderbaren Kinder, die sonst nie eine Chance hatten, die strahlenden Helden, retteten das Unternehmen mit List und Geschick, wogegen die Schlüsselfiguren in der Kindergruppe, die starken Jungen und süßen Mädchen, die Anführer, zumeist den kürzeren zogen oder nicht schnell genug fliehen konnten, weil sie ihre Großmutter mitschleppen mußten, und dergleichen mehr.

In der Mittagspause kam Tommi heim, und Danni begleitete ihn in die Küche, wo Lina gekochten

Schellfisch und angemachten Quark auftrug; alle fraßen wie die Scheunendrescher mit Ausnahme von Dolli; sie schlürfte am Fenster dampfenden Kaffee aus einer angeschlagenen Tasse und schluckte den Zigarettenrauch, sprach keinen Ton, obwohl ihr die Worte auf der Zunge brannten, die sie Danni hätte auftischen wollen; schwieg, weil der alte Tommi zu Hause war, aus unerfindlichen Gründen ergriff er immer für den verrückten Burschen Partei.

Gegen Ende der Mahlzeit polterte Grettir auf den Vorplatz und hastete ins Haus, um schnell einen Happen zu essen; er hatte es eilig wie üblich und war im Handumdrehen wieder verschwunden, nachdem er Dolli leicht auf die Wange geküßt hatte. Sie stand da und zerbrach sich den Kopf, warum er sich unausgesetzt so abhetzen mußte, ob das Gewehrepolieren in diesem Sportgeschäft in der Innenstadt nun wirklich soviel Arbeit machte. Vielleicht hurte er irgendwo rum?

Die Sonne war gewandert, und Danni wechselte den Platz, legte sich unter das Stubenfenster auf der Südseite des Hauses und genoß die Wärme, dort hatte er Schutz vor dem Nordwind; in einer kurzen Hose als einzigem Kleidungsstück lag er reglos den ganzen Nachmittag über, außer wenn er mit dem Buch wie mit einem Fächer vor dem Gesicht wedelte.

– Du liegst da wie ein Scheißhaufen! kreischte Dolli, die Wäsche zum Trocknen hinausbrachte; sie hängte auf und klammerte und redete in regelmäßigen Abständen mit Danni Klartext. Er war entschlossen, sich durch ihre schlechte Laune nicht von seinen Gedankengängen abbringen zu lassen, und gab keine Antwort, schien sie nicht einmal zu bemerken. Allerdings hörte man, wie er nach einer solchen Schimpfkanonade leise vor sich hin murmelte:

– Jaggedi jeggedi jeggedi jagg ...

Da schmiß sie die Klammern hin und rannte ins Haus zu Lina: – Ich ertrag das nicht, ich ertraaag das nicht, man muß was unternehmen mit diesem Jungen.

Lina briet ein Hacksteak für Baddi, der eben aus den Federn gekrochen war. Er stand im Klo und hustete sich aus, kam dann in die Küche und aß in aller Ruhe und trank Milch dazu. Lina warnte ihn ebenfalls vor den Gefahren kalter Milch, der Snaebjörn, ein Bekannter von ihr, hatte eines Morgens so viel eiskalte Milch getrunken ...

Baddi gab keine Antwort, obwohl er ausgeschlafen und in guter Laune schien, er schüttete sich noch ein Glas Milch ein, stellte sich vor die Alte und kippte es hinunter, daß es im Halse gluckste, reichte ihr grinsend das leere Glas, verneigte sich und ging.

– Du solltest auf mich hören, Baddi, rief sie ihm nach. Er furzte mit Hüftschwung, trat vor die Außentür und schaute nach dem Wetter, danach ins Telephonzimmer, um seine knallengen Lackschuhe zu wienern.

An diesen seltenen Sonnentagen des Jahres kamen nicht viele, um sich die Zukunft lesen zu lassen; nachmittags erschienen zwei Mädchen aus der Fischfabrik, und Lina schlug die Karten für sie und grübelte. Im

Hause war es ruhig, und sie saßen ungestört am Küchentisch; Baddis Stimme klang herüber, der beim Schuheputzen immer Elvismelodien summte, und einmal hörte man, wie das Zimmerfenster aufgestoßen wurde und Dolli hinausbrüllte:

– Warum steckst du dir nicht Streichhölzer zwischen die Zehen, damit du da auch braun wirst?

Die Mädchen von der Fischfabrik kicherten und zogen wenig später frohgemut ab, runter zum Busbahnhof, wo sie eine Fahrkarte nach Thingvellir kauften. Lina hatte ihnen eine Reise geweissagt.

Gegen sechs Uhr an diesem Freitag nachmittag gab Danni endlich sein Sonnenbad auf, mittlerweile hatte Lina sich Dollis Nörgelorgie angeschlossen; er sprang mit einem Satz auf und hoch in sein Zimmer, knallte die Tür, und alle Enttäuschung und alles Leid der Welt lasteten auf seinen breiten Schultern.

Baddi redete ebenfalls mit niemandem, vertrieb sich die Zeit beim Schuheputzen und knödelte mit gequetschter Elvis-Stimme:

... who cares for faaame
and fortune ...

Lina, die noch immer in der Küche stand und jetzt das Abendessen vorbereitete, bewunderte ihren Sonnyboy und seinen Fleiß beim Schuheputzen, ab und zu ging sie auf einen Sprung zu ihm ins Telephonzimmer und wußte, aus diesem Jungen würde einmal ein Mann, und außerdem sang er noch so hübsch; eigentlich sollte er Pfarrer werden.

Fame and fortune!
(duvabbadu!)
how empty they can be
but when I hold you in my arms
that's heaven to me!

Dann widmete er sich wieder den Schuhen. Bürsten. Polieren. Die Schuhspitzen glänzten wie die Spiegel in Versailles.

Die Geschäfte schlossen, und aus dem Sonnenflimmern tauchte Tommi in höchsteigener Person auf, in Galoschen, mit düsterer Miene, aber zufrieden an der Roy Zigarette kauend. Danni hatte erbost das Haus verlassen, Lina rief alle zum Essen, und vom Strand strich eine Meeresbrise herüber, in deren Dunst Gespenster und die ruhelosen Seelen der Ahnen treiben, von denen Lina nachts träumte, wie sie Poker spielten. Die Sonne segnete die Stille, rotglühend am westlichen Himmel.

Während man im Alten Haus beim Abendbrot saß, rollte ein weinroter Chevrolet bel air sedan mit Heckflossen und Chrom durch die Innenstadt, schob sich dröhnend die Hverfistraße hinauf und es war, als sprühe der Auspuff Funken. Falls ein junges, hübsches Mädchen auf dem Bürgersteig ihre Hüften schwang, tönte die Hupe:

– Salz-fleisch-und-Erb-sen, hau-rein!

Und gleichzeitig streckten sich ein paar pfeifende und brillantineglänzende Köpfe durch die Fenster. Im Rückfenster lag ein grüner Wollflicken. Das Lenkrad lederumwickelt. Unter dem Armaturenbrett hing eine duftende Karte mit dem Bild einer blonden Frau, die augenzwinkernd ihren Badeanzug zurechtzupfte. Kleine Fußballschuhe aus Plastik baumelten am Innenspiegel. Im Auto gab es einen Plattenspieler, aus dem der Gitarrenhall des *Summertime blues* dröhnte. Dann das Gaspedal bis zum Boden durchgetreten, und vier lederbekleidete Ellenbogen schoben sich aus den Seitenfenstern, während das Auto hüpfend in Richtung auf das Barackenviertel davonjagte.

Drinnen im Haus hörte man den Wagen erst, als er an den Baracken vorbeisauste. Der Straßenkreuzer schleuderte in einem Halbkreis um das Haus, und der Kies, der unter den Reifen hochspritzte, wirbelte gegen den Künstlerblock und die nächstliegenden Baracken. Die Türen schwangen auf wie Flügel, und die Burschen stürmten hinaus. Der Taube Grjoni, Lui Lui und Maggi Beauty. Begleitet von einem spindeldürren Kerlchen, das nicht ganz in die Gruppe zu passen schien. Der Taube Grjoni sprang die Außentreppe hinauf und donnerte so hart vor die Tür, daß das Haus in den Grundfesten erzitterte. Sofort erschien Baddi im Türrahmen, und er und Grjoni begrüßten sich, indem sie ihre Handflächen gegeneinander schlugen.

– *Who's this Bony Morony?*

– Hey, Baddi, ein verdammt *cosy guy,* antwortete Grjoni, and fügte leise hinzu: – Er hat Flocken.

– *O.K. O.K.*

Lina war ebenfalls an die Tür gekommen, das tat sie immer, wenn die Kumpane sich zu einer Party bei

Baddi trafen, sie stand im Flur und sortierte wie ein Portier.

– Sei mir gegrüßt, mein lieber Grjoni, sagte sie schrill, – bitte, tritt ein, du bist in meinem Hause immer willkommen!

– *Thank you* dankeschön, meine Liebe, erwiderte Grjoni höflich mit tiefer Stimme, – wir verstehen einander! Er trat mit einem Kopfnicken ein und schmuggelte eine Schnupftabaksdose in die Hand der alten Frau.

– Ja, du bist ein anständiger Mensch, Grjoni, das hab ich immer gesagt! Lina kreuzte die Arme vor der Brust und zog die Mundwinkel bis an den Unterkiefer, als Maggi Beauty unten an die Treppe kam. Er wirkte leicht verlegen, kämmte sich beim Gehen und sah auf die Fußspitzen, die langsam die Stufen hinaufstiegen.

– Diesen Menschen will ich nicht hier drin sehen! sagte Lina.

– Hey! Großmutter ...

– Was hat der hier einen Radau veranstaltet letztes Mal.

Maggi kämmte sich weiter, stand betreten auf der Treppe und warf Baddi Blicke zu. Baddi legte ihm die Hände auf die Schultern.

– Hey, beste Oma ...!

– Ich versteh dich nicht, Baddi, daß du dir solche Freunde aussuchst, soweit ich mich erinnere, hat er dich geschlagen, als er letztens hier war.

– Ach Oma, versteh doch, das war doch bloß Spaß.

– Das nenn ich wahrhaftig einen Satansspaß; einen Zahn hat er dir ausgeschlagen, und er war so garstig zu dir ...

Baddi versuchte, die Alte zu beruhigen, die mit den Händen herumfuchtelte und sich bedenklich der Grenze zum Tobsuchtsanfall näherte, wo ihr Indianertanz gewöhnlich begann.

– Maggi, hey, hast du Geld, gib ihr fünfundzwanzig, flüsterte Baddi Maggi zu. Maggi zog einen zerknitterten Schein aus der Hosentasche und reichte ihn Lina. Als sie den Schein sah, schwieg sie, warf Maggi einen zweifelnden Blick zu, lächelte endlich gutmütig und sagte:

– Ja, vielleicht steckt ein guter Kern in dir, Freund, das ist nett, daß du die alten Leute nicht vergißt; einer alten Frau fünfundzwanzig Kronen zu schenken!

Maggi schlüpfte hinein, und Lina sagte laut:

– Ich will euch nur bitten, daß ihr euch nicht prügelt, meine Lieben, ihr könntet euch weh tun!

Lui Lui durfte ohne Einwände hinein, und als letzter kam der Dürre. Er ging schnurstracks zur Alten, reichte ihr förmlich die Hand und schaute ihr in die Augen mit dem Ausdruck eines Mannes, der Benimm gelernt hat.

– Jakob Tryggvason mein Name, guten Tag.

Lina schaute verdutzt:

– Ja, und was weiter?!

– Sie sind offenbar die Dame des Hauses.

– Waaas? Ja?!

– Freut mich, Sie kennenzulernen.

Baddi stand vor dem Spiegel, schnipste mit den Fingern und winkte ihm. Er war sonderbar, dieser Jakob Bony Morony. Als Bony in den Flur kam, schob Baddi ihn vor sich her und sagte:

– *Walk right in!*

– *Don't crowd me man,* gab Bony zurück, und Baddi verschlug es fast die Sprache, wie dieser seltsame Kerl so *tough* antworten konnte. Lui Lui und Maggi Beauty hatten beide eine Schnapsflasche im Hosenriemen, und Bony Morony zauberte eine Literflasche Bols Genever aus der Lederjacke. Baddi, der neben Grjoni auf dem Sofa saß, wurde sofort munterer. Er sprang hoch und legte eine Platte auf. *Whole lotta shakin' goin' on* dröhnte durchs Haus so laut, wie es der Verstärker hergab. Dann brüllte er in die Küche hinüber und wies seine Großmutter an, Sinalco und Gläser zu bringen. Sie erschien in der Tür und sagte:

– Ja, aber Baddi, wir haben keine Sinalcoke!

– Wir haben kein ... Verdammt nochmal, hab ich nicht gesagt, ich will Sinalco haben?!

– Nicht zu mir, vielleicht zu deiner Schwester Dolli.

– Verdammte Tussi, die Dolli, ich erschlag sie ... o.k. bring uns Wasser, kannst du nicht Vater bitten, daß er Sinalco holen geht?!

– Ich schicke irgend jemand los. Lina mußte brüllen, um den Lärm des Grammophons zu übertönen.

Draußen in der Küche wollte Lina Dollis Tochter Gilli nach zwanzig Flaschen Limonade schicken, aber für Tommi kam das nicht in Frage, lieber ginge er selbst, als daß er ein Kleinkind sich so abschleppen ließe. Und das Resultat war, daß er die Gabel weglegte und losmarschierte zum Kiosk, um für die Gäste Limonade als Verdünnung für den Schnaps zu kaufen. Steif und müde, wie er war, wunderte er sich auf dem Weg dorthin, warum er das überhaupt mache, kam aber zu keinem Ergebnis.

Bei seiner Rückkehr war Spektakel in der Stube, Baddi brüllte dem Mobiliar Fetzen aus Rocksongs entgegen, und Dolli hatte deswegen mit den Kindern die Flucht ergriffen, nach oben in ihr Zimmer; wenn Baddi so in Hochform war, pflegte er ihr die ein oder andere Wahrheit um die Ohren zu schlagen. Bony tanzte im Zimmer herum, und Grjoni und Lui beobachteten ihn grinsend und warfen einander Blicke zu, für gewöhnlich tanzte man in der Clique nicht. Der alte Tommi wollte nicht an der Tür haltmachen, obgleich die Kumpane versuchten, ihn in ein Gespräch zu verwickeln über sein Fußballtraining in den alten Zeiten. – Hey Tommi, alter Junge. Weißt du noch: – Hoch leben Kauris Recken/in Spiel und Kampf und Sieg! Schnapp dir ’nen Ball, Mann! Und die Trompete! Hahaha! Weißt du noch, die Trompete, Tommi?

Doch, doch, Tommi erinnerte sich an die Trompete, – ich erinnere mich an die Trompete, mein lieber Lui, sagte er, lächelte trübe und ging, während er überlegte, wie albern sich das anhörte. Er hatte schlechthin nichts mit diesen Burschen zu reden, wenn sie so voll waren, eigentlich hätte er sie rauswerfen müssen; letztens, als er die Blinddarmentzündung bekam, hatten sie auch nicht an ihn und seine Trompete gedacht.

In der Küche sprach Lina über den Neuen, er machte vielleicht nicht viel her als Mann, derart schwächlich und hohlwangig, aber höflich und anständig, mit Sie hat er mich angeredet! Offenbar ein feiner Mensch, solche Freunde sollte Baddi sich suchen, nicht solche verrückten Verbrecher wie den Maggi!

– Ich denke, er ist nicht besser und nicht schlechter als die anderen, murmelte Tommi.

– Waaaas?

– Dieser Neue, ich glaub, er hat in der Stube alles auf den Kopf gestellt mit seinem Kannibalentanz!

– Ich meine, sie sollten lieber öfter tanzen; wenn ich mich recht erinnere, warst du in deinen jungen Jahren der beste Tänzer der Stadt.

Tommi lächelte in seine Kaffeetasse und schwieg.

Maggi und Lui waren inzwischen dazu übergegangen, in der Stube alles einzusacken, was irgendwie von Wert schien. Die kleinen Glaskerzenhalter, die New Yorker Freiheitsstatue, der Eiffelturm mit Thermometer und die Kleine Meerjungfrau verschwanden in ihren Taschen.

Grjoni befahl ihnen, mit dem Unsinn aufzuhören und das Zeug postwendend wieder zurückzustellen, allerdings gehorchten sie erst, nachdem Grjoni Maggi zu Boden geschlagen hatte; bei der Prügelei ging irgendwas zu Bruch und das Klirren hörte man bis in die Küche, wo Lina auf die Füße sprang und Tommi sich noch tiefer in seine Kaffeetasse vergrub.

Baddi kam rein: – Hey, Paps, hast du'n bißchen *money* für mich?

– Da ist nicht viel zu holen bei mir, Baddi, die Zeiten ...

– Hey, Paps, gib mir'n Hunderter!

– ... die Zeiten sind schwierig, sagte Tommi und zog die abgeschabte Geldbörse aus der Hosentasche. – Hundert Kronen, reicht nicht ein bißchen weniger ...?

– Mach schon, gib dem Jungen hundert Kronen, rief Lina, – oder zweihundert.

Baddi wartete mit ausgestreckter Hand und schnippste mit den Fingern vor Ungeduld. Tommi drückte ihm rasch einen Hunderter in die Hand, bevor Lina sich etwa aufregte und ihm befahl, Baddi die ganze Börse auszuhändigen.

– Geh und amüsier dich damit, sagte Tommi gutmütig.

– *Thanks dad.*

Lina antwortete nicht, als Tommi nach Danni fragte, sondern zischte nur und nörgelte über solche Gemeinheit, dem guten Jungen nicht mal hundert Kronen zu gönnen, wo er sich doch nur hin und wieder mal vergnügen wollte! Der Alte vergrub das Gesicht in den Händen und wünschte, das Weib würde schweigen, wünschte, Danni käme bald heim als Trost und Stütze, wenn das Faß überkochte, und am meisten wünschte er, daß die Saufbrüder sich aus dem Haus trollten, damit er nachts ruhig schlafen könnte.

Gegen elf tönte draußen lautes Hupen; Thord der Hurenbock war vorgefahren in einem riesengroßen alten Chrysler. Die fünf Kumpane trampelten brüllend und besoffen aus dem Haus. Schubsend und polternd drängelten sie sich ins Auto, Baddi und Grjoni vorne, Bony landete hinten zwischen Maggi und Lui. Obgleich er ziemlich selbstbewußt schien, war er den ganzen Abend schweigsam gewesen und fühlte sich offensichtlich zwischen diesen beiden Gangstern auf dem Rücksitz nicht ganz wohl.

Es war heiß im Wagen und roch nach Benzin, die Lüftung funktionierte nicht, und der Boden war undicht. Immerhin ertrank das Motorgedröhn in dem Palaver und der Musik aus dem knatternden und knarrenden Radio.

Sie fuhren *downtown*. Zwischen den verstreuten niedrigen Holzhäusern in der Innenstadt leuchteten die Gesichter der Menschen auf, und die roten Bremslichter der Autos, die ihre Runden drehten. In der Oststraße hatte eine Snackbar nach amerikanischem Vorbild aufgemacht, mit glänzendem Fliesenboden, Spiegeln, Jukebox und Mädchen auf Rollschuhen, die Milkshake und Coke über den hohen Bartisch servierten. Es war brechend voll von Leuten, die alle an die Jukebox und an die Bar wollten, doch als Baddi auftauchte, eskortiert von diesen fünf ledergekleideten Draufgängern, und durch den Raum schritt, als trage er einen doppelten Revolvergurt um den Leib, da wichen die anderen zur Seite. Er drückte Elvis in der Jukebox, pflanzte sich mit einer Hinterbacke auf den Barhocker und bestellte auf englisch eine Cola. Da ansonsten dort nichts passierte, was den Aufenthalt bleibenswert machte, schoben sie wieder ab ins Auto, das beim Losfahren mit quietschenden Reifen über den Asphalt schlitterte.

Im Hotelrestaurant Borg öffneten sich die geschnitzten Türen vor Herren im Anzug und Damen in Abendkleidern. Der Chrysler hielt an der Bordsteinkante, ließ den Motor aufdröhnen und die Hupe gellen, während die Kumpane Möglichkeiten erkundeten, wie sie sich in die Bar hineinschmuggeln könnten, doch sie hatten wenig Chancen, da alle außer Bony beim Portier auf der schwarzen Liste standen wegen nachlässiger Kleidung und zu erwartender Unannehmlichkeiten.

Man nahm Kurs auf das Vergnügungslokal Wintergarten in Vatnsmyri.

Jedes Wochenende Rock 'n' Roll. Draußen ein Gewimmel von Autos. Aus dem Haus drangen schwere Schlagzeug- und Baßrhythmen. Ringsum eine Stimmung fast wie auf einem Provinzschwof, Männer prügelten sich, einige waren zu Boden gegangen, Flaschen kreisten, Frauen kreischten.

Als der Chrysler auftauchte, wurde er mit Rufen und Pfiffen und Freudenlärm begrüßt; offensichtlich waren die, welche da aus dem Auto stiegen, an diesem Ort keine Unbekannten.

Grjoni und Baddi als Anführer. Um sie herum sammelte sich eine Menge Volk. *Hey man, Baddi boy! Rock 'n' Roll.* Laß knacken! Hier'n Schluck für dich, Grjoni. Baddi und Grjoni lachten abgehackt und schnipsten mit den Fingern und traten einen imaginären Fußball mit den Hacken und boxten Leuten zum Spaß in den Magen und fühlten sich sauwohl.

Das Camelpäckchen ging herum, und einen schmierigen Feigling schickte man mit einem Kopfstoß zu Boden und drohte, wenn er sich nicht zum Teufel scherte, würde man ihn erschlagen, und dann warf sich der größte Teil der Meute ins Vergnügen.

Zunächst kam man in einen ziemlich breiten Gang mit Garderobenhaken, um die sich die Kumpane nicht weiter kümmerten. Als nächstes ging man rechts in den Saal, der mit einer Balustrade in zwei Bereiche getrennt war, auf der einen Seite wurde getanzt, auf der anderen saß man an Tischen. Unter den meisten Tischen standen Schnapsflaschen.

Auf dem Tanzboden wimmelte die Menge. Das ganze Haus war ein einziges Gewimmel. Auf der Bühne spielte »Das Tanzorchester Steingrim Asgeirsson«. Die Band setzte sich aus Jazz- und Dixielandspielern unterschiedlichen Alters zusammen. Sie stand schon lange an vorderster Stelle, denn der Bandleader war klug genug, in regelmäßigen Abständen den Sänger zu wechseln, je nachdem was in der Branche gerade Mode war. Im Augenblick hatte er als Sänger einen achtzehnjährigen Burschen aus

Baddis Clique, Buddy Bill. »Das Orchester Steingrim Asgeirsson mit dem Sänger Buddy Bill spielt auf zum Tanz.«

Buddy war ein stimmbegabter und gefühlvoller Sänger. Hatte den Blues in sich. Er knödelte die Songs *Love me tender* und *Only you* mit so viel Einfühlungsvermögen, daß nur ausgesprochen robuste Draufgänger die Tränen zurückhalten konnten.

Als die *guys* den Saal betraten, spielte die Band gerade *Blueberry Hill.* Der dröhnende Rhythmus ließ den Fußboden erzittern, und Baddi kam sofort in Stimmung. Er mußte einen Moment stehenbleiben und die Augen schließen, um den fast berauschenden Schwindel abzuschütteln. Als er sie wieder öffnete, hatte er an jedem Arm ein Mädchen hängen. Auf der einen Seite Gerda, seine Freundin; sie kam aus Hveragerdi und wurde daher immer HveraGerda gerufen; die andere war Linda, Maggi Beauty's Schwester. Er führte sie durch den Saal quer über den Tanzboden, wo alle wohlfrisierten Kavaliere in weißen Hemden und Lackschuhen zur Seite wichen und Baddi mit beklommener Hochachtung grüßten. Er wollte sich am Verkaufsstand eine Cola holen, doch während er sich noch umdrehte und mit einem Bekannten ein paar Worte wechselte, hatte jemand für ihn und die beiden Damen bereits bezahlt. Überrascht hob er die Augenbrauen.

– Na? Wer hat den ausgegeben?

– Ein ausgesprochen süßer Kerl; ich kenne ihn nicht, sagte HveraGerda und steckte sich eine Zigarette zwischen die rotbemalten Lippen. Sie versuchte, Baddi den Jungen zu zeigen, der schon in der Menge verschwand, aber vergeblich.

Sie traten an den nächsten Tisch, wo drei pummelige Burschen sofort für sie aufsprangen. Baddi ließ eine witzige Bemerkung in ihre Richtung los, und die drei Dickwänste fielen bald um vor Lachen.

Baddi holte die Zigaretten aus der Lederjacke, drehte das Sturmfeuerzeug zwischen den Handflächen und schaute in den Saal. Er wechselte einen Daumengruß mit Buddy Bill, der sich auf der Bühne schnell eine smokte. Grjoni und Bony Morony steuerten an ihren Tisch. Als Gerda sie kommen sah, zeigte sie mit der lippenstiftverschmierten Zigarette auf Bony und sagte, der hätte die Runde ausgegeben.

– *Thanks boy.*

– *O.K.*

– Hör mal, macht's dir was aus, wenn ich dich Bony Morony nenne?

– Paßt mir verdammt gut, Mann.

– Kannst mich Baddi nennen.

– *O.K.* Baddi.

Baddis Feuerzeug hatte kein Benzin mehr; er beugte sich zu Linda hinüber mit der Zigarette zwischen den Lippen und sagte:

– *Match me handsome.*

Sie hielt ihm ein brennendes Streichholz an die Zigarette und er zog, blies ihr eine leichte Rauchwolke ins Gesicht und zwinkerte, wandte sich dann wieder Bony zu.

– Du hast was drauf beim Tanzen, Mann, sagte er und grinste.

– Tatsächlich?

– Magst du Jerry Lee Lewis?

– Er ist verdammt gut, trotzdem finde ich Chuck Berry am besten.

Long distance information
give me Memphis Tennessee.

– Ahaha.

HveraGerda war der Unterhaltung gefolgt.

– Baddi hat nie Lust zu tanzen, flocht sie ein.

– *Hey! Cut the crap baby!* Haben wir nicht letztens bei Maggi und Linda die ganze Nacht getanzt . . .

– Doch . . .

– *Reelin' and a-rockin' till the break of dawn!*

– Doch, aber ich meine, nie wenn wir ausgehen.

– Zwischen diesem Kroppzeug! schnaubte Baddi und nickte in Richtung der Kavaliere auf dem Tanzboden. Er und Groni lachten weltmännisch.

Maggi und Lui standen am anderen Ende des Saales mit einigen Schwachköpfen in Lederzeug zusammen; alle versuchten sie ihr Möglichstes, um eine Schlägerei in Gang zu bringen, pufften, stießen mit den Ellenbogen, warfen Gläser um und bändelten mit Mädchen an, die feste Freunde hatten. Es waren zu viele, als daß sich jemand mit ihnen hätte anlegen wollen. Zwei Bauernlümmel aus dieser Meute pirschten sich an zwei Mädchen heran, die an einem Tisch saßen und der Band zuhörten, beide kaum älter als vierzehn; die eine, Veiga, war die Freundin von Buddy

Bill, der gerade *A Fool such as I* sang, die andere ihre Schwester. Die Grobiane pflanzten sich auf den Tisch neben sie und sagten irgendwas, aber die beiden schauten pikiert zur Seite; dann fingen sie an zu zerren und zu schubsen, um irgendwie die Aufmerksamkeit der Mädchen zu erregen, doch statt dessen schienen diese eher verschreckt.

Die Burschen hießen Vidar und Tryggvi, Seeleute aus einem Provinznest, dick, pausbäckig und kräftig. Tryggvi packte schließlich die widerstrebende Veiga am Handgelenk und zog sie auf die Tanzfläche. Inzwischen machte sie ein ausgesprochen ängstliches Gesicht, aber Tryggvi hielt sie im Klammergriff und trampelte den Takt.

Baddi sah, was vor sich ging, und gab Buddy ein Zeichen. Der unterbrach mitten in der Strophe *Pardon me / if I'm sentimental / when we say goodbye*, kletterte von der Bühne, lief schnurstracks in den Saal und schlug Tryggvi zu Boden. Brachte die Mädchen zu Baddi und Grjoni an den Tisch und erschien im Handumdrehen wieder auf der Bühne. Alles geschah derart rasch, daß die Band kaum die Melodie verloren hatte, Buddy stellte sich einfach ans Mikrophon und sang japsend weiter: *Now and then/there is a fool/such as I.*

Auftakt zum Bandenkrieg. Zusammenrottung der Bauernlümmel in Angriffstimmung. Maggi und Lui in vorderster Reihe, die Arme über dem Brustkasten verschränkt. Baddi, Grjoni und Bony war der Schnaps ausgegangen; sie standen an der Hintertür, wo man häufig zum Schwarzmarktpreis eine Flasche von den Laufburschen des Besitzers herausschlagen konnte. Sie fanden einen, der ihnen mit Blicken und Zeichen zu verstehen gab, daß sie warten sollten, und endlich mit etwas unter der Jacke ankam, das er Bony für ein paar blaue Scheine zusteckte. Die Freunde schraubten gleich den Verschluß von der Flasche.

Jetzt waren sie sternhagelvoll. Suchten Streit und Krawall. Deine Mutter is 'ne Hure! Sie trampeln nach draußen. Thord torkelnd und kotzend wie meistens. Die Flasche geht rum. Ein großer stattlicher Kerl um die Zwanzig gerät in Hitze. Steht da und lehnt sich gegen einen schwarzen Opel und schimpft. Reg dich wieder ab, Thorir, sagen seine Freunde, als Thorir droht, er wolle Baddi und Grjoni anzeigen. Hör auf damit, Thorir, und komm mit. Aber Thorir ist voll. Von heiliger Wut gepackt. Spricht mit weinerlicher Stimme von seiner Schwester und von seinem Vater und zeigt auf Grjoni. Du warst das! Elendes Schwein! Und du auch! Baddi. Verbrecher ihr! Hör doch auf damit, Thorir, Mensch, sagen seine Vettern und Freunde, als Baddi und Grjoni sich drohend nähern und die Fäuste ballen. Thorir will sich prügeln. Ich werd's euch zeigen! Er scheint aus anständigem Hause, offenes Gesicht, wohlgekämmt, klare und schöne Aussprache, groß und breitschultrig, ähnelt Cary Grant. Und seine Gegenüber die reinen Teufel, lassen Thorir zuerst zuschlagen, dann kriegt er seine Abreibung, fünf oder zehn Sekunden lang Hiebe und halberstickte Schreie, bis Thorir zusammengekrümmt auf dem Kies liegt und sich den Magen hält und nach Luft schnappt und das Blut in seine hellen Haare rinnt; zum Abschied verpaßt Baddi ihm noch mit knallengen Lackschuhen einen klatschenden Tritt in den Hintern.

Zurück vor den Haupteingang. Bony betatscht HveraGerda. Umarmungen und Küsse. Sie lehnt sich gegen die Hauswand und hat den Fuß auf einer Stoßstange. Wieder hinein. Zweihundert Mann in der Schlange vor der Tür, die es ungerecht finden, daß Baddi und seine Clique raus- und reinspazieren dürfen. Der Türwächter sagt, sie würden die Band kennen. Drinnen quatschen sie mit dem Sänger und kippen einen, sie sind es nicht gewöhnt, viel miteinander zu reden, diese Helden, und besoffen wie sie sind, hat ihr Wortschatz sowieso Urlaub. Zeichen, Fingerschnipsen, Hackentrick, hey!, und Lachen, kurzes trockenes Lachen, so kommuniziert man eine ganze Weile, und nicht ein einziges Wort wird mißverstanden.

– *Now, look-a here boy, don't step on my blue suede shoes!*

– Ahaha!

Nachdem die Band *Red river rock* und *Rebel rouser* gespielt hatte, mußte Buddy wieder auf die Bühne, singen. Zum Abschied sagte Baddi: – Hey, verdammt warst du *tough,* Mann, einfach runterspringen, *A fool such as I am . . .* und einfach, gigg . . . ; er gab das Reden auf und spielte den Rest der Szene, wie Buddy von der Bühne sprang und Tryggvi niederschlug, spielte unter anderem auch deswegen, weil er auf diese Weise sichergehen konnte, daß Tryggvi und Lui und die anderen Lümmel, die aus respektvoller Entfernung finster der Unterhaltung folgten, auch wußten, über wen sie lachten.

Später zogen sie alle zusammen heim ins Alte Haus, Baddi und Grjoni und Bony und HveraGerda und Buddy und Thord, der sternhagelvoll war, und die Truppe der Bauernlümmel, in zwei Straßenkreuzern, mit Radau und Gebrüll, und die Polizeistreife begnügte sich mit einem erschreckten Blick, obwohl sie wußte, daß für gewöhnlich der Besoffenste am Steuer saß. Wahrhaftig fuhren sie wie Panzer in der Wüste, es fehlte nicht viel und sie hätten die Baracken niedergewalzt, und eins von Hlyns Autowracks drehte sich um 90 Grad, als die Wahnsinnsmaschinen vorübersausten.

Sie schlichen nicht etwa auf Zehenspitzen ins Alte Haus, obwohl schon alles schlief, die Tür flog auf, und die Absätze der Cowboystiefel gruben sich in den Holzboden, Rufen und Rumoren, und Elvis erhob seine Donnerstimme aus dem Verstärker. Den Tisch leergefegt, Füße und Gläser drauf. Bony und Gerda tanzen, Grjoni sieht aus, als schliefe er gleich ein, die Bauernlümmel drückten ihre Zigaretten auf dem Teppich aus und ballten die Fäuste, zwei sind draußen auf dem Vorplatz, stehen auf einem Auto und schwenken Flaschen und brüllen, bis Hreggvid griesgrämig in der Barackentür erscheint und ihnen befiehlt das Maul zu halten, mit so schallender Stimme, daß die Lichter in den Schlafzimmern der Blocks fast gleichzeitig angehen. Hreggvid kommt heraus, im Unterzeug, schwarz und zottig, seine Bartstoppeln werden allmählich grau, die früheren Schulter- und Oberarmmuskeln haben sich nach unten in eine Wampe verlagert; er schimpft weiter, läßt sich durch ein paar Schlucke besänftigen, die man ihm reicht, dreht auf, als er sich der Gruppe zugesellt, und kommt mit ins Haus und zu dem Spektakel in der Stube.

Grjoni lebt auf, als er den Kugelstoßer sieht. – Hreggi *boy*, hahaha! Hreggvid lächelt und nickt und scheint dem zu folgen, was man ihm sagt, konzentriert sich aber in Wahrheit darauf, so viel wie möglich aus so vielen Flaschen wie möglich abzukriegen, hat die Augen überall, schleicht rum und streckt sich und schüttet den unverdünnten Sprit in sich rein, daß er ihm aus den Mundwinkeln wieder herausrinnt.

Alle im Haus wachen auf, der alte Tommi fährt in die Hosen und zieht die Hosenträger über das Unterhemd, die Alte ist auf den Beinen, und Dolli raucht eine Zigarette nach der anderen aus ihrer Schatulle, spuckend und fluchend. Sie ist erregt, ihre Hände zittern, und sie scheint einen Kloß in der Kehle zu haben, weil ihre Kinder nicht in Ruhe schlafen können, schimpft mit Grettir, der schläfrig und faul im Bett liegt und sie dazu bewegen will, das Licht wieder auszumachen und sich hinzulegen und zu beruhigen. Doch sie regt sich nur noch mehr auf und schreit ihn an, sie ertrage das nicht, sie ertraaage das nicht! Man muß etwas unternehmen, sie bekäme einen Nervenzusammenbruch von diesem ständigen Radau im Hause, und sie meint zu Grettir, es wäre seine Pflicht, aufzustehen und die Bande rauszujagen, und da sieht er ein, daß es klüger ist, ihr zuzustimmen als zu riskieren, daß sie mit ihren Worten ernst macht. – Sakra! sagt Grettir, – jah! Sakrament noch mal, was für ein Radau! jah! Nicht mal in Ruhe schlafen kann man! Dieses versoffene Pack!

Baddi streift durchs Haus wie ein Präriewolf und spricht mit sich selbst, trampelt die Stiege hinauf, um seiner Schwester Dolli ein paar passende Worte zu sagen, traut sich aber nicht ins Zimmer, weil Grettir zu Hause ist, und der hat Gewehre und Schrotflinten, besser man fängt keinen Streit mit denen an. Als er in die Küche kommt auf der Suche nach Geld oder Essen, sitzt die alte Lina da im Morgenrock und legt die Karten. Baddi verkündet ihr, sie sei *nothing but a hounddog,* doch sie sagt nur Jessesmaria und bekreuzigt sich wie immer, wenn der geliebte Junge anfängt, mit fremder Zunge zu reden.

Zurück in die Stube.

– Baddi, hey, weißt du noch, wie Hreggvid Weltrekord geworfen hat! Komm her, Baddi, und red mit uns.

Baddi setzt sich zu Grjoni und Hreggvid.

– Mensch, erinnerst du dich, Hreggvid Bardason, Weltmeister im Kugelstoßen, hahaha! lachten sie und klopften Hreggvid auf den Rücken und kniffen ihm in den Speck und meinten, er habe Bauchmuskeln wie Floyd Patterson, und Hreggvid sagte Ja und Amen zu allem und lachte ebenfalls und katzbuckelte, denn er wußte, solange er ihnen zustimmte, konnte er ungestört alles Erreichbare in sich hineinschütten, und das war nicht wenig, denn plötzlich fiel sein Kopf auf die Sofalehne, und er schlief wie ein Stein. Der alte Kämpe. Schnarchte.

Die Lümmel versuchten, Buddy Bill einzukreisen, um ihm Benimm beizubringen, doch er entschlüpfte ihnen und meinte rotzfrech, sie wären potthäßlich und stinklangweilig, und Vidar, der Idiot, fing an, mit Buddy darüber zu diskutieren und zerstörte damit die untergründige Kampfstimmung, die in der Luft gelegen hatte.

– Meinst du etwa, du wärst was Besseres?

– Hau ab in deinen Kuhstall, du Schwachkopf! Hau ab in deine Jauchegrube! sagte Buddy andauernd, vertiefte sich in das Thema Kuhstall und Kuhfotzen und Kuhärsche, und der Taube Grjoni prustete los, und die Bauernlümmel standen da wie Piksieben.

Oben im Schlafzimmer stand Baddi in der Tür, und der Alte saß stoppelbärtig auf der Bettkante, drehte seine Uhr in den Händen und sagte gedämpft:

– Hör mal, Baddi, glaubst du nicht, du kannst ein paar von diesen Leuten raussetzen, es ist schon ...

– *Hey big man, hey big daddy* ... Baddi war so volltrunken, daß seine Stimme ihm kaum noch gehorchte, er schwankte nur im Türrahmen, und die Zigarettenglut fiel auf den Boden.

– Paß mit dem Feuer auf, das ist bloß ein Holzhaus, sagte Tommi, und nach diesen Worten flog die Tür gegenüber auf, und Dolli erschien zeternd und keifend in der Öffnung:

– Ja, das sähe ihm ähnlich, wenn der verdammte Idiot uns das Haus über dem Kopf anzünden würde, niemand nimmt hier Rücksicht auf Frauen und Kinder, jeder denkt bloß an sich, und ich meine, du solltest dich schämen, Baddi, und noch so viel Verstand haben, daß du dich hier wegmachst, nichts als Last und Ärger und Schande mit dir; wenn du in Amerika bist, dann haben wir endlich wieder Ruhe und Frieden, und ...

– *Okay, hey!* Dolli, reiß dich zusammen, Weib! Spinnst du? Tut dir das Loch weh oder was? Ich von hier abhauen? Aber du, wo solltest du wohl hin?

– Wo ich hin soll ...?

– Du gehst doch am besten gleich in die Klapsmühle!

Baddi war zu ihr hinübergegangen und lachte laut und trocken, als sie sich jetzt die Tränen abwischte; sie knallte die Tür zu, daß das Haus ächzte, und man hörte, wie sie Grettir anschrie, der bestimmt noch immer ruhig und faul im warmen Bett lag.

Von unten hörte man Splittern und Schreien, draußen im Flur hatten Lui und Tryggvi und ein weiterer Saufbold Bony Morony in eine Ecke gedrängt, er wehrte sich und trat und schlug um sich, der Flurspiegel und der Tisch mit der Einlegearbeit gingen zu Bruch, die Bauernlümmel nahmen Bony in den Schwitzkasten, prügelten ihn halb bewußtlos und nahmen ihm die Brieftasche ab; randvoll mit Scheinen, wie sich herausstellte. Jetzt kamen Baddi und Grjoni hinzu und sprangen Bony zu Hilfe.

Vom Treppenabsatz aus betrachtete der alte Tommi das Gefecht. Bony lag platt auf der Walstatt, doch abgesehen davon trieben Baddi und Grjoni die Lümmel mit Tritten und Schlägen zurück. Schließlich war Tommi die Sache leid und lief die Treppe hinab, um dem Spiel ein Ende zu machen, denn inzwischen heulten die Kinder sowohl im Alten Haus als auch in den umliegenden Baracken Rotz und Wasser, doch eine geballte Faust erstickte die Friedensbemühungen des alten Kleinkaufmanns im Ansatz; halb betäubt ging er zu Boden.

Daraufhin geriet die alte Lina völlig außer sich; sie stieß ein langgezogenes Heulen aus und rannte nach draußen, zuerst fegte sie blökend in einem kurzen Galopp über den Vorplatz, dann legte sie los zu einem 3000-Meter-Hindernislauf rings um das Haus, eine Runde nach der anderen, bei jeder neuen noch wilder hüpfend, bis ein Tanz daraus wurde und sie die Hände flach vor den Mund schlug, so daß ihr Gebrüll in einen Rhythmus überging wie bei den Indianern, wenn sie um Regen beten. Die Kinder weinten. Krawall in der Stube. Hreggvid war auf die Füße gekommen und taumelte umher, Dolli rief vom Treppenabsatz, man müsse die Polizei holen, und der alte Tommi rappelte sich hoch und ans Telephon. Daraufhin beschlossen Buddy und Grjoni, sich davonzumachen, liefen jeder in eine andere Richtung in die Dunkelheit.

Die Telephonleitung war herausgerissen, und Tommi versuchte, die Wahrsagerin zwischen ihrem Indianertanz anzusprechen, doch das war hoffnungslos; sie stürmte bloß schreiend im Galopp an der Tür vorbei. Also beschloß er, selbst ein Telephon zu finden, ging hinüber zu Fia und Toti, wo die Hausfrau trotz der späten Stunde wachte, bedrückt, weil ihr ältester Sohn Gummi abends ausgegangen und noch nicht heimgekommen war.

Als sie Tommi zu Gesicht bekam, rief sie Gott und alle Heiligen an, doch während er telephonierte, jammerte sie über die hohen Grundgebühren und die teuren Gesprächseinheiten, so daß Tommi, nachdem er aufgelegt hatte, sich trocken verabschiedete, der Alten fünf Kronen als Bezahlung reichte und auf dem Weg die Treppe hinunter vor sich hin murmelte, solche Pfennigfuchser sollten nicht das Gefühl haben, er schulde ihnen was.

Als die Polizei eintraf, waren nur noch Baddi und Bony und Lui übrig, außerdem Thord, flach ausgestreckt auf dem Fußboden, und Hreggvid Kugelstoßer, der weiter nach etwas Alkoholischem suchte. Er war so verwirrt, daß er nicht einmal protestierte, als er mit den anderen zum Streifenwagen geschoben wurde; man wollte sie alle fünf einlochen, aber da beendete Lina ihren Indianertanz, kam zum Auto gerannt und befahl den Handlangern des Gesetzes, Baddi loszulassen, er hätte nichts getan, der brave Junge, ruhig und vergnügt war er gewesen, und so schön hatte er gesungen, bevor diese Wahnsinnigen kamen, und laßt ja meinen Baddi in Frieden!

Am Ende waren es nur drei, die festgenommen wurden; Greta, Hreggvids kleine Frau, kam im Nachthemd aus der Baracke getippelt und verpaßte dem Hünen eine Ohrfeige und stauchte ihn zusammen; und die hochgewachsenen Polizisten schauten der Frau hinterher, wie sie ihr Opferlamm fortschleppte, es vor sich her durch den schmalen Eingang schob und die Tür so fest hinter sich zuwarf, daß die Baracke Wellen schlug wie eine Landebahn beim Erdbeben.

Baddi blieb allein auf der Party zurück. Jetzt drehte er ebenfalls völlig durch. Wurde gefährlich, kehrte das Unterste zuoberst und machte Kleinholz und polterte und attackierte sogar die alte Frau; zu ihrer aller Glück kam Danni von seinem Nachtspaziergang zurück, packte Baddi am Nacken und befahl ihm, sich anständig aufzuführen.

Aber Baddi wollte nicht anständig sein, sondern raufte und schlug um sich, Danni mußte ihn in die Luft heben und dann auf den Boden knallen und ihm das Knie auf die Brust setzen:

– Gibst du auf?!

Baddi wand sich, konnte sich jedoch nicht befreien, und schließlich mußte er seine Niederlage eingestehen.

Der Goliath Danni nahm gewiß an, daß Männer üblicherweise zu ihrem Wort stehen, und ließ los; Baddi aber, sobald er frei war, sprang hoch, packte einen Stuhl und schlug ihn Danni über den Schädel, so daß er wie ein nasser Sack zu Boden ging.

Also ging Tommi noch einmal hinüber zu Fia und Toti und rief die Polizei.

Als die Streife kam, war Baddi derart außer sich, daß er drohte, er werde sie ebenfalls fertigmachen, aber sie waren zu fünft und legten ihm Handschellen an. Alle Nachbarn lagen in den Fenstern und verfolgten, wie der Held abgeführt wurde. Dolli kreiste kettenrauchend im Morgenmantel um den Wagen und bat die Polizisten, diesen Kerl direkt ins Staatsgefängnis zu bringen, gewalttätig wäre er, und eine Bedrohung für seine Umgebung, Frauen und Kinder und alte Leute in seiner Gegenwart akut gefährdet; und Lina war zu durcheinander, um zu protestieren, völlig aufgelöst, die Strumpfbänder zerrissen, die Haare standen vom Kopf wie die Borsten an einem alten grauen Kater.

Baddi wurde fortgeschafft, und alle kehrten ins Haus zurück. Inzwischen war Grettir aufgestanden und stand im blaugestreiften Schlafanzug oben auf dem Treppenabsatz und versuchte zu erfahren, was los war. Niemand hörte zu. Dolli und Lina gingen in die Stube, rangen die Hände über die abscheuliche Verwüstung und ließen sich zuletzt auf einen Stuhl fallen, völlig am Ende.

Tommi und Danni saßen am Küchentisch, jeder mit seiner Kaffeetasse. Tommi sah erschöpft aus:

– Wo bist du nur gewesen, Danni?

– Bloß draußen herumspaziert.

– Laß mal sehen, eine ziemliche Beule, die du da hast.

– Macht nichts, Vater.

– Naja, mein Lieber.

Schweigen.

– Ein Horror, wenn man sich vorstellt, so geht das jetzt jedes Wochenende, vielleicht nicht immer ganz so schlimm wie heute, aber es passiert ja nicht zum ersten Mal ... hol's der Teufel ...

– Ja.

– Es wäre mir wirklich eine verdammt große Hilfe, wenn du bei so was zu Hause wärst, allein komm ich dagegen nicht an.

– Sicher, Vater.

– Wenn er anfängt seine Schuhe zu bürsten, dann muß man mit allem rechnen, das sollten wir allmählich wissen!

Schweigen.

– Ich versteh das einfach nicht, du hast ja nie getrunken, mein lieber Danni, nein, vielleicht denkst du, man dreht durch, wenn man einen trinkt, aber ob du's glaubst oder nicht, früher war das anders, ich hab mir oft genug einen genehmigt mit Freunden und Bekannten, auf See und auch ... na, man wurde eben lustig und lachte und sang und tanzte und amüsierte sich auf anständige Weise. Aber heutzutage! So sind ja nicht nur Baddi und seine Freunde ... Hör mal, ich will dir was erzählen (hier senkte Tommi die Stimme), vorhin bin ich rübergegangen in den Block und hab bei Fia telephoniert, zweimal, und beim ersten Mal erzählt sie mir, daß der Gummi, ihr Sohn, noch aus ist und sie auf ihn wartet. Naja, als ich das zweite

Mal komme, da riech ich so was Komisches, ein Gestank, sofort als ich unten in den Flur komme, da bei der Sprechanlage. Ich drücke aufs Licht, und da liegt doch der verdammte Kerl, der Gummi, unter den Briefkästen und schnarcht, mit Scheiße in der Hose! Der Kerl hatte sich vollgeschissen! Was für eine Drecksau! Ist über Dreißig und hat die braune Soße in der Unterbux, dieser Mistkerl!

In den Zellen auf der Polizeistation war Trubel bis spät in die Nacht, bis die Kunden einer nach dem anderen einschliefen. Bony, Lui und Thord schnarchten allesamt fest, als Baddi hereingeführt wurde; er allerdings war überhaupt nicht schläfrig, sondern rüttelte an den Stangen und beschimpfte die Wachmannschaft und forderte, er wolle seinen Anwalt sprechen, wie man das immer in den Fernsehserien sieht, bei Perry Mason etwa. Irgendwie gelang es ihm durch Drohungen oder Schmeicheln, ihnen ein paar Zigaretten abzuschwatzen, und daraufhin beruhigte er sich und setzte sich auf die Pritsche und häufte Stummel und abgebrannte Streichhölzer auf den Fußboden zwischen seinen Füßen. Nach einiger Zeit hatte er keine Lust mehr, legte sich auf den Rücken, gerade und steif mit gekreuzten Füßen, die Hände unter dem Nacken gefaltet.

Eben war er in den Schlaf entschwebt, als ihn plötzlich jemand rüttelt; er schaut hoch und braucht einen Moment, um sich zu besinnen, da sieht er das grinsende Gesicht vom Tauben Grjoni neben der Pritsche.

– Nee — Grjoni *boy*, wa . . . Teufel nochmal!

Sie schlugen die Hände gegeneinander.

– Ich hab die ganzen Stummel hier gesehen und dachte, du hast vielleicht 'n Glimmstengel.

Baddi zog das halbleere Päckchen heraus und zeigte es ihm.

– *I'd walk a mile for a Camel!*

Grjoni zündete sich eine an, inhalierte tief und murmelte beim Ausatmen:

– Vorhin hatte ich zehn Kartons, aber diese Verbrecher haben sie mir abgenommen und mich eingebuchtet.

– Waaa?! Was soll das, Mensch, wieso konnten die dich nicht in Frieden lassen?

– Die haben behauptet, ich wär in Arnis Magazin eingebrochen und hätte zehn Kartons Zigaretten geklaut.

– Na?! Und was hast du gesagt?

– Die haben verdammt nochmal so leise geredet, daß ich kein Wort verstanden hab.

– Ahahaha!

Eine Weile unterhielten sie sich noch, legten sich dann auf ihre Pritschen mit gekreuzten Füßen und den Händen im Nacken verschränkt. Stille. Dann rief Baddi:

– Grjoni!

– GRJONI!

– GRJONI VERDAMMT NOCHMAL MANN BIST DU TAUB??!!

Darauf lachten sie beide leise.

Sofort als die alte Lina nach dem ganzen Tumult wieder zu sich kam, fing sie an, sich um Baddi zu sorgen. Man dürfe ihn nicht einsperren, er wäre so empfindsam und hätte so schwache Nerven. Im Gefängnis bekäme er weder was zu trinken noch zu essen. Vielleicht würden sie ihn sogar mißhandeln, diese verdammten Polizisten. Danni hatte das Telephon repariert, und die Alte rief auf der Wache an.

Sie hatte das unwahrscheinliche Glück, ihren Verwandten, Inspektor Gudlaug, an den Apparat zu kriegen, der diese Nacht Dienst hatte; er lachte fahrig, als sie ihm befahl, Baddi auf der Stelle freizulassen.

– Ist das wirklich ratsam, meine Liebe?

Je weiter die Nacht fortschritt, desto müder und genervter wurde er von den Anrufen der Alten; außerdem machten ihn ihre Drohungen nervös, da er überzeugt war, sie stünde mit irgendwelchen dunklen Mächten in Verbindung, also befahl er seinen Leuten, Baddi freizulassen. Mit einiger Mühe wurde er geweckt und verschlafen und verkatert nach draußen in die Morgenkälte abgeschoben; er war grantig und klopfte lange gegen die Tür der Wache und schimpfte, forderte, nach Hause gefahren zu werden, drohte, sie bei den Vereinten Nationen anzuzeigen, aber sie antworteten bloß, er solle seine eigene Scheiße fressen, und wenn er nicht das Maul hielte, würde er Prügel beziehen. Der Held mußte sich daher zu Fuß aufmachen und den ganzen Weg nach Hause laufen.

Als Baddi schließlich am Ziel anlangte, war Tommi wach und wollte zur Arbeit, nach drei Stunden Schlaf;

er stand in der Küche und trank Kaffee, während der Held fußlahm ins Haus schlich. Sie wechselten kein Wort miteinander; Baddi stakste direkt hoch in sein Zimmer und warf sich auf den Diwan.

Etwas später rückte Bony Morony an, um sein Auto abzuholen, das die ganze Nacht auf dem Vorplatz gestanden hatte, der weinrote Chevrolet, mit dem sie am Vortag gekommen waren. Lina fand den jungen Mann ausgesprochen sympathisch und lud ihn zu einer Tasse Kaffee in die Küche ein; bei der Gelegenheit erzählte er ihr, die nächtliche Prügelei hätte damit angefangen, daß Maggi und noch so ein paar Verbrecher ihm die Brieftasche hatten stehlen wollen, aber Grjoni und Baddi hätten das verhindert.

Die alte Lina rang die Hände und sagte, so was hätte sie geahnt, die verdammte Polizei hätte Baddi ohne jeden Grund verhaftet. Als Bony gegangen war, schickte sie jemanden ins Geschäft nach Camel und Sinalco und ganz besonderen Wiener Teilchen, damit der Junge was vorfand, wenn er aufwachte. Dann brachte sie ihm noch das *Morgenblatt* hoch ins Zimmer; niemand durfte die Zeitung anrühren, bis er sie gelesen hatte, obwohl er vielleicht erst zum Abendessen aufstand und sich damit begnügte, das Kinoprogramm zu überfliegen und zu sagen:

– Tsss, das hab ich doch alles schon drüben in Amerika gesehen bei unserer Mutter!

Epilog

(tsa tsa tsa)

Kamen weitere Sonnentage. Kam Regen. Die guten Jahre dauerten an. Das Leben atmete weiter in den Baracken. Das Leben tanzte weiter seinen Reigen im Alten Haus. Kamen Winternächte, und das Viertel wurde wie ein Glanzbild, als der frischgefallene Schnee sich über die gewölbten Konturen der Baracken legte. Viele meinten, der Schnee kleide das Viertel gut, und fast entfaltete sich eine Stimmung ländlicher Glückseligkeit dort in dieser unfruchtbaren Einöde; die Wagen und Autowracks wurden zu Heustapeln, und man konnte sich gut vorstellen, die Baracken würden als schmucke Torfhäuser aus den Schneewehen auftauchen. Gelegentliches Blöken und Muhen hätte das Bild abgerundet. Klappernde Milcheimer. Hin und wieder Stille. Vielleicht hörte man nichts außer Gesang und trunkenem Radau aus Hreggvids Baracke. Langgezogenes Lachen aus Saeunns Baracke. Vielleicht Weinen. Vielleicht Lachen. Baddis Rocksongs. Husten. Oder Schnarchen.

Kam Frühjahrsregen, der den Schnee schmolz, und Herbstkälte, die den Schlamm gefror, und so fort und so fort wie Generationen, die kommen und gehen in der Geschichte der Familie, einer Geschichte, von der niemand sagen kann, wann sie begonnen hat, und die vielleicht niemals endet. Ab und zu hörte man Stimmen aus den Blocks, laute unzufriedene Stimmen über den Kohlenqualm und den Tumult, und viele wußten, daß die Künstler eine Initiative ins Leben gerufen hatten, um Unterschriftenlisten mit Beschwerden an die Stadtväter zu schicken, worin diese gebeten wurden, ehrenhafte Steuerzahler von der Gegenwart dieses Barackenpacks zu befreien. Solche Klagen trafen in den Ämtern auf ein gewisses Verständnis.

Der baldige Untergang des Thulecamps schien beschlossen.

Doch da diese Erzählung mit Karolina der Wahrsagerin begonnen hat, kann sie hier kaum zu Ende sein.

Lange Zeit später klopfte der Autor volkstümlicher Theaterstücke an ihre Tür, jener, der damals mit dem Kassierer vom Nationaltheater ins Alte Haus gekommen war, um sich über den Kohlerauch und den Vandalismus zu beschweren. Er hatte Lina nicht vergessen. Jahrelang verfolgte sie ihn im Schlafen und im Wachen, ganz besonders während schwer depressiver Katerstimmungen oder wenn seine Werke, von denen die Zeitungen schrieben, sie glichen im Laufe der Zeit einer immer kraftloseren Nagelsuppe, vom fein ausstaffierten Premierenpublikum ausgebuht wurden. Er wußte selbst, woran das lag. Es fehlte ihm an Mut; ständig verschenkte er aus Gedankenlosigkeit die größten Gelegenheiten. Wie diese zum Beispiel; eine uralte zauberkundige Wahrsagerin zu kennen, die noch niemand entdeckt hatte, direkt nebenan, ohne sie über alles zu befragen, von dem sie wußte. – Wenn ich mit der Alten rede, dachte der Volksdichter, hätte ich bestimmt hinreichend Stoff zur Auswahl, um in ganz Skandinavien Aufsehen zu erregen.

Dennoch hielt ihn immer irgend etwas zurück. An das Viertel ging man nicht so einfach heran, außerdem kam die Polizei oft in dieses Haus, manchmal viele Streifenwagen mit einem ganzen Heer von Beamten, die sich unter Begleitung röhrender Deckhengstmusik mit Besoffenen aus röhrenden Autos herumprügelten.

Zuletzt ging er doch hin, ermannte sich endlich, ein Vierteljahrhundert nach seinem Beschwerdebesuch im Alten Haus. Und inzwischen war viel Wasser in die See geflossen: Soeben hatte man über eine todernste Tragödie des Schriftstellers Tränen gelacht, das Alte Haus war niedergerissen worden, und leichte transportable Tonbandgeräte waren an der Tagesordnung. Mit einem solchen Recorder in einer braunen Schultasche machte er sich auf zu einem Treffen mit der Alten in der Neuen Hütte.

Es wurden viele Besuche daraus. Der Schriftsteller erregte niemals Aufsehen in Skandinavien. Doch die Bänder existieren noch, und auf dem einen findet sich die folgende Unterhaltung:

Interviewer: Haben deine Eltern Menetekel vorhergeträumt?

Lina: Waaas?

I: Erinnerst du dich, ob deine Eltern Menetekel vorhergeträumt haben?

Lina: Menu ... was?

I: Mene-tekel.

Lina: Davon weiß ich nichts. Was für Teckel sollen das sein?

I: Menetekel ..., uh ... das ...

Lina: Natürlich hat man schrecklich viel geträumt, in den alten Tagen!

I: Ja, haben deine Eltern in Träumen Ereignisse vorausgesehen?

Lina: Ja, geträumt ... mein Vater selig war nun so verfl..., so rätselhaft, hielt eher hinterm Berg damit. Einmal zum Beispiel, da gingen wir spazieren, da gab es noch keine Häuser und nichts, draußen wo wir wohnten auf Gufunes, tsatsatsa! so war das, jaja, er spazierte da mit uns Kindern rum und sagte, hier wird sich vieles verändern, hier wird was Großes, was Gewaltiges kommen, Fabriken und Schornsteine und irgendwas, damit das Gras wächst, aber ringsherum war doch nur Schmutz und Dreck, und da haben wir Kinder gelacht, wir Mädchen, ehe! was könnte das wohl ... Jaja! sagt er, ihr werdet es schon sehen. Auch wenn ich nicht mehr bin, ihr werdet es schon sehen! Damals lachten wir bloß, aber wie ging die Sache weiter? Heute gibt's da eine Düngemittelfabrik, und Müllhaufen überall! Und jetzt macht man sogar einen Friedhof dahin, da wollt ich nicht begraben sein, tsatsatsa, wieder in diesem Drecksnest, ich nicht!

Ja, so war vieles damals. WAS? Findest du das nicht seltsam?!

I: Doch ...

Lina: WAS?!

I: Doch, in höchstem Grade ...

Lina: WAS SAGST DU?!

I: In höch-stem Gra-de ...

Lina: Jaha.

I: D-dann wollte ich dich noch fragen, ob es viel gespukt hat, da, wo du aufgewachsen bist, in Gufunes.

Lina: WAAAS?

I: Hast du Kenntnis von irgendwelchen schwer erklärbaren Ereignissen damals in Gufunes ...?

Lina: Ja, hör mal, das mit Gufunes, was solche Verleumder einem da nachsagen, das fand ich immer schon widerlich, es war nämlich so, daß Papa überhaupt nicht arm war, im Gegenteil, er hatte Schiffe, aber der Jeggvan von den Färöern hat ihn um sein Eigentum betrogen, Jeggvan hat ihm alles abgeschwindelt, damals gab es nichts Schriftliches, nur mündlich, da war ich noch nicht geboren, aber ich glaub, sie haben Poker gespielt und Jeggvan hat meinem Vater selig alles abgeschwindelt, und dadurch ist er da in Gufunes gelandet. Jaha! So war das. Aber ich bin weggekommen von da, zusammen mit meiner Mutter selig, aber damals hatte sie schon eine Vereiterung im Magen, tsatsatsa, und ... ja! Zum Beispiel haben wir damals nie was anderes gegessen als bloß Knorpelbrei, du weißt, was Knorpelbrei ist? Nein, du bist noch so jung ...

I: Doch ... ich ...

Lina: Also, Knorpelbrei, da nimmt man die Gräten und die Flossen und die Knorpel und alles, was man vom Fisch nicht essen kann, und dann läßt man das kochen, bis es sich aufgelöst hat, und dann kriegten wir nichts zu essen außer dem da ...

I: Ich kann mir vorstellen, daß es ziemlich unappetitlich gewesen sein muß, äh ...

Lina: Ein Scheißessen war das! Naja, was wollt ich sagen, ja, dann kam der Thyphus, und der Landarzt verlangte, daß man das Haus niederbrannte, und da konnten wir nirgendwohin, hatten nur ein Erdloch in einem Hügel, das man als Kartoffelkeller ausgegraben hatte, aber das war ein Zauberhügel, und da wohnte das kleine Volk.

I: Sooowas!!!

Lina: Manchmal hörten wir jemand rufen: Hey! Ho!, und es echote bei dem Ruf, und dann rief jemand auch Mama selig, und wenn man raussprang, neenee, da war keiner!

Findest du das nicht seltsam? Findest du das vielleicht nicht eigenartig?!

So war das damals, und überall Schaben und Wanzen und alle möglichen Käfer, die da im Loch lebten und nachts über einen wegkrabbelten, und dreckig war das alles!

I: Sagt nicht der Volksglaube, daß an einem dreckigen Menschen sogar Geld klebenbleibt?

Lina: Was! Glaubst du das? Ja, Papa selig war nun ein fürchterlicher Schmutzfink, sah immer aus wie ein Misthaufen, und was hatte er? Hatte er etwa Geld? Das denkst du bloß, aber Jeggvan von den Färöern hat ihm alles gestohlen, und Papa selig blieb nicht mal ein Flicken für den Hosenboden. Der Sohn von meiner Tochter, der Baddi da auf dem Bild, der hat sich eine Zeitlang mit einem Siggi von den Färöern rumgetrieben, aber ich sagte NEIN! Kein Färöer betritt mein Haus, die ...

I: Äh, das kleine Volk, bist du viel davon gewahr geworden ...?

Lina: Jaaahh!, das freundliche kleine Volk, ich hoffe, daß sie hier überall um mich rum sind; also später kam ich noch mal an den Hügel, auf der Seite, wo kein Loch gegraben war und wo das kleine Volk wohnte, damals waren meine Mutter selig und meine Schwester selig schon weggezogen und wohnten unten am Felsenstieg, und also da hat mir geträumt, da wäre ein Flur, wie gestampft sah alles aus, ähnlich wie ein Flur auf dieser Seite, schließlich kennt man den Hügel ja nun! und damals hab ich mein kleines Mädchen, die Gogo, von dem Arnkell bekommen, dem verdammten Idiot, und dann hat man versucht, hja ... der Satansbraten, jetzt ist er ja tot, ich weiß nicht, vielleicht weil ich was auf ihn herabgerufen hab; Brynjulf und seine Frau, die Kristin, die wollten ihn nämlich nach England schicken, damit er Schneider lernt, aber dann kam der Krieg, und ich konnte ihm nicht folgen, er fuhr mit der Flora, glaub ich, sein Schiff war glaub ich die Flora, und sie wurde versenkt, aber er hat nun überlebt, lange sind die nicht davongekommen, die Großschnauzen, tsa, ich hatte mich nicht drum gekümmert, Alimente von dem Mistkerl zu kriegen für mein kleines Mädchen, die Gogo; jedenfalls träumte mir kurz vor Weihnachten, das letzte Jahr, wo Mutter noch lebte, da träumte mir, wie ich in den Elfenhügel komme. Ich geh nur so, und direkt hinein, und da komme ich in ein Zimmer, da sind solche Sperren, Sparren oben, wie man das hatte in den alten Tagen, und eine Stube, und die Fenster drehen sich dahin, und dort steht ein Mädchen, und ich frag sie, ob sie was von Arnkell wüßte, sie war auch grad aus dem Ausland gekommen, neeein, sie hatte nichts von ihm gesehen. Aber dann fragt sie mich, willst du, daß ich ihn kommen lasse? sagt sie, ich sag ja, da geht sie an einen Schrank, der da so in der Ecke steht, kein hoher Schrank, und nimmt was raus, das aussieht wie zwei Eier, wie Ostereier, schlägt sie so aneinander (klapp klapp) und sagt, jetzt kommt er bald. Hm ... äh, da denk ich mir, nein! ich hab ja gar nichts draußen an der Tür zurückgelassen beim Reinkommen, weil, das hab ich im wachen Zustand gehört, wenn man zum kleinen Volk geht, dann soll man was an der Tür zurücklassen, damit man auch wieder hinausfindet; aber iiich geh nur einfach so raus, und was passiert dann? Mama selig sagt, merk dir den Traum gut. Und was passiert dann, dann stirbt meine Mutter selig, also geh ich mit der Kleinen auf den Friedhof, sie ist nämlich hier auf dem Friedhof begraben, nicht da oben auf der Müllkippe!, und da treffe ich den Arnkell auf der Straße. Jaa. Ich kümmere mich nicht weiter um ihn, aber damals hab ich mich nun aufgerafft, denk ich, und bin zur Polizei gegangen und hab Antrag auf Alimente gestellt.

Und da siehst du, das war doch alles sehr seltsam, waaas? Findest du das nicht seltsam, er wollte eigentlich gar nicht nach Island, er wollte nach Holland, sagte er, aber er hatte einfach keine Ruhe und mußte nach Island fahren, und das alles bloß, damit ich ihn mir packen konnte.

Aber jetzt ist er tot, in Eistambul gestorben. Und muß sich verantworten. Wie wir alle. Ahahaha!

I: Jaa!

Lina: Findest du das nicht merkwürdig?

I: Eigentümlich.

Lina: Findest du das nicht geheimnisvoll?

I: Ganz be-stimmt!

Schweigen.

I: Aber-äh, ich möchte noch mal etwas genauer nachfragen, weil du vorhin erwähnt hast, daß du dem Arnkell einen Bannfluch auferlegt hast, gab es das viel in deiner Familie ...? Bannspruchdichter zum Beispiel ...?

Lina: WAAAS?

I: ... Bannspruchdichter?

Lina: Bandbuch-dichter?

I: Ich meine ... wenn es in Erfüllung ging ...

Lina: In meiner Familie gab es nie Dichter, außer vielleicht der da auf dem Bild, der Sohn von meiner

Tochter, ich hab ihn aufgezogen, er war Flieger, aber jetzt ist er tot, der Gute ... aber er hat nur so ein paar trübsinnige Verse gedichtet, der Schatz, und ab und zu hab ich selbst den ein oder andern Spruch geschmiedet gegen Leute, wie den Präsidenten zum Beispiel, so ein verdammter Esel, der hätte nie Präsident ... aber jetzt hab ich damit aufgehört, mir das abgewöhnt, nenene. Hab das nicht mehr nötig.

I: Ja, Hrmh. Ja, Karolina, man darf wohl annehmen, daß sich in deinen Tagen viel verändert hat.

Lina: Seit den alten Zeiten?!

I: Äh ... ja.

Lina: Ja, das kann man nun wahrhaftig sagen, glücklicherweise, und ich kann dir zum Beispiel sagen, in den alten Zeiten: Da hatten wir nie Geld! Überhaupt kein Geld! Waaa! Das war kein Spaß damals, das Leben, kann ich dir sagen! Tsa!

I: Hmmm — ihr wart ziemlich knapp dran ...

Lina: Ja, nie hatten wir Geld, nicht was man Geld nennen konnte. Am besten man redet nicht mehr drüber, das sind Gespenster der Vergangenheit.

I: Aber waren denn ...

Lina: Zum Beispiel kann ich dir erzählen, daß mein Vater selig sich nie Tabak kaufen konnte, richtigen Tabak, und mußte sich damit begnügen, auf einem Teertau zu kauen oder auf schwarzem Segelgarn, und dann hat er gemahlenes altes Holz und allen möglichen Dreck als Schnupftabak genommen, und wir Kinder mußten das Zeug manchmal für ihn fabrizieren.

Der Satansbraten.

... und wie er Mama behandelt hat.

Tsatsatsa!

I: Aber-äh, du sagtest, oder jedenfalls konnte man dich vorhin so verstehen, daß du »treffsicher« sein konntest.

Lina: Waaas?

I: Ja, es kam häufig vor, daß du treffsicher warst.

Lina: Daß ich sprechsicher war?

I: Treff-sicher!

Lina: Jaaa, wie meinst du das?

I: Sozusagen daßßß ... daßßß-äh, daß das eintrifft, was du sagst.

Lina: Jaha!

I: Liegt das bei dir in der Familie?

Lina: Dochdoch, meine Familie war schon reichlich geheimnisvoll, ehehe! Andererseits glaubte man damals in den alten Zeiten alles mögliche dumme Geschwätz und Humbug, zum Beispiel die Ärzte, nie hatte man Geld, wenn man einen Arzt brauchte, und dann ließ man irgendwas zusammenmischen von Leuten, die keine Ahnung hatten ... und das war ..., also, zum Beispiel meine Mutter selig, die hatte einen vereiterten Magen, und es ging so aus, daß ich mit ihr und meiner Schwester hier in die Stadt ziehen konnte, aber mein Bruder Gummi und dieser Idiot von Mann kamen nicht mit, das hat sich an ihnen gerächt ... aber wir hatten kein Haus, wo wir hinkonnten, und damals gab es auf dem Lande keine Ärzte und keine Pillen, man sagte bloß, daß man sich lebende Schaben auf die

kranken Stellen legen sollte, die würden alles Verdorbene herausschaben, und meiner Mutter, der hat man verbrannten Menschenkot und Pulver aus Menschenkot gegeben, und Pfeffer, und Asche aus verbrannten Menschenhaaren, und damit haben sie Mama umgebracht
(klirrendes Geräusch)

verfl . . . Tsss

I: Aber, äh . . .

Lina: Ja, das waren vielleicht Methoden; und dann sollte man Wunden mit Menschenharn und Tabaklake und warmer Schafsgalle waschen. Und dann hat man ihr, einer schwerkranken Frau, Kautabak mit Pfeffer in Branntwein aufgekocht zu trinken gegeben; sie war auch immer ganz blau, auch wenn man ihr Schwefel gegeben hat . . .

verfluchtes Scheißpack . . .

Schweigen.

I: Aber als du in die Stadt kamst, hast du da mit Wahrsagen angefangen?

Lina: Neinein, damals war ich nur ein junges Mädchen und wollte mir bloß Arbeit suchen, aber da war der Wohnungsmangel so fürchterlich und Mama so krank, und ich hatte die Kleine . . .

I: Aber . . .?

Lina: Aber irgendwas mußte passieren, na, wir waren drei Schwestern, und die Hugrun selig, die Älteste, die wußte nun einiges und sah vieles, was andere nicht sehen, doch sie ist nach Norwegen gezogen, und dort kennen sie alle. Sie nahm sich zum Beispiel irgendein Teil, was dir gehörte, und dann konnte sie durch dich sprechen! Findest du das nicht seltsam? Ist das nicht merkwürdig, was ich dir da erzähle? So war nun vieles damals ... Ich hab dir schon erzählt, wie ich vom Haus geträumt hab. Und das kann ich beweisen, und dann starb Mama selig und meine Schwester, die Gislina selig, hinterließ vier Kinder, und ich mußte mich um sie kümmern ...

I: Und wie viele hast du selbst?

Lina: Ja, ich hatte das Mädchen, die Gogo, und dann keine mehr, aber ich und der Tomas, mein verstorbener Mann, so ein anständiger und liebenswerter Mann ... wir haben alle diese Kinder aufgezogen, und die Kinder von Gogo, und dann hatte ich Dollis Kinder, die da auf dem Bild, mit dem verdammten Wurzelzwerg zusammen ... ja, ich nenn sie bloß Dolli, die Dorothea. Und da kannst du sehen, daß ich immer genug Kinder um mich gehabt hab. Ja, findest du das nicht ...

I: Hmmm, meine Zeit wird allmählich knapp, aber zum Abschluß für diesmal will ich dich noch fragen, ob man in deiner Kindheit sehr religiös war?

Lina: Jaaa, nein, damals war hier keine Kirche, aber heute geh ich oft zu Beerdigungen mit bei Pastor Oli Oli, und was sonst noch so ist.

I: Aber Gebete, sind dir noch Gebete in Erinnerung, die ...

Lina: Ja, da gab's das Vaterunser natürlich, und dann sang Papa selig manchmal:

Ein Schutzengel traf mich mitten auf dem Pier
hatte ein Horn in der Wange und stieß mich wie ein Stier.
Wache Gottes Wächter wohl über mir.
Amen.

Über den Autor

Einar Kárason ist 1955 in Reykjavik geboren; er lebt heute noch in der isländischen Hauptstadt. Bisher hat er dort folgende Werke veröffentlicht:

Loftræsting. (Ventilation.) Gedichte (1979).

Þetta eru asnar Guđjón. (Gudjón, das sind Idioten.) Roman (1981).

Þar sem djöflaeyjan rís. (Die Teufelsinsel.) Roman (1983).

Gulleyjan. (Die Goldinsel.) Roman (1985).

Söngur villiandarinnar. (Lied der Wildente.) Erzählungen (1987).

Skytturnar. (Die Schützen.) Drehbuch (1987).

Fyrirheitna landiđ. (Das gelobte Land.) Roman (1989).

Heimskra manna ráđ. (Dummer Menschen Rat.) Roman (1992).

Inhalts-
ver-
zeichnis

DIE TEUFELSINSEL von Einar Kárason ist im Juni 1993 als einhundertundzweiter Band der ANDEREN BIBLIOTHEK im Eichborn Verlag, Frankfurt am Main, erschienen.

Das isländische Original trägt den Titel *Þar sem djöflaeyan rís*; publiziert wurde der Roman erstmals im Verlag Mál og menning, Reykjavík, 1983.

Marita Bergsson hat den Roman aus dem Isländischen übersetzt.

Dieses Buch wurde in der Buchdruckerei Greno in Nördlingen aus der Cicero Plantin Monotype gesetzt und auf einer Condor-Schnellpresse gedruckt. Das holz- und säurefreie mattgeglättete 100g/qm Bücherpapier stammt aus der Papierfabrik Niefern. Den Einband besorgte die Buchbinderei G. Lachenmaier in Reutlingen.

1. bis 7. Tausend, Juni 1993. Einmalige, limitierte Ausgabe im Buchdruck vom Bleisatz.

ISBN 3-8218-4102-8. Printed in Germany.

Von jedem Band der ANDEREN BIBLIOTHEK gibt es eine Vorzugsausgabe mit den Nummern 1–999.

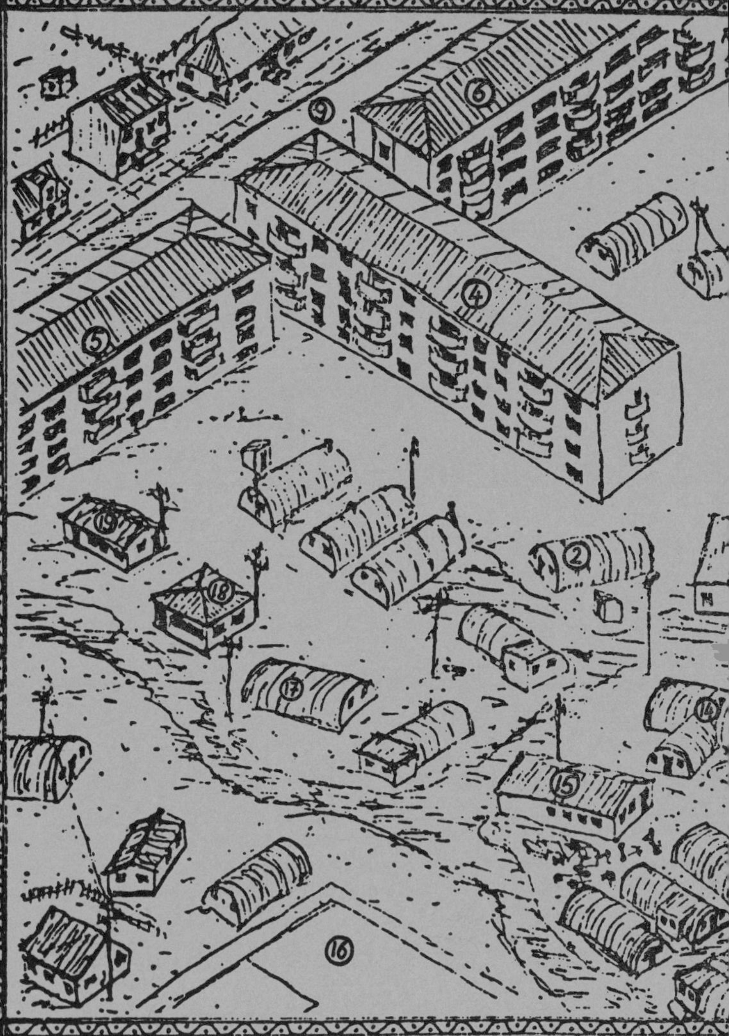

① DAS ALTE HAUS
② HREGGVIDS BARACKE
③ TORGUNNS BARACKE
④ DIE KÜNSTLERBUDE
⑤ DAS HAUS DER GESCHÄFTEMACHER
⑥ DIE ELEKTROBUDE

⑦ DIE SPARBÜ
⑧ KIOSK UND
⑨ DIE HAUPTS
⑩ DER STILLE
⑪ DIE ZWERG
⑫ TOGGIS BA
⑬ STINA BEG